MW00776651

DON QUIJOTE
DE MANHATTAN
(Testamento yankee)

Literaturas

DON QUIJOTE
DE MANHATTAN
(Testamento yankee)

Marina Perezagua

los libros del lince

Diseño de cubierta e interiores: DGB (Diseño Gráfico Barcelona)
Ilustraciones de don Quijote y Sancho como C-3PO y ewok,
 ©Carlos Ezquerra
Foto ©Getty Images

Primera edición: septiembre de 2016
© Marina Perezagua, 2016
Corrección de estilo: Gemma Pellicer
Corrección de pruebas: Carmen Escobar y María Jesús Rodríguez
© de esta edición: Los libros del lince s.l., 2016
Gran Via de les Corts Catalanes 657, entresuelo.
08013 Barcelona
www.loslibrosdellince.com
info@loslibrosdellince.com
Facebook: www.facebook.com/loslibros.dellince
Twitter: @librosdellince

ISBN: 978-84-15070-72-6
IBIC: FA
Depósito legal: B. 16.566-2016

Todos los derechos reservados. Ninguna parte de esta publicación, incluido el diseño de la cubierta, puede ser reproducida, almacenada o transmitida en manera alguna ni por ningún medio sin permiso previo del editor. La infracción de los derechos mencionados puede ser constitutiva de delito contra la propiedad intelectual (art. 270 y ss. del Código Penal).

Índice

A Enrique Murillo,
porque esta empresa, buen rey,
para nosotros estaba guardada

CAPÍTULO I

Que da inicio a esta graciosa y triste y alegre historia

Quisiera este relato comenzar así: «En un lugar de la Mancha, de cuyo nombre no quiero acordarme, no ha mucho tiempo que vivía un hidalgo de los de lanza en astillero, adarga antigua, rocín flaco y galgo corredor». Siempre sería más llevadero para el corazón del Tiempo, cosido como está por las cicatrices de sus innumerables años, sus intensos amores y sus no pocas penas, relatar la historia de personas que vivieron en la misma época en que nacieron. Pero han decidido las divinas leyes de la aleatoriedad que la historia que aquí se va a contar trate sobre una entrañable pareja que, a pesar de haber nacido cinco siglos antes, vino a caer en el siglo XXI. Tampoco puede el Tiempo decir que no quiere acordarse de ciertos detalles, pues insiste su sincrónica memoria en que recuerde con hiriente precisión cada pormenor de este (y cada) relato, desde que, un día 17 de enero del año 2016, el ingenioso hidalgo don Quijote de la Mancha y su leal escudero Sancho Panza, ambos amnésicos, ambos desraizados de sus recuerdos, familias o aficiones, y doloridos por sabe el diablo qué género de caída, se despertaron en una acera en pleno centro de esta isla que se llama Manhattan.

Eran las siete y cuarto de la mañana cuando el sol ya resplandecía sobre la fachada de un rascacielos que, a su vez, reflejaba la armadura del hidalgo como un espejo cuya pureza hizo que Sancho, del asombro y débil todavía, volviera a caerse. Un ejecutivo apresurado, al tropezarse con él, le insultó para perderse luego en el río de gente que también acudía con prisa a su trabajo. No recordaban hidalgo ni escudero —y quizá esto sea una concesión, un pequeño guiño del azar— que solían moverse con agrado sobre sus respectivas monturas: Rocinante para don Quijote y el rucio para Sancho, y así echaron a andar a favor de la corriente de personas que les empujaban, mientras ellos se iban empapando, sin saberlo, con los humores de la nueva época. No obstante, como se verá en esta historia tan lastimosa como alegre y tan alegre como lastimosa, ni hidalgo ni escudero dejaron nunca de sentir, en el fondo de sus almas, unos posos de melancolía que les llevaban a recordar cosas que —pensaban ellos— no habían conocido. Por esta razón, empezaron a atribuir a sus sueños —no sin asombrarse de las dotes creativas del dormir profundo— reminiscencias de molinos, pastores enamorados, jayanes, sabios, libros prohibidos y hasta el sabor de un tocino bien curado.

No llevarían ni diez minutos caminando sin que mediase palabra entre ellos ni rumbo definido cuando, en la boca de un metro vieron a una mujer negra que repartía unos librillos en un puesto cubierto por una gran sábana que, a modo de pancarta, decía: *Jesus loves you*. Ambos se pararon, tal vez, y aunque no lo supieran, debido a la extrañeza de una piel cuyo color tan oscuro les habría asombrado allá en su siglo tanto como los vasallos negros del reino de Micomicón o el ejército etíope de labios horadados. O acaso se detuvieran frente al puestecillo por esa otra extrañeza, asimismo derivada de la erosión de la memoria de sus orígenes, que debió de haberles producido el hecho de entender un idioma que nunca antes habían escuchado. Pero estas sutiles sensaciones causadas por la grieta anacrónica no pasaban de ser más que un motivo para detenerse sin saber exactamente por qué, pues todo lo que habían vivido en el siglo XVI había quedado reducido a esa sensación, extremadamente liviana, de que algo familiar les rozaba la piel como un misterio que no llegaba a penetrarlos. El caso es que la predicadora, seguramente agradecida por la atención que el caballero y el escudero mostraron en su puesto, o tal vez incluso divertida por sus estrambóticos atuendos, les regaló el ejemplar que parecía —por su grosor frente a la delgadez de los folletos que estaba repartiendo— el más importante. En su cubierta podía leerse el título, con letras grandes y doradas: *The Bible*.

Cuando el caballero tomó en sus manos aquel libro, acaso sintiera de manera inconsciente pero inmediata lo que ya en su época experimentara al sostener el *Amadís de Gaula*. Él aún no lo sabía, pero aquellas palabras bíblicas iban a guiar, en esta nueva existencia tan alejada de su tiempo y de su España natal, sus designios de héroe caballeresco. Así, le dijo a Sancho:

—Sancho amigo, guarda bien este regalo, porque presiento que no nos ha sido dado sin que medie imperioso motivo.

De esta suerte ambos, caballero y escudero, sin caballo, burro ni recuerdos, continuaron caminando por esta isla que, como comprobará el lector si prosigue esta lectura, intentarían enmendar según la palabra del primer libro que les dieron. Aún no podían imaginar, pobres de ellos, que el hidalgo estaba loco porque quería arreglar el mundo, y el mundo, desocupado lector, ya no tiene arreglo.

CAPÍTULO II

De los primeros siete días que don Quijote y Sancho pasaron en
un hostal de Manhattan y de cómo don Quijote trató de entender
al mismísimo Dios

Era cosa digna de ver de qué rara manera caminaban don
Quijote y Sancho por la nueva ciudad. Arrastraban los zapatos, ya de por sí gastados, sobre el asfalto, cuya dureza no
alcanzó a despertarles la conciencia, menos todavía a anun-
ciarles con una carcajada la broma macabra: «Atiendan
vuestras mercedes, que aquí los gigantes no son molinos,
sino rascacielos. Es ésta una ciudad alzada a la medida del
más loco, una *urbs regia* desmesurada como su insania. De-
fiéndanse si pueden, o que el mundo se ría de don Quijote
de la Mancha y Sancho Panza». Y así caminaban caballero y
escudero como hombres seniles de su siglo, sin que nada
viniera a abrirles lo que quiera que sea ese lugar donde se
guardan los recuerdos de toda una vida, vivencias pertene-
cientes a una época que se ha desvanecido de la memoria.

Si bien el relato de esta historia recién comienza, no es
menester que ningún infortunio le suceda al caballero para
añadir que, en ese taciturno deambular del primer día, don
Quijote se ganó el epíteto que antaño le regalara Sancho: El
Caballero de la Triste Figura. Y aun Sancho mereciera un

nombre parejo, de no ser porque su corto cuello le estorba-
ba andar cabizbajo, de manera que a pesar de los muchos
avatares que el destino ya le estaba preparando, jamás podremos referirnos a la suya como a una figura triste, pues
aún no se ha conocido esfera alguna que pueda inspirar melancolía. La tristeza es, más bien, asunto de una sola línea.

Cansados, pero sin saber a qué atribuir las razones de su
agotamiento, caballero y escudero tuvieron a bien buscar
dónde reposar sus huesos y, así, se metieron en el primer
hostal que hallaron. De una manera en apariencia natural,
pero un tanto insólita para él mismo, sacó don Quijote una
pequeña lámina de plástico del zurrón que llevaba al cinto,
la deslizó por una máquina que le entregó la señora de recepción y pagó por adelantado siete días.

Nada más entrar en la habitación que compartirían, a juzgar por sus miradas y movimientos, sintieron esa ascua en los
tuétanos de la curiosidad impertinente, un repentino interés
por todo lo que en ese lugar había, como si por momentos sus
conciencias se hallaran prestas a desvelarse para admitir que
todo aquello les resultaba novedoso. Así como haría un ciego
de nacimiento recién recuperada la vista, tocaban asombrados cada objeto como si sólo con ello se encendiera la visión
profunda de las cosas. Estuvieron así por espacio de quince
minutos, en los cuales, sin cruzar palabra, cada uno tocó, o
más bien manoseó, las mantas, los muebles, las paredes, la
moqueta, y hasta se subieron en las camas para acariciar el
techo. Especial atención les mereció la ducha, que abrían y
cerraban una y otra vez, no ya por la sorpresa de descubrir el
agua corriente (pues no recordaban que nunca antes la hubieran tenido), sino porque el rumor que hacía al correr les repa-

raba los ánimos, tal como si fuera agua de la fuente que les llenara a ellos, cántaros vacíos. Pero al cabo de esos quince minutos, don Quijote y Sancho volvieron en sí o, mejor dicho, volvieron a estar fuera de sí para seguir siendo en esta nueva época, sin más tropiezo que el ligero extrañamiento que en determinadas ocasiones —merced a los intersticios del recuerdo olvidado— les hacía sentir que, aunque bautizados, se encontraban cerca de las puertas del limbo.

Fuera de sí, que viene a ser, como se ha dicho, lo que para cualquiera supondría volver en sí, cada uno se acostó, aun sin desvestirse, en su cama y, así como Sancho empezara inmediatamente a cabalgar entre sus ronquidos, don Quijote no quiso despedir la jornada sin comenzar antes a leer la Biblia. De este modo, abrió una página al azar y leyó:

«[...] a fin de conocerle, y el poder de su resurrección, y la participación de sus padecimientos, llegando a ser como él en su muerte, si en alguna manera llegase a la resurrección de entre los muertos. No que ya lo haya alcanzado, ni que ya sea perfecto; sino que prosigo, para ver si alcanzo aquello para lo cual fui también alcanzado por Cristo Jesús».

Y como no comprendiera nada don Quijote, tornó a leerlo, y así hasta cinco vueltas seguidas sin mejor resultado, pero, persuadido como estaba de la santidad de ese libro y del provecho que para la humanidad traería consigo que él lo leyera y actuara según su palabra, atribuyó a su cansancio la estrechura de su juicio y probó a leer otra página:

«Nadie se engañe a sí mismo; si alguno entre vosotros se cree sabio en este siglo, hágase ignorante, para que llegue a ser sabio. Porque la sabiduría de este mundo es insensatez para con Dios; pues escrito está: "Él prende a los sabios en la astucia de ellos"».

Tal como Sancho seguía enhebrando ronquido con ronquido, don Quijote se exprimía los sesos y se tiraba de las barbas por entender algunos pasajes y retruécanos que no los comprendiera ni el mismísimo Dios que los creó, y así, el de la Triste Figura se desvelaba, pero no sin afición y gusto; acaso como cuando, allá en su pasado siglo, nunca pudo desentrañar sin esfuerzo —pero igualmente admiró— el sentido de las intrincadas razones que había escrito Feliciano de Silva, quien empleara expresiones del tipo: la razón de la sinrazón que a mi razón se hace, de tal manera mi razón enflaquece, que con razón me quejo de vuestra fermosura.

En resolución, siete días permaneció el caballero enfrascado día y noche en la lectura, sin atender a lo que comía ni a cualquier tipo de pensamiento que le sacara de aquel libro. El alba se le enmarañaba con el anochecer, hasta que del poco dormir y del mucho leer terminó por secársele el cerebro. Nublada su capacidad de discernimiento, quedó impresa en su voluntad, como en letras de bronce, la idea de recorrer las calles de esa ciudad que, sin duda, debía limpiar de agravios y sinrazones. Imaginábase el pobre ya como ministro de la ley, por el poder que se le había otorgado como dios de su mundo, y pareciole que no podía haber nadie mejor que él mismo para ensartar sus lides con la premática de los Evangelios, de acuerdo con la última lectura que hiciera la noche del séptimo día:

«Pero ahora, aparte de la ley, la justicia de Dios se ha manifestado, atestiguada por la ley y por los profetas; la justicia de Dios por medio de la fe en Jesucristo, para todos los que creen en él».

De esta suerte, interpretando las Sagradas Escrituras como buenamente el juicio le alcanzaba, resolvió llevar a efecto su pensamiento y emprender al día siguiente —con su Biblia bajo el brazo y Sancho a su costado— sus necesarias y hasta urgentes andaduras.

CAPÍTULO III

De cómo caballero y escudero ajustaron sus ropajes a los nuevos
(y acaso galácticos) tiempos

Apenas desplegada la aurora, los sonrosados rayos de Apolo alancearon la ciudad de Nueva York como a doncella en su tálamo nupcial. La luz se abrió camino por entre las cortinas ajadas de la pequeña habitación, cuando don Quijote, bruscamente, abrió los ojos.

Tenía el hidalgo unos ojos que parecían vivos de por sí y, según fuera el momento del día, uno podría conjeturar si acababan de nacer, si pasaban por su infancia, adolescencia, madurez, senectud o muerte. De este modo, podría decirse que su mirada iba tomando un tono melancólico como el ocaso a medida que avanzaba el día. Pero, al despertar, sus ojos tenían siempre un brillo de nervio, inicio y premura, un fulgor que esa mañana era aún más evidente. Quizá el hecho de haber pasado una semana leyendo sin salir del hostal —actitud más propia de la vida contemplativa de un cartujo que de un enderezador de entuertos— impusiera en sus designios el apremio de embarcarse de nueva cuenta en la vida activa a la que, como caballero andante, había entregado su voluntad.

Sería más que pertinente a este propósito, para mejor ilustrar esa conciencia que sobre sí mismo tenía nuestro caballero como campeador de la justicia en el mundo, que retomáramos las palabras que el propio don Quijote, pero cinco siglos atrás, dijera para referirse a los caballeros andantes: «Así que somos ministros de Dios en la tierra, y brazos por quien se executa en ella su justicia». Pero lo cierto es que, siendo fiel a los tiempos de esta historia, hay que reconocer que don Quijote no volvió a decir tal cosa. Débese apuntar, no obstante, que no todo lo que el caballero callaba era muestra del olvido de sus años manchegos. Verdad es que su conciencia no recordaba nada, pero tanto él como Sancho mantenían ese último vestigio que, a veces, deja la memoria cuando se pierde: su parte sensorial, la percepción, por vía del tacto, el olfato o el gusto, de algo cuyas fuentes no podían rastrear, pero que no habían dejado de percibir. Así, sintió don Quijote ese nervio interno que antaño le arrojara más de un día de la cama y, de igual manera, se levantó de un salto sobre sus largas y flacas piernas, zarandeó a Sancho para despertarle y le dijo:

—Sancho, aunque la lectura de nuestro enorme libro me haya tenido siete días sin salir de este discreto pero digno refugio, creo que, pues he terminado ya su última página, todo el tiempo que pase aquí encerrado será tiempo perdido en socorrer a los menesterosos. Anda y ve a esa tienda que está allá delante, donde por su apariencia deduzco que venden ropas a buen precio, y cómpranos nuevos ropajes porque no quisiera mancillar el pregón de la palabra del Señor con estas sucias prendas.

—También yo he visto la mercancía de esa tienda —respondió Sancho—, pero no me pareció, ni aun la mitad, que las ropas que en ella ofrecían fueran al uso de los naturales de este lugar.

—Razón llevas, Sancho —le dijo don Quijote—, mas no pensarás que habríamos nosotros de vestir como viste el resto de las gentes que, según a mí me parece, no sigue las *liciones* de este libro.

Y decía esto don Quijote mientras sostenía la Biblia en una mano y señalaba repetidas veces con el dedo índice de la otra su título, ante lo cual Sancho, más dado a obedecer que a discutir, salió a ejecutar la orden de su amo.

Aunque una vez en la tienda, Sancho confirmó que aquellas vestimentas no se parecían en nada a las que usaran los demás transeúntes, no tuvo ánimos para volver con las manos vacías, y así eligió las que le parecieron más similares a las que llevaban cuando se vieron en aquella ciudad. Para don Quijote, eligió lo que más semejaba a una armadura, y que consistía en un rosario de planchas de plástico doradas y brillantes que le cubrían el cuerpo todo, salvo por los codos y las rodillas, en donde una tela favorecía la movilidad de las articulaciones. Muy grueso parecía el plástico que cubría aquellas partes que, en la armadura, se corresponden con el peto, la gola y el espaldar. Sin embargo, no pudo encontrar Sancho algo que sirviese de celada para proteger la cabeza de su amo. Para él mismo también eligió, dentro de las limitadas posibilidades, lo más semejante a su pretérito atavío, un modelo que se le antojó, además, muy idóneo por estar colgado justo detrás del que había elegido para don Quijote. Se lo probó. Era como una funda de pelo que le cubría todo el cuerpo, y estaba rematada en una capucha con dos pequeñas orejas redondas, como de oso, en cada uno de los lados superiores. Esta capucha le caía hasta la mitad de la frente, lo cual resaltaba aún más las ya de por sí tupidas cejas de Sancho, que parecían ser parte del disfraz. La funda o sayal de pelo terminaba en cada extremidad en una especie de garra de tres gruesos dedos, si bien cubría sólo en apariencia, como un guante que tapa únicamente el dorso de la mano, pues las palmas, los dedos, así como las plantas de los pies de Sancho quedaban al descubierto, de manera que las pezuñas los ocultaban sin aprisionarlos.

Una vez que don Quijote y Sancho se vieron mudados con sus nuevas galas en la estancia del hostal, el caballero las tuvo por muy dignas de su misión. Ninguno de los dos sabía que se adelantaban en algunos meses a la celebración de una fiesta llamada Halloween, y que ellos, disfrazados como un C-3PO y un ewok, respectivamente, homenajeaban asimismo el estreno de una película que tampoco conocían, la última que recientemente se había estrenado de una saga denominada *La guerra de las galaxias*.

Vestidos de esa guisa, don Quijote, dorado, flaco y muy alto, y Sancho, peludo, bajo y orondo, más parecido a una mascota que a una persona, salieron de su encierro de siete días, dispuesto el caballero a enmendar los entuertos que pudieran encontrarse en las calles de Manhattan.

No llevarían ni tres minutos andando cuando ambos se detuvieron husmeando el aire. Como era natural después de una semana ingiriendo sólo comida precocinada, lo primero que atrajo la atención de la buena pareja fue el olor a olla caliente que salía de un restaurante. Y quiso el azar que aquel primer mesón en el que entraron don Quijote y Sancho fuera uno de los más estrafalarios de la ciudad de Nueva York.

—¿Pues no te parece, buen Sancho, que esto está oscuro como boca de lobo y que para elegir nuestra comida y hasta para yantar es menester algo de luz?

Pero antes de que Sancho tuviera tiempo de responder, de la oscuridad salió una voz que les preguntó: *May I help you?* Y quede advertido aquí el lector de que, así como don Quijote y Sancho comprendían una lengua que no habían aprendido, no ha de esperarse que todo el mundo la entienda, con lo cual desde ahora en este relato quedará traducido directa y fielmente al cristiano ese idioma que se habla en Nueva York. Así pues, como íbamos diciendo, antes de que Sancho tuviera tiempo de responder, alguien, en la total oscuridad, les preguntó: «¿Necesitan algo?». Inmediatamente, don Quijote, siempre caballero ante la voz de una dama, respondió que, en efecto, tenían hambre, y que les había parecido desde fuera que aquello olía a mesón.

—Así es —le respondió la camarera—. Están ustedes en un restaurante solidario. Todo el personal es ciego, no hay ni la más mínima luz, y los comensales comen a oscuras. Queremos dar una idea de las dificultades a las que los ciegos nos enfrentamos cada día en una sociedad pensada sólo para videntes. ¿Cuántas personas desean comer?

Don Quijote no entendió bien del todo aquella explicación pero, siempre educado, respondió que eran dos personas. Acto seguido, vino otro camarero, puso las manos de don Quijote en su hombro izquierdo y las de Sancho en el derecho, y así —como hiciera Orfeo con Eurídice en las profundidades del inframundo— hizo que le siguieran, mientras los llevaba despacio adentro del local, perdiéndose los tres en las tinieblas.

CAPÍTULO IV

Que trata de cómo don Quijote intentó hacer la luz y las estrellas
que alumbraran la Tierra, y a la varona (del varón sacada)

Don Quijote se sentó en la silla que a tientas le indicaron, y como si el hábito, en efecto, hiciera al monje, trató de acomodarse mediante los movimientos rígidos, abruptos y entrecortados de un androide o, para hablar con propiedad, de C-3PO. Tras tomar asiento, las planchas de plástico que le cubrían los muslos se le clavaban en sus zonas sacras, con lo cual tuvo que acoplarse por medio de decenas de engorrosos reacomodos, que, aunque los otros comensales no conseguían ver en la oscuridad, sin duda escuchaban con la inquietud de no poder saber qué era aquello que se movía con tanto estruendo en la mesa de al lado. A Sancho le costó mucho menos esfuerzo acomodarse aun cuando, siempre glotón, le apenó comprobar que buena parte de la sopa que les habían servido como entrante se la habían bebido las mangas peludas de su traje.

Habiendo terminado la sopa, la camarera les trajo el primer plato. Don Quijote, ya mejor instalado en su recién estrenada armadura, como si se disculpara de antemano por el apetito con que se aprestaba a recibir la comida, le recordó a Sancho cuán importante es mantener contentas a las tripas para poder sobrellevar el peso de las armas. Consistía aquel plato primero en unas costillas con salsa de barbacoa que hicieron las delicias de ambos.

Pero no existió ni existirá jamás en el mundo apetito ni hambre capaz de suspender las imaginaciones de don Quijote, siquiera por un átomo de tiempo, y ya en sus maltrechos sesos comenzaba a cocerse una idea peregrina que muy pronto habría de expulsar cual salvación o, más bien, creación de la humanidad. Y es que al preñado magín del caballero se le antojó persuadirle de que toda aquella oscuridad no era sino el mismísimo momento anterior al génesis, la Nada sumida en la radical negrura de la que él y sólo él, buen entendedor de la palabra de Dios, podría sacar a aquel restaurante antes de que las mismas tinieblas se dilataran por el resto de la ciudad, primero, y, más tarde, por el resto del universo mundo. Recordó en un susurro, para cerciorarse, las palabras del Génesis: «La tierra estaba desordenada y vacía, y las tinieblas estaban sobre la faz del abismo» y así, cuando la camarera traía el segundo plato, don Quijote se levantó con tal algazara, y tan violentamente, que tiró por los aires la bandeja y, como si nada pudiera interponerse ya en su cometido, gritó:

—¡Hágase la luz!

Y al ver el caballero que todo seguía oscuro, corrió tropezándose con las mesas repitiendo la misma orden y esperando encontrar el rincón preciso desde el cual su palabra fuera obedecida.

—¡Hágase la luz! *Fiat lux!* ¡Hágase la luz, he dicho!

Pero lo único que cambió en aquella sala oscura fue que el resto de comensales, alarmados por los gritos, las carreras y los manotazos de don Quijote, comenzó a levantarse a toda prisa para salir, con los consiguientes pisotones, empujones y hasta puñetazos de quienes intentaban, despavoridos, abrirse paso entre tinieblas. Pareciole entonces al caballero que aquellas almas estaban perdidas, y más le azuzaba la urgencia de imponer la armonía de la creación. Así que resolvió cambiar de órdenes:

—¡Háganse a lo menos las estrellas para alumbrar la Tierra!

Pero la gente se asustaba más, y así iba y venía sin orden ni concierto buscando en balde la salida. Y don Quijote más aprisa se desplazaba de un lugar a otro aullando órdenes y venablos desde diferentes partes. Estando en éstas, siempre recordando las palabras del *Génesis*, acaso confuso por no entender las razones por las cuales su palabra no comenzaba a cumplirse, recordó cómo Jehová Dios había soplado en la nariz del hombre para infundirle el hálito de vida y, de repente, pasó de dar voces a detener a los comensales que contra él se tropezaban. Con ambas manos agarrábales con fuerza la cabeza para soplarles en las narices. Y como aquello tampoco funcionara, sino que antes empeoraba muy mucho la situación, cogió una de las costillas que a tientas encontró y, tal como si fuera la costilla de Adán, gritó con el hueso a la barbacoa en alto:

—¡Ésta será llamada Varona, porque del varón fue tomada! ¡Que ponga aquí orden la mujer!

La luz, en efecto, se hizo cuando una escuadra de policías irrumpió en la sala y, desalojando a los demás comensales que allí estaban en montón confuso, se dirigieron a don Quijote, en cuyo cuerpo comprobaremos las consecuencias de tamaño génesis en el próximo capítulo.

CAPÍTULO V

Que sigue al capítulo IV, con las consecuencias de los muchos palos
que le llovieron a don Quijote

Como don Quijote viera que se había hecho la luz y que mientras dos de los policías desalojaban la sala, otros dos, hombre y mujer, se acercaban a él, se le figuró que, estando ambos vestidos, eran nada menos que Adán y Eva ya avergonzados de su desnudez, manchados por haber comido del único árbol que les había sido prohibido, el árbol del centro del Edén. Quiso pues el hidalgo amonestar a la serpiente que había incitado a Eva y reprender, asimismo, a Eva, que incitó a Adán y, por último, a Adán, que se había dejado engañar por Eva con más agrado que reticencia. Tenía don Quijote los ojos enrojecidos como el mismísimo Jehová Dios puesto en cólera y así, sosteniendo la bandeja de uno de los camareros a manera de escudo o adarga que usara para protegerse del demonio, comenzó a gritar a la mujer policía:

—¡Para ti multiplicaré en gran manera los dolores de tus embarazos, con dolor darás a luz los hijos, y tu deseo será para tu marido, y él se enseñoreará de ti!

Y como la pareja de policías comenzara a dudar de la salud mental de don Quijote, acercábanse lentamente, con lo cual y sin quererlo, daban ocasión al hidalgo de que continuara con sus maldiciones, que cayeron también sobre el policía:

—¡Y tú, hombre! ¡Maldita será la tierra por tu causa, con dolor comerás de ella todos los días de tu vida! ¡Espinos y cardos te producirá, y comerás hierba del campo!

Dichas estas imprecaciones, el hidalgo pasó —como hecho piedra por algún encantamiento— de la agitación a la quietud absoluta, salvo por los ojos, que movía de puro nervio en todas direcciones, y tanto, que los volvía del revés, poniéndolos en blanco, y hasta parecía que con ellos buscaba a la serpiente en la parte interior de su sesera. Y como no la hallara, y puesto que estaba convencido de que era la causa de toda aquella confusión, se decía que en algún lugar debía de encontrarse, y se le antojó que estaba camuflada, como sólo sabe hacerlo el Gran Engañador, en la porra extendida que el policía sostenía en alto mientras se le acercaba. De esta suerte, don Quijote, escudándose siempre con la bandeja, se fue hacia la porra y exclamó a voz en grito:

—¡Tú, serpiente, maldita serás entre todas las bestias y entre todos los animales del campo; sobre tu vientre te arrastrarás y polvo comerás todos los días de tu vida!

Al ver que la serpiente seguía erguida cual cobra amenazante, altiva como una faraona, y que no se doblegaba a arrastrarse sobre el vientre, don Quijote agarró la porra dando muestras claras de que, en efecto, quería hacerle comer el polvo. Pero antes de que se diera cuenta, fue el pobre hidalgo quien cayó de bruces al suelo y, luego que lo redujeron, la autoridad de la ciudad de Nueva York le recitó su derecho a guardar silencio mientras le arreaba tal paliza que ya no sabía él si estaba otra vez en las tinieblas que precedieron a su génesis, o si eso era el dolor del sacrificio en la cruz que, por el pecado de aquella primera pareja y por un salto en el tiempo de razón inescrutable, se le había adelantado.

De nada le sirvieron los ruegos al bueno de Sancho Panza, que desde la puerta vio cómo apaleaban a su amo, y tanto lloró y gritó que, de no haber tenido por segunda piel su gruesa capa peluda, bien se le habrían dejado ver los sobacos empapados de sudor. En cuanto a la vestimenta de don Quijote, estando él inconsciente —que, de no ser así, no lo hubiera permitido— se la quitaron en la ambulancia, algo de lo que él sólo pudo darse cuenta al volver en sí cuando, sentado frente a un mostrador en la sala de urgencias, alguien le preguntaba los datos de su seguro médico. El pobre hidalgo, amoratado, dolorido, perplejo y, sobre todo, afrentado al verse sin su dorada armadura y cubierto con un batín de enfermo que le venía grande por demás a su escuálida percha, respondió:

—Perdone vuestra merced, que no ha cinco minutos que estaba yo haciendo nacer el mundo y es por esta labor que sin duda me veo de esta guisa y molido a palos como el Redentor.

Esto oyendo, la señora de la ventanilla, como si no hubiera escuchado nada, le preguntó o, más bien, le ordenó:

—Número del certificado de su seguro médico.

El infortunado y magullado don Quijote se echó las manos a lo que, en un atuendo ordinario, serían los bolsillos, y no encontrando lugar alguno donde pudiera haber guardado nada, se volvió a Sancho, que, en ese momento, solícito por la mucha preocupación que por su amo sentía, entregó en la ventanilla la tarjeta del seguro médico del hidalgo. Bien fuere por la poca sal en la mollera que ya tenía allá en su siglo, bien por estar —ciertamente aunque sin saberlo— acomodado a los nuevos tiempos, no pareció extrañarse el escudero de cómo podía él saber de seguros médicos, de tarjetas y aun de bolsillos... Acaso, ya que tampoco el hidalgo parecía extrañado, al menos en aquel instante el peso de los nuevos tiempos que corrían fuera superior a la levedad del siglo disipado en el que habían nacido.

No bien la señora cogió la tarjeta, hizo una llamada telefónica que duró lo que a don Quijote, por su molimiento, le pareció una eternidad. Cuando la señora hubo colgado el teléfono, le echó una mirada escudriñadora y —tan veloz que ni el mismísimo viento la alcanzara— recitó:

—Este seguro médico está vencido/en este hospital usted tiene derecho a asistencia médica aun sin seguro médico pero en el plazo de dos semanas recibirá usted una factura en su domicilio de acuerdo con las siguientes tasas efectivas desde el 1 de enero del presente año/si usted necesita ser hospitalizado deberá hacer un ingreso a nombre de este hospital por una cantidad de quinientos dólares/si el ingreso supera las veinticuatro horas, necesitará abonar seiscientos dólares más por cada día extra/ésta es la tarifa fija a la que hay que sumar las que se correspondan con el tratamiento que requiera/si usted no ha efectuado el pago en el plazo de un mes recibirá una penalización del 20% y a partir de ahí los lunes pares de cada mes deberá usted pagar sin demorarse hasta el martes un interés de un 3% salvo en los años no bisiestos o los febreros de 28 días en que por cortesía del alcalde de la ciudad de Nueva York queda usted eximido de pagar el último día de lo que sería un año bisiesto o el día 29 de febrero.

Seguía hablando la señora sin poder acertarse a conocer de qué manera respiraba, cuando don Quijote, con la mirada turbia (no podría saberse si debido a la paliza física o verbal), se desvaneció y, a los gritos de Sancho, acudieron un par de enfermeros a levantar al hidalgo y se lo llevaron, ya sí, sin demora alguna, por la puerta que separaba la sala de espera de aquello que, deseaba Sancho, habría de ser la salvación de su amo.

Cuando don Quijote volvió en sí y se vio en la camilla totalmente despojado, no ya de su coraza, sino incluso de la bata que antes le cubría, y cuando vio, también con alarma, que dos pares de manos le untaban las carnes con ungüentos cuyo olor —que a él se le antojó a azufre— le evocaba la cercanía del infierno, se puso tan nervioso que saltó de la camilla, y tantas puñadas repartió y tantos aspavientos hizo que, mientras los enfermeros le sujetaban, el doctor tuvo que inyectarle, improvisadamente, un compuesto farmacológico en forma de anestesia general, tras lo cual don Quijote cayó profundamente dormido.

Pero no sería de esperar que algo que no fuera la mismísima muerte pudiera mantener quieto a nuestro caballero, que si ya en sueños diera vueltas a las sábanas enzarzado en quién sabe qué aventuras, no menos se movió durante el tiempo en que estuvo anestesiado. Y dijo, asimismo, un tal número de sinrazones, que los enfermeros que le bizmaban las heridas, aunque incapaces de discernir qué género de locura lo habitaba, no pudieron menos que troncharse de risa.

Llegados a este punto de esta grande y verdadera historia, no ha dejarse de advertir lo que para don Quijote significó aquel sueño inducido, drogado, sintético, nunca antes experimentado, pues quizá fueran los efectos de las drogas modernas en su cerebro descolocado la causa del raro sueño que don Quijote más tarde contaría a Sancho, y que se adelanta a continuación por venir más a propósito con el discurso de este relato.

CAPÍTULO VI

Donde se cuenta el extraordinario sueño que tuvo don Quijote

—Buen Sancho, has de saber que nunca en mi vida había tenido un sueño tan deleitoso y raro. Era yo mozo en este sueño, pero hallábame en un lugar del que no puedo acordarme, y tan distinto de estas tierras, que no alcanzaría yo a ubicarlo así lo meditara mil años. Lo único que allí había de estos nuestros tiempos era que, de vez en cuando, pasaban dos aviones de esos que aquí suelen surcar los cielos, uno detrás del otro. Pero fuera de esto —que ocurría en los cielos—, todo en la tierra me era desconocido. Hallábase en este sueño una pastora, cuya belleza de formas competía tan sólo, según una voz me dijo, con la gentileza de su alma. Y así debía de ser la verdad, porque escuchaba yo muchos suspiros de quienes, al cruzarse con ella, daban gracias al cielo (por donde seguían pasando, de vez en cuando, los dos aviones que, a lo que entendí, eran siempre los mismos). Una tarde, miraba yo a la muchacha —que tenía por nombre Marcela— desde esa atalaya invisible que siempre encontramos en los sueños para ver sin ser vistos. La muchacha, que no podía reparar en que yo la vigilaba (porque el sueño, Sancho amigo, por ser mío, me favorecía a mí más que a ella), llegó a los pies de un alcornoque, se agachó y, con una mano tan blanca que oscureciera el alabastro, cavó un hoyo pequeño, echó en él unas semillas, las cubrió de tierra y roció sobre ésta un poco de agua. Al momento, oh, Sancho bueno, brotó de la tierra una torre. Nunca antes había tenido yo noticia de que simiente recién plantada no sólo se yerga lozana al instante, sino que lo haga no como una vida, sino como cientos y aun miles, pues en esa torre que digo, Sancho, había muchos hombres de muchos reinos. Miré al cielo y ahí estaban, de nuevo, los dos aviones que, ya me parecía a mí, planeaban más bajo de lo que debieran. Volví al mismo lugar a la tarde siguiente y, siempre sin ser visto por nadie, a los pies del alcornoque, y al lado de las flores que plantara Marcela, escarbé un pequeño hoyo y enterré o, más bien, sembré —porque estaba vivo— a mi jilguero. Pensándose quizá libre, el desventurado cantó tonos de alegría hasta que lo cubrí de tierra, como había visto antes hacer a la hermosa Marcela con sus semillas. Esperaba yo que, habiendo brotado del agujero el día anterior una torre preñada de personas y esto sólo a partir de unas pepitas, del jilguero brotase algo aún más vivo; acaso, querido Sancho, una gran ínsula no sólo con personas, sino con toda su hierba, pacíficas bestias, árboles, ríos, y todo aquello que bajo una ínsula debe de haber vivo, aunque no lo veamos. Esto hecho, me recogí al caer la noche sintiendo ya las fumaradas de los dos aviones que, sin duda, volaban demasiado bajo, y soñé (dentro de mi sueño) y deseé que, a la tarde siguiente, regresara la pastorcilla. Y así fue. Volvió Marcela y parecía que mi jilguero enterrado la estuviera aguardando para, en efecto, brotar. Pero de él, Sancho, para mi sorpresa no salió una

40

ínsula sino otra torre, gemela de la anterior, recia, altísima como un jayán, derecha como un huso y, asimismo, repleta de gente en sus entrañas. Pero no bien hubo nacido mi torre, uno de los aviones se lanzó contra ella y, algo más tarde, el segundo hizo otro tanto contra la torre de Marcela, tras lo cual comenzaron a llover del aire tantos muertos que ni aun con los poderes sobrehumanos del sueño, tuve yo tiempo de contarlos. Y has de saber, Sancho bueno, que a partir de ahí, casi punto por punto, entendí cumplirse las palabras de San Juan, sólo que en mi sueño yo estaba obligado a salvar a Marcela, y esto sin que el cielo me fuera favorable, porque ¿cómo había yo, cristiano verdadero, de estorbar la labor de los ángeles? Y es que un ángel fue el primero de otros tantos que tomó un incensario, lo llenó del fuego del altar y lo arrojó a la tierra diciendo: Ven y mira. Y hubo truenos y voces y relámpagos, y un terremoto, y hubo granizo y fuego mezclados con sangre, y también fueron arrojados a la tierra. Y la tercera parte de los árboles fue arrasada, y ardió toda la hierba verde. Pero no se quemó Marcela (lo sabía aunque aún no la podía ver). Pasé adelante, pues, con mi búsqueda. Y luego, algo como un gran monte en llamas fue arrojado al mar. Y la tercera parte del mar se convirtió en sangre. Y murió la tercera parte de los seres vivientes que estaban en el mar, y la tercera parte de las naves fue destruida. Pero siendo Marcela pastora, no me pareció que la destrucción de las almas marinas pudiera perjudicarla. Y también fue herida la tercera parte del sol, y de la luna, y la tercera parte de las estrellas, y como al principio del sueño comparaban a Marcela con la luna y las estrellas, y hasta su pelo con las hebras del sol, temí que al ser herida la tercera parte de todo ello, sólo dos tercios de Marcela quedaran a salvo. Pero seguí buscando, y vi en ese entretanto cómo se oscurecía la tercera parte de todo, y vi que ya no quedaba luz en un tercio del día ni en un tercio de la noche. Y luego, se alzó mucho humo de los abismos abiertos, y de ahí manaron langostas que cubrieron la tierra. Y se les dio poder. Y el aspecto de las langostas era semejante a caballos aparejados para la guerra, y sobre sus cabezas brillaban unas como coronas de oro y sus caras eran como caras de hombres. Y tenían cabello como de mujer, y sus dientes eran como dientes de león fiero, y el ruido de sus alas era parecido al estruendo de mil carros que con muchos caballos corren a la batalla, y tenían en sus colas aguijones. Y les fue mandado que no hiciesen daño a la hierba, ni a ninguna cosa verde ni a ningún árbol, sino únicamente a los hombres que no tuvieran el sello de Dios en sus frentes. Ahí pensé que Marcela estaba a buen recaudo, pues no sólo tenía el sello de Dios en la frente, sino que ella misma con su mirada imprimía el susodicho sello en la frente de aquel a quien miraba. Y luego fue ordenado esto otro: en los venideros días buscarán los hombres la muerte, pero no la hallarán, y desearán morir, pero la muerte huirá de ellos. Y ahí mi búsqueda y hasta mis temores se aplacaron, porque, si me dieran a elegir, antes bien querría yo ver a Marcela en el deseo de morir, que no muerta. Me senté bajo el alcornoque, que había quedado intacto, para reparar mis fuerzas. Todo alrededor era ya cenizas. Pero en esto, querido Sancho, sucedió otro extraordinario suceso. Y fue que de las cenizas brotaron dos palomas. Primero volaron alto y luego descendieron como el Espíritu de Dios que, abriendo los cielos, bajó a las aguas del Jordán en las que Jesús acababa de ser bautizado. Pero las aves no descendieron ya como dos palomas, sino como una sola que, al llegar a cierta altura, trocose en otra enorme torre. Y según me parece, Sancho, esa torre debe de ser la propia Marcela que, de tan compasiva, se volvió habitable para acoger a las almas que en el mundo restaban. De esta manera, puedes estar seguro, Sancho gentil, Sancho bueno, Sancho cristiano, de que así como no sepa yo hoy explicar con más pelos y más señas de dónde o por qué me vino este sueño, no puede haber sido otro el mago que el Espíritu Santo que, si bien con encantamiento divino, quiso decirme alguna cosa de mucha nota y de sacrantísima importancia. Y digo más, Sancho amigo: que no me extrañaría que uno de estos días nos encontrásemos con Marcela, pues es ésta, a lo que veo, una ciudad de incontables torres. Cuanto más, que yo tengo para mí, Sancho, que de aquí en adelante esa Marcela ha de ser el amor que, como todo lo iguala, confunda mi vigilia con mis sueños.

CAPÍTULO VII

Que trata de la resurrección de don Quijote, con otras aguas mayores... y menores

No fue referido anteriormente que, cuando don Quijote le contó a Sancho su sueño, se encontraban en un vagón del metro lleno de gente. Iban ambos asidos a la barra metálica que les permitía, junto a otras muchas manos, mantener el equilibrio. Siendo éste el escenario, de manera inevitable —ya fuera por aburrimiento, ya porque don Quijote hablaba en un tono demasiado apasionado—, un señor, de entre los tantos que le escuchaban, volvió la cabeza hacia el caballero y le reprobó:

—¿Es que está usted loco? ¡Llamar Marcela a la Torre de la Libertad!... Qué manera de burlarse del 11 de septiembre.

A lo que el pobre don Quijote, que no sabía muy bien de qué le hablaba ese señor, respondió como pudo, con voz grave, y tono solemne:

—¿Y qué se le da a vuestra merced cómo llame yo a la Torre, si la Libertad, en no haciendo daño a nadie, todo lo admite?

Nada replicó el señor, pero don Quijote quedose pensativo, agarrado en silencio a la barra metálica, pues tenía la lastimosa sensación de que su sueño, en el caso de haber sido profético como a él se le había pasado dulcemente por el pensamiento, sólo lo sería porque le contaba algo que todos, menos Sancho y él, sabían; una visión que para ellos tendría tan poca sustancia y crédito como esas brujas que, a trueco de adivinar el porvenir, te vuelven a contar lo acaecido. Así y todo, el recuerdo de Marcela seguía vivo, y ya fuere torre pasada o futura, el hidalgo esperaba dar con ella para rendirse a sus pies, tal como se había rendido a los del alcornoque de aquel lugar que no podía recordar. No en vano, la melancolía de don Quijote bien hubiere sido más liviana si en ese momento su conciencia pudiera dar forma a cuanto intuía; a saber: que el carácter de su sueño era tan profético que, de éste, de su búsqueda de Marcela, pendía el hilo con que las Parcas manejaban el destino no ya de su vida, sino de su mundo.

Pero no ha de pensarse que las magulladuras, los palos, y los mojicones que recibió don Quijote por parte de la policía, le excusaran de pasar del hospital a las mazmorras, que en tal punto es donde primero se interrumpió la historia con el relato del sueño del hidalgo, alterando así el orden natural de los acontecimientos por considerar que el cuento de ese sueño se vería mejor acomodado al hilo de lo que seguramente fue su causa: el bálsamo de la anestesia, ese dormir demasiado moderno para un cerebro ya seco de tanta lectura devota, ya húmedo por ese pozo sin fondo de los demasiados anhelos.

Se dio el caso de que el despertar de don Quijote fue para él tan singular como su sueño, único entre todos los despertares que recordaba. Cuando abrió los ojos estaba solo en la habitación. Intentó incorporarse, pero sentía que sus pocas carnes le pesaban más que el esqueleto, como si la languidez de éstas no sólo no las aligerara, sino que, muy al contrario, las lastrara. Tenía el hidalgo náuseas; muchísima fatiga; la boca, amarga y muy seca como esparto; la piel, amojamada. Y frío, sobre todo, mucho frío. Cuando consiguió ponerse en pie y se miró en un espejo, se vio tan pálido como un muerto. Y así creyó que lo estaba. Todas estas sensaciones, nunca antes experimentadas, más el color de su rostro, le hicieron pensar al pobre hidalgo que el tiempo de inconsciencia había sido la propia muerte, y que su despertar no era, ni más ni menos, que su resurrección. Así, para cerciorarse de su estado, se pellizcaba brazos y cara y, aunque notaba los pellizcos, hubo de reconocer entre dientes y balbuceos que no los notaba igual que si estuviera despierto. Bebió algo de agua en el baño, y aunque notó el paso del líquido por la garganta, tampoco le pareció sino el pobre reflejo del frescor que de sólito sentía cuando, vivo, bebía agua. En fin, por no alargar demasiado los detalles, considérese que don Quijote, después de algunas comprobaciones más, quedó convencido de que, sin duda, no estaba vivo, sino resucitado.

Llevaría don Quijote no más de cinco minutos pensando, quizá, en cómo hacerse a su nuevo estado, o acaso dando vueltas a cualquier otro pensamiento de similar importancia, pues en su rostro se vislumbraba una especie de aire reflexivo, cuando Sancho Panza entró en la habitación y, al ver a su amo tan demudado, se arrojó llorando a sus pies, a lo que don Quijote respondió:

—Levántate y anda, Sancho, no me seas fanfarrón, que no eres tú el muerto ni quieras, por tanto, ser tú el resucitado. Has de saber que de aquí en adelante poco habrás de temer por mi salud, pues ya he superado la primera muerte.

Más te vale temer sólo por ti, y más por tu alma que por el cuerpo que, como puedes confirmar ahora en el mío propio, es inmortal. Pero ya sé yo que tú, de natural medroso y simple, entenderás bien poco cuanto te digo. Déjame sólo añadir que, por lo que a mí respecta, estando ya muerto, sólo espero que mis hechos sean de calidad bastante para que me salven de la segunda muerte, que es la muerte después de la muerte o, lo que es igual, la perdición eterna.

Y es verdad que Sancho no entendía nada, no sólo todas las zarandajas de la primera muerte y la segunda, sino por qué su amo decía estar resucitado. Así, le habló:

—Yo, señor, veo a vuestra merced tan entero como su madre lo parió, y no digo yo que a los benditos a quienes Dios resucitó por su Divina Gracia les faltara un brazo o alguna otra cosa, que bien he oído que echaron a andar tan compuestos como lo estaban antes. Pero también he oído que el señor Dios necesitaba, cuando menos, una cosa para obrar el milagro de la resurrección, y esa cosa, según me alcanza mi corto entendimiento, era que aquel a quien iba a resucitar estuviere muerto. Y yo hasta hoy no tengo noticia, ni los doctores me han dicho nada, de que mi amo hubiere fallecido; muy al revés vine corriendo porque me avisaron de que vuestra merced había vuelto de su paroxismo.

—¡Pero Sancho! —exclamó don Quijote—. ¡Estás confundiendo la gordura con la hinchazón!

—No, no —le interrumpió Sancho—, que si es por carnes, yo le veo igual de flaco que siempre, y aún algo más, si me apura.

—Que digo, mentecato de los mil diablos —prosiguió don Quijote—, que estás mezclando las diversas muertes.

Tú hablas de las muertes de aquellos que, resucitados, al cabo han de volver a la sepultura. Pero no he yo de pasar por sepultura alguna. No es mi resurrección de la misma naturaleza que la del hijo de la viuda de Sarepta, que siendo todavía muy niño fue resucitado, pero resucitado para estar vivo como tú, que es como nacer una segunda vez en este tu mundo desdichado que ya no es el mío. Ni tampoco mi resurrección es como la del hijo de la Sunamita, que estornudó siete veces y abrió los ojos...

Y aquí volvió a interrumpirle Sancho:

—Maldita sea la cosa que yo entiendo de estornudos, o de si han de ser siete para estar vivo o muerto o revuelto a nacer como vuestra merced ha dicho. Pero dígame si ha comido alguna cosa en el día de hoy.

—Sí que he comido, aunque poco, amigo Sancho, si no recuerdo mal, tan sólo un yogur. Y de esto hace ya bastantes horas, que a fe mía fue en la madrugada.

A esto, volvió a preguntarle Sancho:

—¿Y ha vuestra merced por ventura bebido?

—Sí que lo he hecho —respondió don Quijote—, y fueron algunos sorbos de agua, y de esto no hace más de diez minutos, que fue poco antes de tu llegada.

Y Sancho, con el tono de quien, a punto de resolver un acertijo, no le resta más que una última pregunta, la formuló así:

—¿Y vuestra merced ha hecho aguas menores o mayores, como solía hacerlas antes de resucitar?

—¡Sin ventura yo! ¿Habré de continuar respondiendo tantas sandeces? ¡Dime adónde quieres llevarme, gran majadero, y terminemos de una vez!

—Pues que así creo yo que está vuestra merced tan resucitado como lo está mi madre, que en gloria esté. Porque ¿cómo es posible que un resucitado siga teniendo las mismas necesidades que yo, que acabo de vaciarme en el baño de la gran cena de ayer?

—¡Acabáramos, Sancho! ¡Pero qué has de saber tú de las necesidades que tienen los redivivos, especialmente si acaban de resucitar y han de hacerse a su nuevo estado!

—No, si yo no digo nada, pero a mí me va pareciendo que lo que vuestra merced dice es más cosa de fantasmas que de Dios, y que no es muy católico. Pues, además de todo eso del cagar, ¿cómo quiere vuestra merced estar muerto y aún en el mundo de los vivos? Calle, calle y no diga más, que como sabe quien bien me quiere, a mí los espíritus me dan... no voy a decir que miedo... pero tampoco mucho contento.

—¡Pero Sancho! ¿Es que los fantasmas han de cagar y los resucitados no? ¿No es católico el resucitar? Encomendárate yo a Satanás si no fuera porque tengo por cierto que tu poco entendimiento no puede dar más de sí.

Apenas hubo terminado de hablar don Quijote, cuando sintieron unos llantos de mujer en la habitación contigua, lo cual hizo que el caballero, sin pensárselo dos veces, saliera a ver qué horrible causa provocaba tan amargos sollozos. Siguiole Sancho, pero, puesto que anticipaba el caballero la proximidad de una gran aventura y, al verse vestido aún con ese indigno batín de enfermo que se le abría por sus llanísimas asentaderas, regresó a la habitación, y tan presto como pudo se vistió su dorada armadura, la cual por fortuna no se había perdido durante el trajín entre la ambulancia y el hospital, y todavía conservaba su plástico fulgor. Luego de hecho esto, se encomendó al amor de Marcela (cuyo recuerdo estaba tan fresco como reciente era su sueño) y volvió a salir, seguido muy de cerca por Sancho, quien por ser bajito y de ropaje muy peludo, visto así, tan pegado a las espaldas de su amo, antes parecía un rabo que un hombre.

Al entrar en la habitación de donde venía el llanto, vieron a una muchacha de hasta dieciocho o diecinueve años llorando ante el cuerpo de quien, pensaron, había de ser su abuela, que sentada en una silla de ruedas, con la boca rígida en un óvalo y la mirada hueca, no podía ya escuchar los pesares de esta vida. Cuando vio la escena don Quijote, por el poder que acaso se otorgara por estar resucitado, se le ocurrió que, para calmar las tristezas de la nieta, él mismo podía resucitar a la anciana, pareciéndole que su ayuda vendría a remediar un dolor demasiado grande para un cuerpo tan delicado como el de aquella bella muchacha. Así, le habló:

—Tu abuela no está muerta. Sólo duerme.

Ya fuera que la angustia de la joven era tanta que estaba en disposición de dejarse calmar por cualquier aliento —así fuera disparatado, así contrario a sus creencias o a la mismísima realidad—, ya que creyera verdaderamente en la palabra de Dios, sin percatarse siquiera de las indumentarias de don Quijote y Sancho —tan nublado por el dolor debía de tener el juicio—, suspendió sus sollozos y atendió a lo que don Quijote, ante la atónita mirada de Sancho, seguía diciendo:

—Yo soy la resurrección y la vida; el que cree en mí, aunque esté muerto, vivirá. Y todo aquel que vive y cree en mí no morirá jamás. ¿Crees esto?

51

La muchacha, sin poder pronunciar palabra, asintió con un gesto, mientras don Quijote ya tenía puestas las manos sobre la cabeza de la abuela, tal como él entendía que había de volverla a este mundo. Al presenciar esto, acaso por las mientes de Sancho pasara la ráfaga de un vago recuerdo que él atribuyera, más bien, a su fantasía, y es de suponer —por las específicas palabras que recitó muy quedo, tal como si de un versículo se tratara— que vio en esa fabulación a su amo con una armadura más plateada que dorada frente a una doncella de siglos atrás, a la que aliviaba del miedo de que su señor perdiera la vida, diciéndole de este modo: «¡Poco hará el caso de que vuestro señor esté en el otro mundo, que de allí le sacaré a pesar del mismo mundo que lo contradiga!». Pero tanto el milagro de don Quijote como la extraña enso-ñación de Sancho se vieron interrumpidos cuando, en ese momento, entraron en la habitación otras tantas personas que, aunque venían en dos grupos separados, se dio la coin-cidencia de que llegaron al mismo tiempo. Los unos, de los servicios funerarios; los otros, en su función de encargados de preparar el cuerpo tal y como éste había de entrar, y re-posar por siempre, en el ataúd. Los primeros eran dos seño-res trajeados de negro que, después de asegurarse de quién de los tres, si la joven, don Quijote o Sancho, correría con los gastos postreros, comenzaron a recitar los diferentes ti-pos de ataúdes que ofrecían, pero de manera tan rápida que no le fuera a la zaga ni al camarero más veloz de un bar de tapeo en Sevilla. Hágase el lector cuenta de que, al igual que el apresurado camarero canta sus tapas tan aprisa como si fuera a apagar un fuego (croquetah casera/calamarito fri-toh/seeerrranito/albóndigah/papah aliñá/mojama/pavía/

melva con tomate/costillitah en adobo/presa ibérica/sangre ensebollá...), así el señor de negro se lanzó sobre la muchacha con un listado de igual velocidad:

—Ataúd Willow, forro de algodón, biodegradable, sauce/Ataúd Malamor, forro de cartón, biodegradable, cartón/ Ataúd Cocido, forro de plástico, contaminante, exterior de chapa/Ataúd Premium, forro de raso rosa, perdurable, caoba/Ataúd Chino, a imitación de cualquiera de los demás modelos, barato, tóxico, matagusanos (enterrarlo antes de las cinco horas a partir de su recogida)...

Pero, en el entretanto que el señor seguía recitando tal longaniza de ataúdes, la otra pareja se empleaba en preparar el cuerpo de la abuela. Ya estaban los hombres apurados por haber comenzado los rigores de la muerte a dejarse sentir sobre los músculos que, como garrotes, resultaban ya imposibles de flexionar, de manera que, al tender a la anciana en la camilla, su postura no cambiara de aquella que tenía hallándose viva. Los antebrazos permanecían levantados, como si aún se apoyaran en la pieza de la silla donde habían reposado luengos años; las huesudas manos semejaban dos ganchos, y las piernas conservaban asimismo la curvatura que obedecieran cuando estaba sentada. La abuela presentaba, pues, cual gato asustado panza arriba, la más rara postura que imaginarse pueda en un camastro, cuanto más en una persona de su edad.

A todo esto, la nieta daba muestras de evidente confusión, ora mirando al señor que había pasado ya a hablar de la tarifa de los diferentes ataúdes —también de manera tan rápida que las cifras de uno se confundían con las del siguiente—, ora mirando a la pareja que manejaba el cuerpo de su querida abuela.

53

—Con las piernas así de levantadas no entrará en la caja —dijo uno de los señores.

—Pásame la prensa —respondió el otro.

El que recibiera la orden abrió una especie de bolsa con ruedas y sacó de ella un instrumento de hierro que, a juzgar por el esfuerzo con que lo puso sobre la camilla, pesaba más de una arroba. Tanto don Quijote y Sancho como la nieta y los vendedores de ataúdes quedaron a la espera de lo que viniese, mirando en qué iría a parar tanto aparato y algazara. Y pues es humano acongojarse de los dolores que se propinan a un cuerpo querido, sin que el saber que está muerto sea suficiente para aplacar nuestro sufrimiento, lo que estaba por suceder terminó por quebrar los nervios de la muchacha. Y fue de esta suerte:

El artilugio que habían situado sobre la camilla era una especie de prensa compuesta por dos láminas alargadas, la una sobre la otra, de aproximadamente un metro, rematadas en las esquinas por cuatro grandes tornillos terminados en una bola, cuya función, a lo que parecía, consistía en separar o juntar las placas de acuerdo con las vueltas que se les diera. Y así fue la verdad, como al cabo pudieron comprobar los que mirando estaban. Uno de los señores tomó una de las piernas agarrotadas en forma curva de la anciana, la colocó entre ambas láminas de hierro y, junto con su compañero, por una mecánica semejante a la del español garrote vil, comenzó a hacer girar las bolas. Todos vieron cómo al poco la pierna empezaba a ceder, estirándose, a medida que se iban rompiendo los huesos, en una serie de fracturas que, como el siniestro sonido no lo escondiera, podía seguirse, desde los huesos más grandes hasta los más pequeños, que como chispas se metían en los oídos y aun en los ojos, y hasta dolían.

No pudo soportar la muchacha ese sonido del quebrantamiento de huesos de su querida abuela y, antes de que colocaran la prensa en la otra pierna, arremetió contra ambos hombres gritando y, de manera tan colérica que, si no la hubiere agarrado el bueno de Sancho, sin duda el suceso terminara en tragedia.

Don Quijote, que durante todo ese tiempo había estado cavilando en silencio cómo por su gracia aquella hermosa muchacha habría de volver a sentir el abrazo de su abuela, suspendió tales intenciones al recordar cierto pasaje de las Escrituras que, por no tener en la memoria al pie de la letra, le llevó a sacar su ejemplar. Lo hojeó rápidamente y, al toparse con lo que buscaba —y teniendo por verdad que lo que cuenta la Biblia no es mera compostura y ficción para matar el tiempo—, leyó con ambos, voz y dedo índice, en alto:

—Y fueron los soldados a la cruz y quebraron las piernas del primero, y asimismo al otro que había sido crucificado con él. Pero cuando llegaron a Jesús, como le vieron ya muerto, no le quebraron las piernas. Porque estas cosas sucedieron para que se cumpliese la Escritura: No será quebrado hueso suyo.

Y así gritó a los dos señores de la prensa:

—¡Quebrantahuesos! ¡Bárbaros! ¡Buitres! ¡Romanos! No quebraréis un solo hueso más mientras a mí me quede fuerza en este brazo que os ha de quebrar los vuestros. ¡Apártate, Sancho! ¡Apártate, digo!

Y en diciendo esto, arremetió contra ellos con tal vehemencia que bien pudiera pensar el lector en este punto —y no erraría mucho—que nuestro hidalgo más se decantaba por representar a un muy pretérito justiciero de las armas caballerescas que a un mesías de la Palabra. Pero en mitad de este campo de Agramante irrumpió en la habitación la pareja de policías que había de recoger a don Quijote, ya curado de sus heridas, para llevarlo al calabozo, donde permanecería tres días, al cabo de los cuales, como se verá a continuación, se dio por resucitado. O... por mejor decir, puesto que resucitado ya pensaba él que lo estaba, se dio por vuelto a la vida de los vivos en los mismos términos que los demás, esto es, expuesto a los mismos peligros, pesares, amores y desamores que cualquier otro mortal.

CAPÍTULO VIII

Donde se refiere la historia del joven cautivo que asimismo refiere
su historia, junto con la primera noticia del venidero gobierno de
la ínsula de Manhattan y otras cosas de mucho gusto y pasatiempo

En la celda de don Quijote había un doncel de hasta veinti-
cinco años, el cual parecía tan triste que ni siquiera le impor-
taba delatarlo con su postura. Hallábase acurrucado en una
esquina del suelo como un vencejo herido, con los brazos que
parecían alas rotas, tapándose una parte de la cara, quizá temeroso de mirar el nuevo y espantable entorno. No tuvo
ocasión el caballero de presentarse ni de preguntarle nada
porque, no bien le hubieron encerrado, se presentaron dos
mujeres alguaciles para darle la comida, pues habiendo llegado tan a deshora para compartir comedor, y sabedoras de que
su estado era aún débil, así era menester, según cierta política
humanitaria de la que algunas cárceles se precian. Las dos
alguaciles —una, muy gruesa y la otra, muy seca, pero ambas
hurañas— le pasaron un vaso con agua y un plato que contenía una muy menguada porción de arroz, otro muy poco de
salsa de tomate, medio boniato y un mendrugo de pan. Ya
por su desorbitada imaginación, ya por la verdadera hambre
que traía, el hidalgo miró a las dos mujeres y, antes de hincar
el diente, les dijo con gran solemnidad y apostura:

Nunca fuera caballero de
damas tan bien servido
como fuera don Quijote
cuando de su aldea vino:
doncellas curaban dél;
princesas, del su rocino.

¡Y cuán grande fue el asombro de las alguaciles y del propio don Quijote, que no recordaba haber tenido, en toda su vida, caballo alguno! Pero lo que en él se manifestó en forma de seriedad y cierta inquietud, en las mujeres fue un estallar en risas tales que los demás presos no pudieron sino contagiarse en una carcajada común que se extendió de celda en celda, como bien querrían ellos que se extendiera su libertad.

Cuando los ánimos se hubieron calmado y don Quijote terminara de marear en la boca, porque le supiera a más, la escasa comida que le habían dado, se dirigió a su compañero de celda y le preguntó por su nombre y condición. El cautivo no respondió la primera vez ni la segunda, pero a la tercera, levantó la cabeza que tenía entre las rodillas y dijo:

—Señor, mi nombre no importa, pero sí me gustaría contarle por qué estoy aquí. Ya sabe, hoy en día el gran sueño americano no consiste en tener una casa funcional, un coche, una familia amorosa y multitud de electrodomésticos. El gran sueño americano, hoy, consiste en no pasar por la cárcel, porque de lo contrario, ya me dirá usted, si me permite que le cuente por qué me han encerrado, qué diablos hago yo aquí.

Esto oyendo don Quijote, siempre ávido de historias, le respondió:

—Cuente, cuente vuestra merced, que el que aquí está no tiene ahora otro deseo que escuchar lo que, a juzgar por la gentileza de su rostro, así como por la discreción de sus palabras, sin duda resultará deleitoso para el corazón y hasta para el estómago, que aún siento vacío.

El joven cautivo, si bien asombrado por el modo de hablar de don Quijote, no dejó que esto se interpusiera en el relato que quería contar; a su modo de ver, una injusticia, la cual, por más que él hubiera confiado en que las autoridades tomaran como tal, no le libró de la cárcel, y aún más, estaba seguro de que por hacer el bien, iba a cumplir una mayor condena que muchos otros por hacer el mal. Así, comenzó su historia:

—Supongo que usted está enterado de que en todas esas franquicias de comida rápida, tales como Starbucks, McDonald's, Dunkin' Donuts... a los empleados nos está absolutamente prohibido llevarnos comida que, por tener la fecha de caducidad al día siguiente, debemos tirar a la basura. Tampoco podemos, del mismo modo —y en esto son todavía más insistentes— dársela a ningún *homeless*. Creo que esto fue lo primero que me hicieron aprender cuando comencé, hace ya cinco años, a trabajar en el Starbucks, a fin de pagar el crédito que había pedido para estudiar en la Universidad. Y por si olvidábamos estas reglas, por todas partes, junto a las máquinas de café, en los cajones, en las neveras... había unos cartelitos que recordaban: «Llevar a casa o regalar comida a punto de caducar es lo mismo que robar».

Al principio yo no entendía el alcance de esas palabras. Quiero decir, entendía que a la empresa le podría costar muchos miles de dólares pagar una indemnización si alguien enfermaba por tomar su comida en mal estado. Pero no podía entender, hasta que lo viví, esa sensación de malestar que me recorría el cuerpo cuando, diariamente, delante de mi supervisor como testigo, al terminar la jornada tenía que verter en el fregadero litros y litros de leche que ni siquiera caducaba al día siguiente; además, como usted sabe, la fecha de caducidad es sólo aproximada y tiende, por precaución, a ser exageradamente temprana... eso lo sabe cualquiera... Y yo mismo, como estudiante, he comido muchos alimentos que pasaban de esa fecha y jamás me enfermé. Pero aun asumiendo que no se debe dar comida caducada, lo que yo no entendía era que tampoco pudiera entregar esos alimentos sólo porque vencían al día siguiente o, a veces, incluso a los dos días. Sobre todo, más que estar de acuerdo o no con esta política, había algo que quedaba al margen de cualquier ideología empresarial, y era esa cosa que sentía en el estómago cuando, siempre ante la mirada escudriñadora de mi jefa o supervisor, tenía que tirar tanta comida a la basura.

Durante unos dos meses acaté las reglas, pero un día, al pasar por Walmart, vi algo que marcó un antes y un después en mi comportamiento y, desde entonces, una bola de nieve cada vez más grande, conmigo dentro, me trajo adonde usted me ve ahora. Recuerdo con claridad la fecha porque era el día de Acción de Gracias. Dejé el coche en el aparcamiento de Walmart y salí corriendo, porque hacía muchísimo frío. Al entrar en el supermercado vi un letrero enorme sobre unas cajas, que pedía donativos en dinero o comida. En un principio pensé, por las prisas o porque éste es el mensaje acostumbrado, que, dadas las fechas señaladas, Walmart pedía ayuda para los más necesitados. Pero no era eso exactamente lo que había leído, así que volví sobre mis pasos para confirmar lo que mi cerebro había procesado con algunos segundos de retraso, debido, claro está, a lo descabellado del mensaje. Y es que, en ese mensaje, señor... perdone, ¿cómo se llama usted?

—Don Quijote, don Quijote de la Mancha o, si lo prefiere, puede llamarme Caballero de la Triste Figura, para servirle. Pero prosiga, prosiga.

Y así, el chico, si bien perplejo por escuchar tal nombre, continuó:

—Pues le estaba contando que el letrero, es cierto, pedía donativos o comida a la gente que por allí pasaba, pero lo que me sobresaltó fue que Walmart no lo hacía para los indigentes, sino para sus propios empleados. Aquello me pareció tan perverso que a partir del día siguiente, señor don Chicote, o don Jigote...

—¡¿Pero qué diantres de nombres son ésos?! Le he dicho que me llamo don Quijote de la Mancha o, si lo prefie-

61

re, Caballero de la Triste Figura —interrumpió algo molesto, a lo que el muchacho, tímido y otra vez asombrado, pero ya inserto en el relato de su propia historia, prosiguió:

—Discúlpeme... Bueno, como iba diciéndole, a partir de ese día, durante el trabajo, comencé a esconder algunas botellas de leche, las magdalenas que podía y algunos sándwiches del Starbucks y, al salir, de camino a casa, los iba dejando en los diferentes soportales en los que, entre cartones y pilas de mantas para guarecerse del frío, dormían o trataban de dormir algunos sintecho.

Calculo que estaría haciendo esto durante unos dos meses. Le puedo asegurar que durante ese tiempo tirar tantos litros de leche por el fregadero llegó a dolerme algo menos, porque sabía que, dentro de mis limitaciones, hacía lo que podía, y que de todos los litros que querían que tirara yo salvaba cuanto me era posible sin que me descubrieran, pues tampoco podía arriesgarme a perder el trabajo y enfrentarme a la ansiedad de no saber cómo pagar no ya el crédito del banco para las cuotas universitarias, sino los propios gastos diarios, de los que mis padres no podían hacerse cargo. Así está hecha esta ciudad, o este mundo, y yo mismo era una pieza más en el engranaje de ese mecanismo injusto, que pese a todo quería conservar. Aunque los había peores que yo, no se crea, y es que en esos lugares, aunque parezca imposible (o a mí, al menos, me lo parecía), hay trabajadores que se pisotean los unos a los otros con tal de escalar en esa pirámide cuya cumbre ansían conquistar como la culminación a toda su existencia. Pero bueno, como le iba diciendo, durante esos dos meses en que logré esconderlo, cada vez que veía los cartelitos que rodeaban las encimeras del lugar donde preparaba los *frappuccinos*, con su mensaje de «Llevar a casa o regalar comida a punto de caducar es lo mismo que robar», me reía para mis adentros... hasta que dejé de hacerlo cuando me pillaron y despidieron, por ladrón, precisaron, y aun me hicieron agradecer mil veces que no dieran parte a no sé quién, la verdad, porque no creo que eso sea motivo para llamar a la policía o abrirme ningún tipo de expediente. Pero, en fin, el caso es que tuve que repetir hasta cansarme que lo sentía, y mostrarme tan arrepentido y avergonzado como si hubiera atracado a un desvalido.

De este modo, pasé a trabajar a una compañía de índole similar: Dunkin' Donuts, no sin tener que rogarle antes a mi anterior jefa que, en el caso de que le pidieran referencias sobre mi trabajo, no mencionara mi robo (tenía que llamarlo así, *mi robo*, y con la cabeza gacha). Tuve que aguantar su insoportable aire de superioridad moral y condescendencia para conmigo al prometerme no mencionar nada con tal de que no volviera a hacerlo.

Pero claro que lo repetí en mi nuevo trabajo, y desde el primer día. El Dunkin' Donuts donde entré a trabajar estaba en Fordham Rd., en el Bronx, donde llegaba en autobús, pues no me quedaba muy lejos de casa. Y ahí, en el autobús, veía lo que comía la mayor parte de los niños: donuts, precisamente, del Dunkin' Donuts, de todos los colores, pero de un mismo precio: un dólar. Por un dólar las madres podían alimentar a sus hijos, y aquélla no sería la mejor comida, pero sin duda sí era la más barata a la que tenían acceso, y la más calórica para los días de frío, con esos glaseados azules, rosas y verdes. Así que volví a las andadas, pero con mayor ánimo, y pasé de esconder parte de la comida que iría a la basura a apartar una o dos veces por semana paquetes nuevos de café instantáneo, que iba dejando, como de costumbre, de camino a casa, por las esquinas o bocas de metro donde dormían personas y perros, o personas como perros, porque a algunos, ya sabe, así los trata la policía, pues para moverlos de sitio no necesitan palabras, tan sólo puntapiés. Mis hurtos fueron tantos que mis empleadores acabaron también por pillarme y, puesto que mi jefe asumió que era primerizo en estas mañas, no hubo tampoco mayor castigo que el de dejarme nuevamente sin trabajo. Y a partir de aquí, señor Caballero de la Mancha Triste, por no aburrirle, que yo al menos tengo sueño, le diré que...

A lo que don Quijote, irritado, le interrumpió:

—Pero ¿otra vez se confunde vuestra merced? ¡¿Qué nombre es ése?! Primero me llamó don Jigote y ahora, ¡Caballero de la Mancha Triste! No, no... mi nombre es, como le he dicho, don Quijote de la Mancha, o bien Caballero de la Triste Figura. Pero vuelvo a decirle que no se interrumpa y, mejor... mejor no me llame de ninguna manera, que yo sé quién soy, y con eso, me basta para este caso.

Y el cautivo, ahora sí, atónito, prosiguió:

—Bueno... nada, señor, que le decía que por no aburrirle terminaré resumiendo que así fui saltando de trabajo en trabajo, y en cada uno robaba más que en el anterior, no sólo en cantidad, sino también en calidad, pues pasé de robar en los almacenes sudaderas con el nombre de las empresas, tazas, máquinas de café... a robar lavaplatos, frigoríficos..., todo lo cual vendía y repartía como antes hacía con la leche o las magdalenas. Y finalmente, señor..., finalmente, terminé por robar un banco, cuyo dinero no pude compartir porque me lo quitaron antes de traerme aquí.

—He escuchado su historia tan atentamente como merecen su discreción y donaire —respondió don Quijote—, y voto a Tal, quiero decir, a Dios, que teníades razón en aquello de afirmar que otros, a buen seguro, están cumpliendo condena menos rigurosa por hacer el mal, y no el bien como vuestra merced ha hecho. A fe mía que vuestra merced está aquí por una terrible injusticia de los hombres, y que, obrando según las Sagradas Escrituras, puesto que no se le ha hecho justicia en este mundo, ha de saber que se le concederá justicia divina en el otro mundo. Cuanto más, noble amigo, que vuestra merced practicó la virtud excelente de la limosna ocultándose del resto de las gentes, y guardándose de que nadie le lisonjeara por su compasión, que es ésta la única manera en que nuestro Señor Jesucristo acredita el valor de la tal limosna, pues así dijo nuestro señor muy claro en Mateo 6:1-4: «Mirad que no deis vuestra limosna delante de los hombres para ser vistos por ellos; no hagas tocar trompeta delante de ti, como hacen los hipócritas en las sinagogas y en las calles, para ser alabados por los hombres. Mas cuando tú des limosna, no sepa tu izquierda lo que hace tu derecha, para que sea tu limosna en secreto; y tu Padre, que ve en lo secreto, te recompensará en público». Ahora bien, dígame vuestra merced, si su discreción se lo permite, si por ventura recuerda el nombre de aquella primera jefa que, por ser la primera, tengo yo por la artífice de todo lo que a vuestra merced le ha sobrevenido después. Pues sepa vuestra merced que no he leído yo nada en los Evangelios que contravenga o reprenda el socorro de los agraviados en esta misma vida, por parte de aquellos que, como yo —a quien ningún peligro pone en miedo—, pueden y deben, por el poder de su Palabra, levantar a los caídos y validar a los desvalidos.

El muchacho, que miraba a don Quijote con la boca abierta, no sabía muy bien qué responder, pero, pues las palabras de aliento ni ofenden ni duelen al afrentado, le dijo a don Quijote que, porque no se le olvidase, le escribiría el nombre y el lugar donde podría hallar a su primera jefa, cuando un alguacil le facilitara con qué escribir, y que se lo daría en el instante en que le permitieran al hidalgo salir a la libertad del día. También le advirtió que era posible que la susodicha jefa hubiera cambiado de Starbucks y aun de trabajo. Dicho esto, ambos cautivos se dispusieron a dormir en la que don Quijote consideraba su primera noche de resucitado.

A las cinco y media de la mañana, estaban ya los dos sentados en una mesa del comedor. El joven miraba a don Quijote, que no probaba bocado, y preguntándole la razón de su desgana, éste respondió:

—No he de alimentarme yo, a lo menos por hoy, más que de suculentas memorias, y hágase vuestra merced cuenta de que la flor de estas memorias mías tiene por nombre Marcela, y que si vuestra merced la hubiéredes visto, se daría por desayunado, almorzado y merendado. Aparte de que bien podría ser que los resucitados no tengan las mismas necesidades...

Y en esto diciendo, don Quijote se calló de golpe y quedó abismado en el hondo pozo de sus pensamientos, y con un gesto tan melancólico que rompiera el alma del criminal más criminal que en ese momento le mirara. El hidalgo no volvió a hablar sino hasta pasados dos días, cuando se vio libre y en amor y compañía del buen Sancho, que en una dependencia de la prisión le ayudaba a colocarse su galáctica armadura, a lo cual dijo don Quijote:

—Sancho amigo, Sancho amable, como sabes, con éste hará tres días que volví de mi muerte, y has de saber que hoy me doy por resucitado de una vez por todas, pero resucitado de los que, como cualquier otro mortal, saben que les avendrá la primera muerte. Y no pienses que mi resurrección en este mundo tiene algo que ver con esas sandeces que me advertiste del comer o del hacer aguas menores o mayores, sino con otra causa muy principal: soy vivo por segunda vez porque no creo yo que sea virtuoso socorrer a los desvalidos sin tener apenas, por no tener ya vida, nada que perder. Considérame, pues, vivo, y si quieres, tan meante, tan cagante y tan susceptible de ser herido como cualquiera, y aún más, teniendo en cuenta que mi bondad me expone a mayores peligros. Y acaba ya de vestirme, que he de comunicarte el fin que tengo pensado para ti como parte de una recompensa que ningún otro señor hubiere dado jamás a su apóstol, discípulo, vasallo o escudero en todo el universo mundo.

—No me avengo a creer, señor... —replicó Sancho— que entrara vuestra merced con las manos tan vacías en los calabozos no hace sino tres días y salga ahora con el convencimiento de una gran empresa.

—¡Qué mal me entiendes, Sancho! Engáñaste en eso, porque ha ya tiempo que me rondaba esta idea, acaso antes de que arribáramos a esta ciudad, y si no te la he referido aún ha sido sólo porque es de prudentes y discretos observar si las calidades del favorecido por su señor están a la altura de su gracia y concesión.

—Dígala pues vuestra merced, y deje de tenerme en ascuas, que desde que se le ocurrió la peregrina idea de hacer la luz en aquel restaurante apagado, me han salido mil canas.

—Puesto que insistes, te diré que el gran desconcierto que llevo viendo desde que llegamos a esta ciudad ha sido para mí motivo de muchas congojas y desvelos en los que he resuelto lo que ahora te diré. Pero primero advierte, buen Sancho, que no es menester sino tener la inteligencia en mediana salud y los humores templados para percatarse de que aquí la gente habla de maneras tan distintas que se confunden todas las lenguas, y así no es de extrañar que a cada paso se hallen altercados, jaleos, alborotos y atropellos. De donde vengo a temer que cosas más graves sucedan si la armonía y el orden no vienen a imponerse, que esto parece una... ¿qué digo una? ¡Mil torres de Babel! Porque has de saber, Sancho, que como indica su mismo nombre babel —del hebreo *balal*— quiere decir confusión.

Mientras en estas pláticas estaban, don Quijote y Sancho salieron al aire libre —nunca mejor dicho—, y así como don Quijote vio en el skyline, a lo lejos, el rascacielos que, a su parecer, era el más alto que desde ese punto se veía, lo señaló, indicándole a Sancho:

—¡Ésa, ésa o una prima hermana debió de ser la primera torre de Babel! Con ella, mediante ladrillo en lugar de piedra, y asfalto en vez de mezcla, quiso la arrogancia del hombre construir una torre que tocara el cielo y, así, los hombres, que tenían al principio el regalo de una misma lengua, dejaron de entenderse cuando Jehová habló de esta manera:

«He aquí que el pueblo es uno, y todos éstos tienen un solo lenguaje; y han comenzado a edificar, y ahora nada los hará desistir de lo que han pensado hacer. Ahora, pues, descendamos y confundamos allí su lengua, para que ninguno entienda el habla de su compañero».

—A fe mía —dijo Sacho— que en este punto bien pudiera vuestra merced estar en lo cierto, porque de cinco personas que hablan, yo entiendo a media, y aun no llega, y es un gran misterio para mí ver cómo las gentes, si no se entienden, lo disimulan, porque a lo menos veo yo que hacen sus compras, y lo que ya no sé es si quienes hablan por teléfono mientras caminan lo hacen con gentes de su misma lengua o sólo hablan por hablar, como hago yo, que si no hablo, me entiendan o no, ora se me pudren las palabras dentro, ora reviento. Pero... dígame ya vuestra merced qué salario piensa darme por la lealtad que le he mostrado.

—¿Pues qué ha de ser, Sancho, sino el gobierno de esta ínsula, de manera que todas las lenguas concuerden con la verdadera, que es la lengua cristiana?

—Válgame Dios que es de bien nacidos el ser agradecidos, pero señor..., deme vuestra merced sus manos para que se las bese y el gobierno de esta ínsula sin meterme a maestro de nada, porque no veo yo de qué manera he de achicar todas las lenguas a la nuestra, por muy cierto que sea ésta la verdadera. Yo le prometo, eso sí, que en gobernando yo, lo haré como un faraón, y bien puedo hacer lo que he visto que muchos gobernadores hacen, y es que ordenan a sus ciudadanos hablar en algo que todo el mundo entiende, y esta lengua es la del buen callar, señor, la cual consiste, como su propio nombre indica, sin tener que irnos al hebreo, en que se estén bien calladitos, que como decía mi madre a mi padre: callado estás más guapo... pero lo que vengo a decirle, señor, es que en hablando yo como gobernador, para qué vamos a andarnos en tantas filosofías.

—Pues comienza por callarte tú, Sancho, porque dices tantos dislates juntos que hasta puede ser que me arrepienta de hacerte tal merced, pero pues tus palabras no te ayudan, deja que a lo menos tus actos me confirmen en mi decisión, empezando por un agravio que debo deshacer cuanto antes, en defensa del pobre cautivo que he dejado en la celda donde sólo el recuerdo de Marcela me dio alas de libertad.

—Pero señor, yo, aunque no dije nada en su momento, llevo mucho tiempo cavilando desde entonces y debo decir que, por más que lo he intentado, no acabo de entender los amores de vuestra merced con Marcela, siendo ésta, como es, una torre.

—Te he dicho, Sancho, que te calles. Ya te conté que Marcela no es una torre, sino la reina de la hermosura que, por salvar a cientos de almas, se trocó en torre para guarecerlas. ¿Qué fue antes: Dafne o el laurel, Zeus o la lluvia dorada, Narciso o la flor? Pero no respondas, no respondas. Guarda para ti ese silencio que como gobernador querrías imponer, que la conversación incesante es para el hombre sensato lo que la arena del desierto para el viajero fatigado. Y aligeremos el paso, que hoy mismo quiero deshacer el agravio del que te hablo en un Starbucks que debe de estar de aquí a una hora.

Pero, aunque el propósito de don Quijote era desagraviar al joven cautivo aquel mismo día, no llegarían al Starbucks sino hasta unos meses más tarde. Algunas aventuras de poca sustancia que no viene al caso referir, así como esa cotidianeidad que en Manhattan hila y junta un mes con el siguiente en un abrir y cerrar de ojos —en contraste con las anchuras del tiempo o el lento parpadeo allá en los siglos de la Mancha—, retrasaron, mal que le pesara al caballero, su noble empresa... mas nada fuera nunca bastante para impedir su ejecución.

CAPÍTULO IX

Donde muy brevemente se pide concesión para alterar la falsa
linealidad del tiempo

Antes de relatar cómo deshizo nuestro caballero el agravio
que pesaba sobre el joven cautivo, permítasenle a esas divinas leyes de la aleatoriedad avanzar una escena que habla,
por sí misma, de ese devenir sincrónico del Tiempo, el cual,
del mismo modo que puso a nuestra pareja con un pie en
cada siglo, marcará la narración de esta verdadera historia;
pues bien es cierto que estas aventuras ocurren en la superficie de una ínsula que se tiende bajo el cielo y se solaza cara a
las nubes y al viento, pero en sus espaldas, por esa parte que
no podemos ver ahora, se deja habitar por otras historias y
otras vidas, que, por medio de sus ríos profundos, también
comunican —como finalmente verá el lector— la faz de este
relato con lo que está aconteciendo a la vez en su reverso.

Y esta escena que aquí se anticipa nos lleva a la Quinta
Avenida, pero a una Quinta Avenida inundada, donde las
aguas corren en dirección al sur de Manhattan, hacia el mar.
Y por ella no transita gente, porque ya no hay gente, sino
cientos, miles, acaso millones de libros que han salido, como
por enormes surtidores a presión, por las puertas y las ventanas de la Biblioteca Pública de Nueva York, la cual, asi-

mismo inundada, los ha arrojado a las aguas de la avenida. Y ahí don Quijote, con el cuerpo entero empapado por las incesantes lluvias de los muchos días, agarra un libro y, como puede, le limpia el agua, y ansioso lee el título, y también con todo nervio lo regresa de nuevo a esa corriente que fluye hacia el mar, y agarra otro, buscando el título que quiere, porque él busca un solo libro y, cuando por no encontrarlo —ya con las yemas de los dedos arrugadas, ya derrengado—, se da por vencido, le dice a Sancho de qué modo triste considera él que, en ese fluir de libros de todos los tiempos, está contenido, también, el hombre de todos los tiempos:

—¡Ay, Sancho! Tú eres ignorante y no sabes que estos libros que nos rozan las piernas no son simples cuentos, tratados, mapas o imaginaciones, ni siquiera la palabra de Dios. Lo que aquí y ahora pasa ante nuestros ojos, lo que aquí va camino de diluirse en los océanos de este globo nuestro, es el curso mismo de la Historia. Aquí lo tienes, Sancho. Siéntete tan bendecido como desgraciado porque puedes presenciar este nunca antes visto y singular escenario. La historia mundial del hombre se nos presenta así, de golpe, no en su disposición cronológica, sino en su orden verdadero: la sincronización de lo que fuimos, de cuanto seremos, de lo que somos, todo al mismo tiempo pero siempre, siempre, encauzado hacia nuestra propia desembocadura.

Y volviendo a la lineal, monótona y obstinada cronología del hoy que hacia el mañana se dirige —como si el futuro estuviera en algún lugar y el tiempo precisara del ordenado encadenamiento de los días para existir—, vayamos, ahora sí, al capítulo siguiente, el cual —por ser éste el noveno— habrá que considerar el décimo.

CAPÍTULO X

De la multiplicación de los donuts, las magdalenas y los hombres
libres, así como del primer halcón que descubrió la naturaleza
impermeable del dólar, que habrá de anticipar el final de esta historia

Empezaba en Nueva York lo que sus naturales llaman *Indian Summer*, esto es, esa época del año entre septiembre y octubre en que las hojas de los árboles pasan del verde al rojo en todos sus matices: escarlata, granate, bermellón, carmesí... La ciudad se torna colorada y, en los rascacielos de superficies especulares, el reflejo de las nubes pierde protagonismo para dar paso al color predominante, ese rojo cuyos fulgores se alargan hacia el cielo como las plumas de un macho que se pavonea ante la esquiva hembra. De este modo se mostraban también en la armadura áurea de don Quijote los tonos azafranados de los árboles, y es que se dio la circunstancia de que, para llegar al Starbucks que nuestro caballero buscaba desde que conociera la historia del joven cautivo, hubo la pareja de atravesar el gran parque que hay en la ínsula de Manhattan, el Central Park.

Y así caminaba el hidalgo, más vigoroso que de costumbre, más rojizo que dorado, más altivo que triste. ¡Oh, cómo pudiera el lector ver con sus propios ojos, tal cual fue, a don Quijote y Sancho avanzar por aquel parque! El uno —con esa

75

armadura que limitaba su movilidad y dividía sus movimientos en secciones, como si fuera un primer ensayo de hombre— miraba hacia las copas de los árboles como si ahí, y no en el suelo, estuviera la razón de su aterrizaje en un nuevo planeta, o como si el misterio de lo desconocido, y de los nuevos tiempos, se le insinuara en el paso preciso del verdor que flaquea al rojo que flamea; y así, como dos palabras muy distintas pero hermanadas por la rima, marchaban los dos hombres contentos con su suerte. No le hacía falta al hidalgo caballo alguno, o el Rocinante que no recordaba, porque más que andar con el cuerpo, avanzaba con la viveza de sus ojos, que lo iba desplazando por medio de su asombro como si volara a lomos del mismísimo Pegaso. Y Sancho, que hacía sólo escasos minutos se quejaba del calor que sufría bajo su traje peludo, empezó a caminar con pasos más largos, que no parecía sino que también la curiosidad de aquellos parajes le hubiera puesto las alas de Mercurio al final de sus torpes piernas; unas alas sopladas, movidas, henchidas por la brisa otoñal del parque como si fueran las velas del más alegre navío.

En tales circunstancias, no ha de suponer el lector que nuestra pareja, debido a esa sensación de descubrimiento, hubiera de recuperar la memoria de sus existencias de allá cinco siglos atrás. Considérese sólo que en estos momentos ambos miraban al mundo como dos criaturas de brevísima edad, con una mirada inocente no sólo por la poca experiencia en malandanzas o desengaños, sino porque todo misterio recién descubierto, especialmente si nos abriere los ojos a lo bello, hace de nosotros seres ingenuos, admirados, poco duchos en el arte del menosprecio, y sabios en las mañas de la fascinación que trae consigo cualquier nacimiento.

Anduvieron, pues, sin hablar palabra, hasta que se vieron al otro lado del parque, y don Quijote, como vuelto en sí tras esa profunda pero huidiza tranquilidad, recuperó su antiguo nervio y, volviendo a mirar el papelito que en su día le diera el cautivo para confirmar la dirección, le dijo a Sancho:

—Sancho, ahí está. Ése es el Starbucks adonde mi deber me llama. Guarda tú este papel, pues podría ser que un día alguien escribiere nuestras andanzas.

Esto dicho don Quijote, Sancho leyó, junto a la dirección, el nombre de la señora que su amo buscara: «Señora Kara Coles», tras lo cual comenzó a saltar de risa mientras decía:

—¡Caracoles, caracoles! ¿Habrase visto un nombre igual? Mire, vuestra merced... señor... que bien dice el refrán: dime con quién andas, decirte he quién eres, y que de gente cornuda, babosa y arrastrada no se puede sacar nada bueno.

—¡Que te calles, Sancho! No se dice Caracoles, sino Kara Couls. Repito: Kara Co-uls.

—¡Venirme a mí con ésas! —respondió Sancho—. ¿Pues no quiere vuestra merced que cuando me vea gobernador de esta ínsula reduzca todas las lenguas a la verdadera, que es la cristiana? Pues yo digo que esta señora se llama Caracoles, aquí y donde alcance mi gobierno, que por el siglo de mi madre ya empiezo a creer que he de valer yo que ni de molde para este ejercicio del gobernar.

—Sancho, Sancho... ¡Cállate o te haré callar! Estate serio y derecho, vamos quedo y aguarda para atenderme si alguna pedrada o cosa peor arrojadiza me quebrase la testa.

—Pero mi señor don Quijote, ¿que no ha pocos meses que vuestra merced salió de los calabozos y ya quiere volver? ¿Qué se le ha perdido en este lugar?

Pero don Quijote ya no escuchaba nada y, con paso decidido, se encaminó a la cafetería que formaba parte de un centro comercial, donde también había un cine que, en ese momento, estrenaba la última película de la saga de *La guerra de las galaxias*. Aquélla fue la razón por la cual, en entrando al Starbucks, don Quijote pegara un salto tras toparse de frente con lo inesperado: su doble. Y es que alguien con su mismo atuendo de C-3PO, en la puerta del establecimiento, ofrecía en una bandeja, modulando su voz robótica, muestras de magdalenas y pequeños vasitos de café a quienes se paseaban por el centro comercial.

Esto viendo, y superado el asombro inicial, don Quijote le dijo a Sancho:

—¡Mira, Sancho! ¿No te decía yo que este mi traje no estaba tan en desuso como tú decías? Lo que pasa es que las pocas ocasiones en que lo vemos se deben a que sólo han de portarlo los caballeros de mayor nota y merecimiento. Pues hete aquí a un, sin duda, gran señor bajo una armadura como la mía, que mejor se la dé Dios, porque, como ves, no ha de ser casualidad que esté regalando comida, señal inequívoca de que me hallo en el lugar propicio para devolverle a aquel infeliz cautivo la dignidad que, por repartir lo mejor que pudo entre sus hermanos, le quitaron.

Y dirigiéndose a su doble C-3PO, le dijo:

—Le agradezco el envite, señor, pero ya nos hemos desayunado. Así pues, regálele vuestra merced estos buenos avíos a quien mejor los necesitare.

Pero Sancho, muy al contrario que el hidalgo —que no comía en esos momentos en que los nervios se lo comían a él—, sin decir esta boca es mía, se llegó a la bandeja de magdalenas y con sus pezuñas agarró cuantas pudo, lo cual sin duda le hubiera valido una buena mamona o un pellizco de su amo si éste no avanzara ya en dirección a la caja principal del Starbucks, donde, después de esperar tras una gran hilera de gente, y con suma compostura, preguntó por la directora.

—¿Tendría vuestra merced la cortesía de llevarme ante la presencia de la señora Kara Coles?

La cajera, creyendo que don Quijote no era sino parte de la promoción de la película, o bien un aficionado que ese día había tomado por los cabellos la ocasión para meterse en su papel sin ser tomado por loco o, cuando menos, por excéntrico, fue a llamar a la señora Coles, quien, en efecto, seguía trabajando en el mismo lugar. Cuando don Quijote la vio aparecer, no esperó a que saliera y, franqueando la zona de las cajas, se llegó hasta ella y le dijo que venía a otorgarle el perdón por la injusticia que, cinco años atrás, había cometido contra uno de sus empleados; injusticia que sin duda desencadenara las que le vinieron luego en tropel confuso hasta dar con los huesos del desdichado joven en la cárcel.

Al principio, la señora Coles no podía entender de qué asunto le hablaba el que, a no dudarlo, estaba mal de los cascos. Pero algún movimiento extraño debió de ver en don Quijote y, a lo mejor asustada por lo que pudiera traer ocuto bajo su disfraz en esos tiempos convulsos para la ciudad, y viéndose, por otra parte, acorralada en su oficina, pues don Quijote no se movía del umbral de la puerta, intentó no hincarle espuelas a su ira y preguntó con voz melificada si podía darle más datos sobre el hecho por el cual debía pedir perdón. A esto, don Quijote le respondió:

—¿No hace acaso cinco años que tuvo vuestra merced trabajando a su servicio, para honra de esta cafetería, a un doncel tan gallardo como dadivoso?

Al ver que la señora Coles no respondía, don Quijote pasó adelante:

—¿Y no es la verdad que precisamente por su magnificencia para con los más desfavorecidos, vuestra merced le puso en la calle, quiero decir, por repartir leche y otros sustentos que vuecencia prefería tirar a la basura?

Estos datos fueron suficientes para que la señora comprendiera a qué joven se refería don Quijote, pero no sabiendo aún si el caballero era mentecato, rijoso, criminal o terrorista, resolvió mostrarse tan tranquila como cuando atendía las quejas de cualquier cliente, enseñando la misma y no otra ninguna sonrisa, lo cual encendió los ánimos de don Quijote:

—¿De qué se ríe vuestra merced, si puede saberse? ¿Acaso he dicho yo cosa de mofa y aspaviento? ¿O es que estamos por ventura holgándonos en las bodas de Camacho? Porque... si de reírnos se trata, bien podría yo reírme de su nombre, ¡Kara Coles!, que nunca he querido yo probar los caracoles por no mezclarme —como bien dice mi acompañante y discípulo Sancho, mal que me pese— con especies arrastradas, babosas y... bueno, otras cosas del género que mejor me guardo por no cansaros ni insultaros, así sea muy a propósito, pues el insultar más agravia al que ofende que al que se pretende ofender.

Y ni don Quijote sabía de dónde le venía a él aquello de las bodas de Camacho, ni —a decir verdad— recordaba si había probado o no los caracoles. Como tampoco le hizo falta a la señora entender nada de esto para ocultar su blancos y alineados dientes, mientras mudaba su semblante por otro mucho más grave.

—Sepa vuestra merced que estoy aquí, como antes le he referido, para ofrecerle el perdón por vía de la enmienda que, sin duda, aceptará a cambio de la tranquilidad de su alma. Y esa enmienda será puesta en ejecución como yo ahora le diré, y es que yo le ordeno que, desde este mismo punto, vuestra merced deje dispuesto que todos sus servidores y empleados repartan cuantas viandas haya en este lugar, hasta que no quede ni una migaja de eso que, si mal no leo ahí, es un *panini*. Y todo debe ser repartido con honesta alegría del corazón, que es el único modo de alcanzar los hombres el perdón verdadero.

Y en diciendo esto, hizo don Quijote, merced a la rigidez de su armadura, otro extraño movimiento que acaso le pareciera sospechoso a la señora Coles, quien, ante la duda, decidió rescatar su mejor sonrisa —por aquello de mostrar una alegría sincera, bien que fingida— y ordenar a sus empleados el cumplimiento de los deseos de don Quijote.

Dicho y hecho. Como hormigas diligentes que, a ojos de don Quijote, no podían sino certificar la sumisión a la que se había visto sometido el cautivo, los encargados de las cajas las cerraron y se pusieron a entregar, de bóbilis, bóbilis, lo que pedían los clientes que aguardaban su turno en la cola. Pero como la noticia del pan gratis se extiende más rápido que la pólvora, la voz se corrió por todo el Starbucks, primero, y luego, más allá, por todo lo largo y ancho del centro comercial y, aún más lejos, pues superó los límites de éste para salir a la calle, adonde fue a tocar tanto a necesitados como a quienes no lo eran, de indigentes a ejecutivos, los cuales, cuando vinieron a averiguar que ni un café ni aun ciento merecían los empujones de aquel gentío, ya estaban atrapados como en una arquitectura que, sin clavos, se sostuviera por la presión que ejercían todas sus partes.

A todo esto Sancho, que había andado listo, se había apertrechado y guarecido con algunos trabajadores en el baño, presto a esperar lo que viniera, mientras que don Quijote, habiendo sacado el dinero de las cajas, de camino a la salida viose sepultado en medio del establecimiento, desde donde pudo distinguir, a unos quince metros, también atrapado, si bien cerca de la puerta, al C-3PO con el que se topó al entrar, al cual gritaba:

—¡Amigo! ¡Señor amigo! Venga vuestra merced a poner orden enseguida, que yo solo no me basto.

Y como viera que su doble, aunque quisiera —que no parecía ser el caso—, tampoco podía moverse, don Quijote se dirigía a la bárbara turba:

—¡Ténganse todos! ¡Haya paz! ¡Que así como Jesús multiplicó los panes y los peces, yo haré, en tanto se apacigüen y entren en razón, mil magdalenas de una sola migaja, dos mil donuts de un solo agujero, y tres mil hombres libres de un agricultor en un cafetal de Sumatra!

Pero la gente, atendiendo más a su seguridad que a las palabras de un mentecato disfrazado, no quiso escuchar nada. Las madres sostenían en volandas a los niños, que se desgañitaban a berridos desde las alturas; los más atléticos y cabales trataban de erigir parapetos humanos para proteger a los que, pegados a ellos, parecían más susceptibles de espachurrarse; los que venían de sus lecciones de yoga, con sus colchonetas a la espalda enrolladas en un saquito como flechas en el carcax, trataban lo mejor que podían de desenvolverlas, también para protegerse, si no de empujones, cuando menos, de arañazos; algunas afroamericanas, para salvar de tirones sus pelucas, se las quitaron; el miedo redondeó los ojos de los chinos y achinó los ojos de los blancos; los republicanos imaginaban bombas ajustadas al cinto de cualquier mujer con velo; los demócratas, también. Pero todos, sin excepción, salvo aquellos que estaban más desmayados que despiertos, alzaron las manos cuando don Quijote, al ver que nadie lo escuchaba, comenzó a arrojar al aire los billetes que primero había sacado de las cajas. Y así, lo que antes fuera instinto de protección pasó a ser un saltar y hacer cabriolas por encima del otro para alcanzar algo en mitad de la lluvia de billetes, los cuales —debido a los propios brincos de la muchedumbre, que apenas podía ver lo que tocaba—, no dejaban de planear sobre las cabezas, pues no bien los dedos los rozaban sin poder prenderlos, volvían a ascender por los aires como ocurre con todo dinero sin dueño.

Don Quijote, ya desesperado, aunque ciertamente protegido por su armadura, no cesaba de gritar al C-3PO que seguía atrapado junto a la puerta.

—¡Amigo, amigo! ¡Bendito sea el poderoso Dios, que si perezco en esta lid, sólo le pido a vuestra merced que vaya y se arrodille a los pies de Marcela, la Torre, la Bella, y le diga cómo perecí por mi sacrificio!

C-3PO no pudo contestarle, por mucho que hubiera querido, porque no pocos policías le agarraron y le sacaron en alto, cual San Cristo en procesión. Luego comenzaron a desalojar, sin mayores daños, el Starbucks, de donde don

Quijote, gracias a su doble y a la confusa caterva, salió pasando desapercibido, sano y salvo... y Sancho, aunque asustado, sin una sola magulladura.

Conclúyase este capítulo con una merecida mención al único billete que, de entre todos los volanderos, lograra escapar del Starbucks, y saliera a la calle, y surcara los aires, en donde fue apresado por el pico de un halcón macho que tiene su nido en Water St. Y una vez en el nido, el halcón hembra lo ensalivó y lo entretejió con el resto de las ramas. Y como vieran los halcones que aquel material resistiría mejor las inclemencias del tiempo, aislando el hogar ovíparo del crudo invierno en Nueva York merced a esa pátina de grasa que los miles o millones de manos propiciaba como impermeable barniz, dedicaron sus próximos vuelos a la caza furtiva de nuevos billetes. Y así como estos robos apresadólares y aéreos fueron repitiéndose y comunicándose de pájaro en pájaro, de pico en pico, según se verá en el curso de este relato —y no como mero detalle baladí, sino fundamental para el final que nos espera—, tampoco piense el lector que para nuestro don Quijote y nuestro Sancho la noticia de la repartición de billetes iba a morir sepultada entre las paredes de esta jornada. Aquél fue nada menos que el principio de que don Quijote, con Sancho en calidad de discípulo suyo, llegara a ser... lo que también se sabrá a su debido tiempo en esta verdadera historia.

CAPÍTULO XI

Que trata del polvo hecho piojos según las diez plagas de Egipto,
y de cómo Sancho soñó con rebaños de piojos grandes como cerdos
de ocho patas: los piojerdos

Después de las peripecias referidas, don Quijote vio desequilibrada la balanza entre la vida activa y la contemplativa, y resultábale mayor el peso de la primera. Considerando, pues, que el estar más tiempo sin ocuparse en sus adentros de su comunicación con Dios podría derivar en un alejamiento de la Palabra Sagrada, palabra con la cual precisamente el caballero quería enmendar la ciudad mundo que le había tocado en suerte habitar, decidió que lo más provechoso sería volver al hostal que los acogiera el día de su llegada, para retirarse allí y llevar a cabo nuevas lecturas de la Biblia, en especial de ciertos episodios, que —hubo de reconocer el melancólico hidalgo— bien debía refrescar si quería pasar adelante con las andanzas de su vida activa y las mudanzas de un ámbito tan imperfecto.

Pero aquel primer hostal ya no tenía camas, y don Quijote, aprovechando esta coyuntura, decidió que no sería mala idea buscar un templo (que así llamaba en ocasiones a estos hostales que se hallaban al buen servicio de su recogimiento) algo más alejado del centro de la ciudad. De este modo, mesías y discípulo tomaron la primera línea de metro que les llevaba a Queens, nombre que placía sobremanera al hidalgo, ya fuere por la reminiscencia de las bellas reinas a quienes rendía pleitesía allá en su siglo, ya porque también de reinos habla la Biblia.

Llevarían una media hora en el metro cuando, por parecerle a don Quijote que, una vez cruzado el Queensboro Bridge, estaban suficientemente apartados de la ciudad, se apearon en Woodside. No bien hubieron salido del metro sintieron que, aunque la energía que emanaba de la multitud que habían dejado atrás era menor, habitaba el aire un aroma tan intenso a especias, que el lugar que antes viniera a ocupar la muchedumbre pasaba a ser ocupado por esas moléculas invisibles que espesaban la atmósfera por medio de la saturación olfativa. Por esos olores, que despertaran el apetito de Sancho (apetito que, aun aletargado, siempre guardaba un ojo abierto), así como avivaran la curiosidad de don Quijote, acordaron los dos entrar en el primer hostal —o templo— con el que se toparan. O quizá quisieran, sin saberlo, quedarse allí porque aquellos aromas, aunque desconocidos, les resultaban familiares por una sencilla razón: eran olores tan exóticos a sus narices como exóticos eran ellos a los nuevos vientos que los movían.

Caminaron cosa de diez minutos, siempre siguiendo una gran avenida sobre la que corría el metro, el cual en esa parte de la urbe sale de la oscuridad y se transforma en una suerte de pérgola metálica que ruge durante kilómetros sobre vehículos y transeúntes. Al contrario de lo que pudiera pensarse, esa gran sierpe de acero que pasa cada pocos minutos deslizándose por las vías entre la calle y el cielo no oscurece los alrededores, y es que bien podría decirse que lo que en Woodside da luz no es el sol ni la iluminación eléctrica, sino el color, los tonos vivos de un barrio sobre todo indio, tonos estos que se despliegan en todas direcciones, desde las telas con que visten las mujeres hasta las decoraciones de las tiendas o los condimentos con que sus habitantes colorean sus comidas.

Cuando entraron en el primer hostal que don Quijote, atento, vio, pidieron una habitación y enseguida se vieron alojados en un espacio en donde apenas si cabían dos pequeñas camas, distantes la una de la otra en unos quince centímetros. La ventana daba directamente a las vías del metro, aunque el ruido bien les pareció llevadero, al uno, porque casi nada le turbaba el sueño, y al otro (que poco dormía) porque casi nada le atajaba la lectura. El baño era compartido con los otros huéspedes. No había en el hostal mesas ni sillas, sino un pequeño taburete a modo de mesilla en el lado más apartado de la ventana. Allí colocó don Quijote su Biblia, quedando así elegido su lugar. Y aunque todavía no atardeciera, estaban tan derrengados por sus correrías que apenas se hubieron quitado las incómodas ropas tumbándose cada cual en su cama, cayeron en un profundo sueño. Pero no se entienda por profundo un espacio tan largo como para reparar las mentes y los cuerpos de don Quijote y Sancho. Ciertamente el sueño fue profundo, pero tan breve que, no acababan sino de tocar su fondo cuando salieron, como si les faltara el aire, escopetados a la fría superficie de la vigilia.

—¡Sancho amigo! —dijo don Quijote incorporándose en la cama con movimientos nerviosos—. ¿Sientes tú lo que yo, que no parece sino que todo mi cuerpo está invadido por una comezón tal que, por mis barbas, jamás había sentido yo antes?

—Así es la verdad —respondió Sancho—, voto a mí, que no hay parte del cuerpo que ahora mismo no encomendara yo al diablo y a sus legiones, si no fuera porque necesito y quiero bien a todos mis miembros. Si los leños padecieran, pensaría que soy de madera y carne de termitas. Hasta los dientes me sudan, señor, de tanto rascarme, que ya no me bastan las uñas, y no quería yo despertarle, pero en sólo un minuto debo de haberme rascado más que en todos los días de mi vida.

—¡Enciende la luz, Sancho!

Y así como Sancho encendió la luz, los dos empezaron a buscar cuál podía ser la razón de tales picazones. Y como no había espejo en la estancia, Sancho era el espejo de don Quijote y don Quijote era el de Sancho, y, de esta suerte, se miraban muy de cerca las pieles, como madre o simia que despioja a su vástago, pero no hallaron más que los arañazos que ellos mismos se habían hecho. Cada vez más confundidos por no averiguar, ni aun imaginar, la causa de aquel insólito misterio, comenzaron a rebuscar en las camas. Levantaron las sábanas que, aunque no muy limpias, no parecían ser las culpables y, asimismo, miraron en los colchones, donde tampoco pudieron encontrar nada. Hojeara entonces en su cabeza don Quijote los motivos de estos picores en las Escrituras, y comenzando por lo que a su parecer era lo más pertinente, las diez plagas de Egipto, se detuvo en el azote bíblico que más le convino:

—¡Piojos, son los piojos! —le gritó a Sancho—. ¿No escuchaste una sacudida? Ha de haber sido Aarón, que por orden de Jehová ha golpeado en el polvo de la tierra o, cuando menos, de esta habitación, para que cada átomo de polvo se convierta en piojo.

—Señor... a mí me pica todo el cuerpo y yo tengo sabido que los piojos andan sólo por las cabezas, por ser ahí donde hay más pelo.

—¡Corazón de alcornoque! —respondió don Quijote—. ¿Pero crees tú que una plaga ha de afectar sólo a las cabezas? Valiente cosa sería, que en cortándose el pelo, los egipcios habrían acabado con su penitencia. ¿Crees tú, irreverente, impío, hereje, que un simple raparse la cabeza iba a poder más que la maldición de Dios? Aparte de que si de pelos se trata, tú estás tan bien provisto como para guarecer, en todo tu cuerpo, a la mitad del censo mundial de piojos. Y no lo digo por ese traje que llevas, sino por los cueros con que tu madre te trajo al mundo, que a buen seguro ahorrose un buen caudal en ropa.

—Sea, pues. Búrlese vuestra merced de mí, y allá se lo haya. Pues verdad es que muerto el perro se acabó la rabia, y que en la juventud, piojos son salud, y que de fraile y de soldado el piojo es enemigo declarado, y que a correr piojo que viene el peine, y que piojo por piojo, liendre por...

—¡Hi de puta! ¡Majadero! ¿Es posible que aun con tanto picor, no puedas callarte? ¿No te pican en la lengua las pelusas de tantísimo desvarío? Baja a recepción o a la calle y mira si estos picores se extienden por todos o sólo por nosotros.

—No señor, que la lengua no me pica, y búrlese de mí, sí, pero no he yo de callarme que en viniendo he oído en el metro que por estos lugares hay chinches, señor, que aunque vuestra merced me tome por bobo, soy buen oidor, y así he oído también que las chinches viajan en metro, y que la semana pasada se apartaron muchos vagones para su *flumigación*.

—Fumigación, querrás decir, Sancho —le corrigió don Quijote.

—A vuestra merced, para corregirme, tampoco le pica la lengua —refunfuñó Sancho.

Pero puesto que no le gustaba al noble escudero que le corrigieran los vocablos cuando bien se le entendían, salió corrido de la habitación sin esperar otra palabra de su amo; eso sí, dispuesto como siempre a acatar sus recados, porque al cabo de un par de minutos estaba ya de vuelta:

—Que dice la de recepción que ya viene el exterminador.

Al oír don Quijote esta palabra, que por algún motivo no recordaba haber escuchado nunca en relación con materias pacíficas, se puso a dar mil gritos al cielo, se santiguó decenas de veces, se arrodilló otras tantas y comenzó a enumerar tan presto el arrepentimiento de sus pecados, ensartando unos con otros como si fueran cuentas en un rosario, que bien se habría Sancho enterado de todos los secretos de su corazón si, en ese momento, no le hubiera interrumpido alguien que llamaba a la puerta.

—Soy el exterminador —dijo un señor con un pequeño depósito de insecticida del que salía una especie de fina manguera.

Y don Quijote, que sin duda vio en esa manguera el báculo milagrero con el que Aarón transformó el polvo en piojos, se tiró a los pies del exterminador y le pidió que descargase en sus espaldas, y en las de Sancho, el golpe de su báculo o cayado, si con eso podía aplacar la cólera divina.

—¡Nadie habrá de fustigar mis tiernas carnes a varazos! —gritó Sancho— y así se fue al exterminador para quitarle lo que, aunque él no veía como vara, en modo alguno quería comprobar si lo era a costa de sus costillas.

Y como Sancho forcejeara con el exterminador, a don Quijote, en cuya cabeza las causas y sus consecuencias se enlazaban las unas con las otras por las leyes azarosas de su fantasía, se le figuró que la manguera que se movía por los aires debido a la disputa no era ya ni vara ni manguera, sino la tira de cuero o cáñamo de una honda y, olvidado entonces de las diez plagas de Egipto, no dudó de que cuanto estaba viendo era la lucha entre el gigante Goliat y el pastor David, quien, por medio de la honda que trataba de agarrar este último, debía matar al filisteo. Y así, encaramado a la cama, gritábale a Sancho:

—¡Vamos, David! ¡Acaba de una buena vez con esos tres metros de hombre! ¡Da en tierra con él, y con sus cincuenta y siete kilos de su cota de malla, y puesto que no le cubre la cabeza, lanza la piedra a la frente, pues así está escrito que caerá el gigante bocabajo, sepultando la piedra entre su testa y la tierra.

Cuando el exterminador consiguió escapar, aturdido por tanto golpe y disparate, y Sancho se hubo sentado en la cama para recuperarse del susto, don Quijote todavía enhebraba historias en su cabeza y gritos en su garganta. Por fin, también él, de puro agotamiento de sí mismo, se tumbó, y ambos, en sus respectivos lechos enchinchados, durmieron, esta vez sí, tan profunda y largamente como si reposaran en colchones de plumas. De no haber sido su sueño tan profundo, Sancho habría oído lo que, aun dormido, le seguía diciendo don Quijote, que incluso en sueños no podía mantener tranquilos los sesos ni sano el juicio:

—¡Sancho! Tócate los muslos y dime si encuentras alguna cosa viva, porque quiero saber si hemos pasado ya la línea del ecuador, que en no teniendo astrolabio en este barco encantado, he de fiarme del buen saber de los marinos españoles, que oí yo a uno que se embarcó en Cádiz rumbo a las Indias Orientales decir que, después de pasar esa línea equinoccial, los piojos se mueren, y que ésa es la señal inequívoca para saber que se ha cruzado dicha línea.

También en su infestada cama tuvo Sancho su propio sueño, y bien pudiera ser que le pasara lo que a su amo, quien en sueños parecía moverse con más sentido, más autonomía y más conformidad con su temperamento que en los ratos de vigilia, donde tanto él como Sancho se movían como si sólo para ellos y por ellos se hubiera desplazado el eje de la Tierra, o como si la distancia entre la experiencia y la sensación de dicha experiencia fuera lo bastante amplia para disipar el recuerdo de los hechos y dejar sólo un rastro, sutilísimo, de las sensaciones que despertaron. Todo ello hacía que entrambos se movieran por sus días con la arritmia y visible desazón de quien llega con retraso a sus propias vivencias.

Sea como fuere, y a juzgar por sus palabras, así se las pasó don Quijote navegando toda la noche, soñando que con su navío cruzaba el ecuador no ya para llegar a las Indias, sino para matar a las chinches que, en su fantasía, no habían dejado de ser piojos. Y en cuanto al sueño de Sancho, ciertamente hubo de ser muy claro y vívido, porque también él lo expresaba por medio de palabras entresoñadas y, así, describía piojos grandes, muy grandes, tan grandes como cerdos, y los llamaba piojerdos y, a lo que parecía, sólo por una cosa se diferenciaban de los orondos mamíferos, y es que, en el sueño, los piojerdos, en lugar de tener cuatro patas, tenían ocho. Y así les hablaba Sancho, que se veía ya en calidad de porquero de la rolliza piara:

—Pero bonico cochino zopenco, ¿ya se te han liado otra vez las ocho patas? Si es que estás muy flaco. Ya te engordaré yo hasta que arrastres la barriga. Serás la envidia de todos los porqueros el día que te lleve al mercado.

Sólo las luces del nuevo día harían visibles los cientos de picaduras de chinche que, en efecto, suelen infestar, tal como Sancho había oído decir, algún que otro barrio de Nueva York. En ese momento, Sancho, con cierta tristeza, le dijo a don Quijote:

—Señor, he tenido un sueño.

—¿También he de escuchar yo tus sueños, Sancho? Sea, pues. Venga el sueño, que no me quedan uñas para rascarte ahora el entendimiento.

—Pues que he soñado con unos cerdos de ocho patas, señor. Eran como piojos, pero gordos y atocinados como buenos puercos, y en el sueño se llamaban piojerdos.

—¿Y qué esperas que responda yo a esto, Sancho?

—Pues nada, señor, pero no puedo estorbar sentirme un tanto sobajado y triste, que no sé yo cómo habré de quitarme de la cabeza tan lozana piara.

—Sancho, pero qué meninges tan apretadas tienes que ni en sueños te dejan pensar en cosas verosímiles y dignas de buen entendimiento.

—¿No le parece a vuestra merced de buen entendimiento soñar con una piara de piojerdos? Porque, por si no lo

93

sabe, un piojerdo, como tiene ocho patas, pues también tiene ocho jamones. ¡Ocho! Y de pata negra que eran. Que me parece que hasta aún los huelo.

Nada replicó a esto don Quijote, y Sancho, melancólico, lanzó un gran suspiro.

CAPÍTULO XII

Donde se cuenta quién era Zorrita Número Uno,
y las razones que tuvo para agarrar e insultar a un señor de la calle,
y sobre quién era ese señor

No queriendo pasar una noche más en el hostal de los piojerdos, don Quijote y Sancho decidieron mudarse ese mismo día a otro de semejante rusticidad. De nuevo, dos camas pequeñísimas apenas separadas, un ventanuco que daba a las vías del metro y una mesilla que, al contrario que en el otro hostal, tenía cuatro patas. Salvo por esas cuatro patas y por las chinches, eran habitaciones gemelas y de pocas ambiciones.

Los tres primeros días los entretuvo el hidalgo, efectivamente, en leer la Biblia de tal manera que las horas se le pasaban sin sueño, sin hambre y sin sed, y esto a pesar de que Sancho, en la cama de al lado, bien dormía, bien bebía o comía, pero así como cuando alguien bosteza, quien lo ve siente una pareja necesidad de bostezar, don Quijote no sentía ninguna gana de acompañar todo lo que Sancho hacía para regalo de su cuerpo. Tan encajado estaba en la lectura que, a pesar de que andaba sólo en calzones y de que la mala calefacción no era bastante para mitigar el frío de la calle, por momentos el sudor le empapaba las sienes y le oscurecía las incipientes canas.

El cuarto día algo vino a sacar a don Quijote de su divino ensimismamiento, y fue que Sancho irrumpió en la estancia, la cual había dejado para ir a comprar algo de comida, y dando voces a su señor le dijo:

—¡Baje vuestra merced a la calle! Una muchacha está agarrada a un señor y le grita que reconozca no sé qué agravio que le hizo siendo niña. Y cuando yo he querido separarla, no ha hecho otra cosa sino darme este papel en diciéndome que lo entregue a quien yo pensare que pueda socorrerla, y así ha vuelto a aferrarse a las piernas del señor porque no se le escape. Tal es la desesperación con que lo agarra que no hay manera de separarlos.

—Dame ese papel, Sancho, que lo leeré.

Y así, mientras Sancho abría los paquetes de comida china, con tal premura que parecía que no había comido en una semana, don Quijote comenzó a leer en voz alta lo que el papel decía:

Carta con los motivos de por qué mi profesor de lengua me recuerda mucho al profesor de lengua que apuñalaron cuando yo lo encuentre.

Quienquiera que sea el que me esté leyendo ahora entenderá el título de esta carta cuando termine de leerla, y es que, a día de hoy, mi profesor no está muerto, pero lo estará cuando, tal como espero, la vida vuelva a cruzarnos. Mi historia, resumida, es ésta:

A mis catorce años, yo apenas sabía que existía el sexo masculino. No tuve hermanos ni amigos y siempre fui a un colegio de niñas, con un enfoque católico que hoy, aunque no sigo, respeto. Entre esas niñas, tampoco tenía amigas blancas, porque la zona en la que vivía con mis padres, no muy lejos de aquí, junto a la estación de metro Jamaica, era en aquel entonces predominantemente afroamericana, y lo escribo así para que se me entienda, pues yo jamás he estado en África, y, de hecho, prefiero que me llamen negra, término que me hermana con un movimiento de protesta global, ya sea la lucha de los negros en el Caribe, ya en cualquier otro punto del planeta. Pero trataré de que estas cuestiones no interrumpan demasiado mi relato. Estaba diciendo que hasta los catorce años viví en un lugar preponderantemente negro, pero, debido a lo que en su momento consideramos suerte (pues los méritos intelectuales no habían bastado hasta entonces), mi padre consiguió un buen trabajo, por el cual tuvimos que mudarnos a un barrio residencial de un pueblo de Long Island, concretamente a Shoreham, con una mayoría casi absoluta de población blanca. Fue así cómo salí de un colegio de niñas negras y entré en un instituto mixto para blancos. De un día para otro, el mundo se me presentó en su completa masculinidad, pero no me resultaba tan trabajoso acostumbrarme a ser una parte de una enorme mitad (las chicas), cuanto una pizca de un enorme todo (los blancos). La única compañera negra que tenía estaba en mi clase de lengua y solíamos sentarnos juntas. A diferencia de mí, esta compañera sí se las sabía todas, y yo la admiraba por esa forma que tenía de sortear los peligros cuya ame-

97

naza yo ni siquiera podía adivinar, hasta que ya era demasiado tarde para sortearlos o defenderme.

El profesor de lengua nos bautizó a las dos de inmediato, y así se refería a nosotras delante de toda la clase como Zorrita Número Uno y Zorrita Número Dos. Hoy en día esto resultaría inaceptable, y todo el mundo sabe que un profesor que se dirigiera así a dos alumnas sería expulsado de inmediato, pero aquello fue posible debido fundamentalmente a dos motivos. Primero, a que de esto hace ya veinte años, y las cosas, aunque muy despacio, han cambiado, si no en los corazones, sí en las leyes, las cuales a veces vienen a ocupar el lugar que la compasión no llena, de donde es fácil imaginar cuán secos deben de estar algunos corazones si son las áridas leyes las que se dictan para regarlos. Y el segundo motivo que permitió a aquel profesor tratarnos de esa manera fue que ninguno de los compañeros que teníamos, todos blancos, iba a quejarse, porque si natural parecía insultar al gordo de la clase, mucho más legítimo resultaba —por la autoridad que la Historia ofrece en tales lugares— insultar a las dos únicas chicas negras. Entonces, como iba diciendo, el profesor nos llamaba Zorrita Número Uno y Zorrita Número Dos, y ahí perdimos nuestros nombres, porque todos los compañeros comenzaron a llamarnos así, de manera que incluso nosotras teníamos que referirnos a nuestras personas con esos apelativos, o cuando preguntábamos la una por la otra. Hasta tal punto se habían olvidado (o nunca escucharon) nuestros nombres verdaderos.

El profesor, invariablemente, se dirigía a nosotras en estos términos: «Lea usted este pasaje, Zorrita Número Uno», o «Zorrita Número Dos, salga usted a la pizarra». Mi amiga siempre le miraba desafiante antes de obedecer, pero sólo con el tiempo pude interpretar esa mirada de desafío, pues en aquel entonces yo era tan inocente que sonreía, y es que aún creía en el sentido literal de las palabras, y los zorros siempre me parecieron unos animales muy simpáticos. Desde que mi padre, por su trabajo, pudo permitirse llevarnos a vivir a una casa con un gran jardín, yo disfrutaba desayunando mientras veía animales que antes, en la ciudad, no había visto nunca, tales como ciervos, mapaches y, también, zorros, que eran mis preferidos, y por eso, como digo, no me molestaba el sobrenombre, y hasta puedo decir que me agradaba, lo cual hacía que mis compañeros me menospreciaran más, pues confundían mi inocencia con *sumisión*.

A veces, llegaba un poquito tarde a clase, y entraba apurada, porque venía del Conservatorio, con las partituras entre los libros. Esos días, el profesor, como si no me lo hubiera preguntado nunca, volvía a preguntarme qué instrumento tocaba. Cuando le respondía lo de siempre —el piano—, él me preguntaba de nuevo también lo de siempre: «¿Y cuándo va usted a tocar la flauta?». Yo volvía a sonreír porque, así como aún creía en la literalidad de los animales, también estimaba la literalidad de los instrumentos de viento (aunque ya comenzaba a intuir que éstos

99

eran pájaros forjados por el hombre). Y luego había días en que, interrumpiendo la clase, mientras yo me alegraba de cosas como haber comprendido la diferencia entre dirección y sentido, este profesor me preguntaba: «Señorita, ¿ha visto usted ya a Dios, o todavía no?». Y yo volvía a sonreír porque, especialmente viniendo de un colegio religioso, y con mi ingenuidad, creía en la absoluta belleza y literalidad de Dios. A todo esto, he de decir que mi amiga nunca me explicaba nada de todo aquello. Ser su amiga era como seguir creyendo en Santa Claus, pues ella me protegía de esas amenazas que yo ni siquiera podía ver. Sólo al cabo de un tiempo, conforme fui madurando, y ya fuera de aquel instituto, caí en la cuenta de todo cuanto quien esté leyendo esto, seguramente habrá comprendido, a saber:

Las zorritas no son siempre animales.

La flauta no es siempre un instrumento de viento.

Ver a Dios no implica dios alguno, a menos que se entienda por Dios esa muerte chiquita que sólo algunos años más tarde alguien llegaría a regalarme con el nombre de orgasmo.

Cuando supe el alcance de lo que acabo de escribir, me prometí tres cosas:

Tal vez no matar (disculpen el título y el comienzo de esta carta, ahora estoy más tranquila), pero sí morder, chillar, insultar, escupir a mi profesor cuando se me presentara la ocasión.

Agradecer por siempre a mi amiga, que aún conservo, que me permitiera prolongar mi inocencia y, con ella, el sentido literal de un mundo perfecto, que hoy sigo admirando, con una ingenuidad que espero no perder jamás.

Ver a Dios podría ser, quizá, la única literalidad en la que, mientras haya amor, deseo poder creer.

Por estos motivos, pido que, si no se me disculpa lo que quiera que haga cuando me encuentre con aquel profesor (como estoy segura de que haré), al menos se me entienda. Asimismo, ruego que se tenga en cuenta lo siguiente: este profesor estaría olvidado y perdonado por mí si no fuera porque después de él, cada vez que he sido víctima o testigo de un episodio racista, he vuelto a ver su rostro y a sentir sus humillaciones. Aquel profesor de lengua está en todas y cada una de las personas que alimentan el racismo, porque, así como la bondad tiene muchas caras, aquellos que creen en la existencia de diferentes razas comparten un mismo rostro.

Firmado:

ZORAIDA BUTLER

P.D. Para no dar lugar a equívocos, adjunto una tarjeta con el nombre completo del profesor, su dirección y el instituto donde me dio clase, así como la fecha del curso en que tuve la desgracia de conocerlo.

CAPÍTULO XIII

Donde se prosigue el capítulo anterior y se da fin a la historia de Zorrita Número Uno. Y donde, asimismo, se da cuenta del extraño comportamiento ovíparo en el pico de un estornino ladronzuelo

Una vez que hubo terminado don Quijote de leer la carta, Sancho, sin darle ocasión a decir nada, le preguntó:

—Señor, si vuestra merced me da licencia, y pensando en ese galardón que, por servirle, me ha prometido, el cual galardón consiste en el gobierno de la ínsula de Manhattan, me gustaría contar algo que viene al caso que ni pintado, para que vea vuestra merced que también yo puedo ufanarme de mi buen juicio.

A esto, don Quijote, que se acababa de asomar a la ventana, respondió:

—Habla, Sancho, puesto que según veo ya no hay disputa en la calle. Habla y luego obraremos. Pero no te enredes.

Entonces Sancho contó, por primera vez, una anécdota acaecida en su pueblo, pero ni él pareciera tener conciencia de que estaba recordando, ni don Quijote manifestara sorpresa ante tal abertura y filtración de una memoria que ambos compartían desde el olvido. Y así, con la naturalidad de un vecino que le habla a otro de ventana a ventana, le refirió

Sancho esa vivencia que, a su parecer, tenía mucho que ver con la historia de Zorrita Número Uno.

—Pues lo que quiero decirle es que una vez en mi pueblo encontré un gato negro en la calle, y como soy de natural compasivo me lo llevé a casa y lo alimenté, y así lo mantuve hasta que se murió de viejo, que pasaba ya de los veinte años. Pero antes de morirse el gato, bueno, en realidad, no tendría sino un año, me encontré con una vecina del pueblo, a la cual le gustaban mucho los gatos porque era soltera de toda la vida, y habiéndose enterado de que yo había recogido uno, me preguntó al cruzarnos en el mercado: «Cuéntame, Sancho, ¿cómo es tu gato?». Y yo le respondí: «Doña Rodríguez, ¿por ventura ha visto vuestra merced, alguna vez, un gato negro?». «Por supuesto, buen vecino», respondió ella. «Pues mi gato es como ése», repuse yo. Y así, mi señor, Doña Rodríguez se enfureció conmigo y me dijo que no todos los gatos negros son iguales. Pero a mí no me convenció, porque yo, Sancho Panza, sé con seguridad que todos los gatos negros son el mismo.

Al escuchar esto don Quijote, echándose las manos a la cabeza, le gritó:

—¡Bendito sea Dios, pedazo de mostrenco! ¿Ésta es la historia que venía aquí que ni pintada?

—Pues sí, señor —le respondió Sancho—, porque lo que yo quiero decir es que entiendo a la muchacha en eso que ha escrito de que después de haber conocido allá en hora mala a su profesor de lengua, todos los racistas que conoció luego le parecieron el mismo. Y es que creo yo que el racismo es como un gato negro, o como una hormiga negra, o como un cuervo negro, que todos parecen lo mismo, y no porque sean negros, que yo racista no soy porque hay blancos aún peores que los negros, sino porque en siendo malo, todo es la misma cosa.

Mientras tales pláticas pasaban don Quijote y Sancho, el caballero resolvió bajar a la calle para comprobar que la reyerta había acabado sin males mayores, si bien él, luego de conocer los hechos que había leído en la carta, se sentía responsable de remediar aquel agravio.

A decir verdad, no encontraron ni a la muchacha ni al profesor que, al parecer, según vinieron a enterarse luego por un corrillo de tres o cuatro personas que chismorreaban acerca de lo acaecido, habían sido retirados pacíficamente por una pareja de policías que se los llevaron en sendos coches. Y en ésas estaban cuando un estornino de plumaje pinto, en el momento preciso en que por la razón que fuere una señora sacaba un billete de su cartera, se lanzó en picado hacia ella, arrebatándoselo de las manos con su pico amarillo, para alejarse también como una pequeña bala y perderse en las alturas. Ni don Quijote ni Sancho ni ninguno de los que allí estaban podían figurarse que en ese instante ocurría lo mismo en otros cinco puntos de la ciudad, y que más tarde el fenómeno se multiplicaría lo suficiente para anticipar el trágico o alegre final de esta historia. Por ahora, detengámonos en este punto, y hágase cuenta el lector que quiera verlo de que sus ojos son los ojos de un ave que —nunca mejor dicho— a vista de pájaro ve cómo otros cinco pajarillos, en diferentes lugares, arrebatan otros cinco billetes a sus dueños, mientras remontan el vuelo hacia esos nidos que, antes del invierno, habrán de quedar plastificados por la pátina del dólar mil veces engrasado por múltiples manos, o bien por el sudor del canal que separa los grandes pechos de una stripper, o por el terror que emana de la piel de una adolescente cuando su raptor la hidrata, así como por la adrenalina que exhalan las muñecas que cubren las mangas de un político corrupto.

Pero regresando al corrillo de gente, don Quijote —quien, como se ha dicho, no podía sospechar que fuera el responsable de desencadenar las reformas hogareñas de estos volátiles ladronzuelos—, siempre atento a los detalles, le decía a Sancho que no entendía por qué la muchacha, aun teniendo la dirección de su antiguo profesor, había escrito en la carta que sabía que algún día se iban a encontrar, como si esperara que el destino pusiera en sus manos algo que ella, conocedora del paradero de su enemigo, podía alcanzar cuando quisiere. Por ello, y por desfacer el posible agravio, decidió que, a la mañana siguiente, ambos le harían una visita al profesor, en ese lugar de Long Island que la muchacha había indicado.

A las seis y media de la mañana ya estaban en Grand Central Station para tomar el tren de las siete. Habían visto en el billete que llegarían al cabo de tres horas, a pesar de no ser la distancia grande; mas los trenes del Long Island Rail Road resultaban tan lentos —por extraño que le pareciera a quien pensara en los trenes de Nueva York—, que a los diez minutos del viaje Sancho le dijo a don Quijote:

—No me parece sino que tengo un vago recuerdo de haber montado en burro en mi niñez y que las cosas pasaban más rápidas de lo que pasan ahora subidos a este tren.

—En esto tengo que darte la razón, amigo Sancho —respondió don Quijote—, pues voto a bríos que yo también tengo como una desdibujada sensación de haber montado alguna vez a caballo y que, efectivamente, entonces me sentía avanzar a paso más ligero.

No sabía ninguno de los dos que, según contaban las malas lenguas, había un motivo por el que no convenía mejorar la red de trenes que conectaban Manhattan con Long Island. Y era que los habitantes de las zonas más ricas de Long Island, hacia donde ellos se encaminaban, no querían que sus áreas residenciales se convirtieran en pueblos dormitorio para la gente —de extracción baja, a su entender— que trabajaba en la ciudad. Pero, aunque don Quijote y Sancho no supieren esto, sí comprobaron rápidamente la diferencia que había entre los habitantes y las costumbres de la ciudad y los de estas zonas residenciales.

En la ciudad —en Manhattan, en Queens— las vestimentas de don Quijote y Sancho habían pasado inadvertidas. Por una parte, estaban los muchos disfrazados de superhéroes que cobraban a los turistas por hacerse una foto con ellos: Spiderman, Batman, Catwoman, el Capitán América, Iron Man...; por otra parte, estaban todos los aficionados que —por el mero hecho de admirar a sus superhéroes o, acaso, de invocarlos como un alivio en medio de la dura vida cotidiana de la ciudad— se disfrazaban de tal manera. Y tampoco había que olvidar a aquellos otros que así se vestían porque pensaban que en el disfraz estaba la fuerza, considerándose una suerte de salvadores, si no de la humanidad, cuando menos, de sí mismos. Pero ahora, don Quijote y Sancho se hallaban a las afueras de una zona de clase media alta, de habitantes con trabajos sobradamente pagados, donde el sentido del humor, si lo hubiere, no había de superar el recato forzoso de las casas, unas casas en las que las miserias que más abundaban eran las que median entre esposo y esposa, desventuras que aún esperan el nacimiento de un superhéroe para verse, si no vencidas, al menos atemperadas. Así pues, don Quijote y Sancho, vestidos como a diario de C-3PO y de ewok no pasaban sin ser notados, como tampoco pasaba desapercibido el hecho de que fueran caminando, y no en coche, en un lugar en el que, por ser tan residencial como individualista, cada vecino salía de casa sólo para montarse en el coche que le llevaría al trabajo, y donde los paseos por los alrededores, si bien no estaban prohibidos, así lo parecían, pues nadie en su sano juicio andaba por las calles pese a las buenas hechuras de la calzada, el cobijo de los enormes árboles y el trino de los pájaros que, sin duda, invitaban a salir al aire libre.

Con tales indumentarias, como ibamos diciendo, y yendo a pie mientras buscaban la dirección del profesor, es de suponer que don Quijote y Sancho despertaran el recelo de algún vecino, en un lugar donde también ha de tenerse en cuenta que la vigilancia corre a cargo de lo que se ha dado en llamar *neighborhood watch*, por el cual cada día o semana uno de los residentes, convertido en centinela armado, patrulla en coche para cazar a cualquier malandrín o descubrir indicios sospechosos. Sea como fuere, ambos llegaron a la casa que habían venido a buscar sin que nada ni nadie se lo estorbase, y ni siquiera tuvieron que llamar a la puerta, pues en el mismo jardín hallaron a una señora que arreglaba las flores. La cual señora, de hasta sesenta años, se sobresaltó y les advirtió de los peligros que suponía pisar una propiedad privada. Y como don Quijote no encontrara qué decir y fuera consciente de que el miedo de la señora podría no sólo despertar la alarma de los vecinos, sino también arruinar de todo punto la conversación, le entregó la carta que Zoraida Butler le diera a Sancho. La señora, esquiva, la cogió y, repitiéndoles a voz en grito que aquello era propiedad privada, les señaló la línea de hierba que no debían traspasar sin atenerse a mayores consecuencias. Luego se metió en la casa y cerró la puerta. No llevaban esperando don Quijote y Sancho más de cinco minutos, sin saber qué hacerse, cuando la puerta se abrió, y la señora, con la carta en la mano y lágrimas en los ojos, se sentó en una de las piedras del jardín y les contó cuanto ella tenía que ver con aquella historia, que era mucho.

Su historia había comenzado cinco años después del suceso que refería la carta de Zoraida, es decir, hacía quince años, y, muy a su pesar, fue bastante corta, pues vino a enterarse de todo el mismo día en que terminó. Una madrugada, a eso de las cuatro, mientras ella y su esposo dormían, la policía se presentó en su casa. Y como fue a muy altas horas de la noche, supo enseguida que no podían traer buenas nuevas, mas no esperaba que las malas noticias tuvieran que ver con su único hijo, el cual, según ella creía, estaba durmiendo en su habitación. Y era cierto que el hijo dormía, pero no en su cuarto, sino en el suelo de una casa cercana, tumbado en un sueño eterno sobre el lecho de su propia sangre. No recordaba bien la señora de qué modo le anticiparon la noticia, tan aturdida estaba. Pero sí recordaba haber gritado a su marido que bajara y, todavía en pijama, haber seguido a la policía hasta una casa que se encontraba en la acera de enfrente, a cuatro viviendas de la suya, es decir, que no les llevó llegar ni un minuto y, aun así, aquél fue el viaje más dilatado que la señora recordaba.

En efecto, cuando llegaron a la casa, cercada por la policía y rodeada de vecinos, ya temía la desdichada madre lo que iba a ver. Su hijo yacía en el piso de arriba, concretamente en la estancia de la joven Zoraida, asimismo la única hija del matrimonio que allí habitaba. Ésta, Zoraida, lloraba sobre el cuerpo del joven, y el padre se tiraba de los pelos y gritaba y pisoteaba el suelo con todas sus fuerzas, arrepentido del homicidio que acababa de cometer. Y así como esta historia es más corta de lo que los progenitores del joven habrían deseado, también es muy sencilla, pues su desenlace se basaba en ese mismo gesto con que la señora a la que don Quijote entregó la carta les alejó de su jardín por ser aquello propiedad privada, que en ese lugar significaba que uno tenía todo el derecho de matar a alguien sólo por cruzar esa línea sin su permiso. Y es que había sido el caso que el hijo del profesor, que andaba en relaciones secretas con Zoraida, se había citado con ella en su cuarto, sin que lo supieran los padres ni los amigos ni alma ninguna, temerosos —como era lógico— de que en mala hora se enterara el padre del chico, que tanto disgusto sentía por el color de piel de la joven. Para propiciar su encuentro, habían decidido que el muchacho entrara por la ventana, pero quiso la mala suerte que el padre de Zoraida, habiendo escuchado ruidos arriba, subiera con sigilo, no sin antes haber agarrado el rifle con el cual, tras abrir la puerta de la habitación y descubrir lo que pensaba que era un criminal, disparó repetidas veces.

Y éste fue el trágico desenlace con que se dio fin a la historia y a la unión entre Zorrita Número Uno y el hijo de quien con ese nombre la bautizó. Con esto, don Quijote y Sancho comprendieron por qué la joven no tomó antes venganza ni acción alguna contra ese profesor: lo único que la muchacha podía esperar era que se diera un encuentro fortuito, pues debía de pensar que la premeditación contendría, como un dique, su rabia, tan necesaria por lo demás para cumplir con sus palabras homicidas o, cuando menos, con la violencia que más tarde expresaría en su carta. Para buscarle no habría tenido ánimos, pues guardaba todavía en su corazón el amor a su hijo. El cual amor no debió de ser escaso, porque —según la señora contó a don Quijote y Sancho—, cuando, estando aún con un soplo de vida, le retiraron las ropas al joven para catar la gravedad mortal de sus heridas, vieron que un poco más abajo de la clavícula izquierda tenía tatuada una «Z». Así, el joven supo convertir el insulto del padre en una letra heroica que daba claras muestras de su amor por la muchacha; una letra que efectivamente era la inicial de su nombre, Zoraida, y que además significaba que ambos aún creían en la literalidad de los animales, siendo el zorro como era un animal bello, digno de dar su nombre a un héroe, y de tan suave pelaje que bien pudiera ser que sólo la piel de la muchacha le hiciera justicia.

Cuando la señora terminó de contarles la referida historia, a don Quijote le pareció que, con ser terrible y triste, era una historia de amor muy hermosa y, por primera vez desde que soñara con Marcela, se atrevió a preguntar por ella. Así, mirando tiernamente a la mujer, le dijo:

—Tiempo ha que busco yo a una muchacha que lleva por nombre Marcela, y la historia que vuestra merced ha tenido a bien regalarnos sobre estos muy desdichados, pero hermosos amantes, me ha encendido en el corazón el deseo de encontrarla, porque si bien su llama nunca se ha apagado, el gran número de torres que hay en esta ciudad me persuade de que el esfuerzo por localizarla habría de ser en vano, y además que cada una de estas torres me parece la más hermosa, y no sé ya decir, cuando miro al horizonte, cuál de ellas sea mi Marcela. Si yo pudiérales ver el alma, no dudaría en reconocerla, pues es la belleza de mi Marcela como la yema del huevo, que en sí contiene la sustancia toda que la distingue y dignifica del resto de esos óvalos perfectos que componen el exterior de todos los demás huevos. Pero en no pudiendo yo penetrar la esencia de tan cautas y pudorosas torres, me hallo perdido.

Y la señora, como en realidad no entendiera ni jota, ni las ropas de los visitantes, ni el modo en que éstos hablaban, ni tampoco cuanto acababa de decir don Quijote, quiso esclarecer cuál era la conexión que había entre esa Marcela y la torre:

—Con torre... ¿quiere usted decir rascacielos?

Y primero de que a don Quijote le diera tiempo de responder, Sancho se adelantó:

—Sí, señora, mi amo busca un rascacielos, pero no es un rascacielos cualquiera sino Marcela, que es una pastora que él vio en un sueño que él llama *plofético*.

—Profético, Sancho, profético, te he dicho un millón de veces que hables con propiedad —interrumpió don Quijote.

—Bueno, como sea —dijo Sancho ante la mirada atónita de la señora—. Lo que quiero decir es que mi amo quiere hallar a esta Marcela, que aunque parezca torre es mujer, y no una del montón, sino una buena hembra preñada de mucha gente, de cientos de personas, pero tan entera como Dios la trajo al mundo y más pura que la Santísima Inmaculada Concepción, sin pecado concebida.

—Pero eso es imposible —respondió la señora, para quien el tema de la religión católica, por lo visto, era un asunto de sustancia, muy serio, y que requería la defensa valerosa de ciertos principios, uno de los cuales era el dogma de la Inmaculada Concepción, por el cual se instituía, como ella aclaró muy precisamente, que sólo una mujer, María, había sido concebida sin mácula.

—Pues señora —dijo don Quijote, que en escuchando esto, nada más precisó para empezar a salirse de sus quicios—, yo le aseguro a vuestra merced que así como defiendo que Marcela fue concebida sin pecado, también digo que jamás fue desflorada. Además, como se le ha dicho, Marcela está preñada de mucha gente, y sospecho de la malicia de vuestra merced, pues no le parece más extraño este hecho que el relativo a su absoluta falta de mácula. Así pues, ¿por qué no ha preguntado ni se asombra tampoco de que Marcela pueda estar encinta no de uno ni de dos ni de tres, sino de cientos de personas hechas y derechas, que no son siquiera fetos?

La señora, despejada ya toda sospecha sobre la locura de don Quijote y la sandez de Sancho, que aunque parecía algo más cuerdo daba parejas muestras de tener reblandecido el juicio, resolvió amenazarles de nuevo con aquello de la propiedad privada, a lo que don Quijote, por ser su adversario una mujer, se retiró lamentándose no poco de no poder defender —como estaba en razón que hiciera— la honra de Marcela.

Camino de la estación de trenes del Long Island Rail Road, pasaron por un supermercado y quisieron entrar en él para comprar algo de comida y bebida para aquel viaje tan largo en el tiempo como corto en la distancia. Como aquel supermercado era, a diferencia de los que habían visto en la ciudad, inmenso, se entretuvieron recorriéndolo, mirando los productos que, aunque supuestamente conocían, sentían siempre con un poco de aquella extrañeza que para ellos lo impregnaba todo. Al salir del supermercado sintieron, asimismo, curiosidad por un local llamado Dick's Sporting Goods, en el que también entraron y, al cabo de unos minutos, terminaron en la sección de caza y pesca, donde vieron armas de toda laya a disposición de cualquiera que las quisiere comprar. Y como don Quijote, cuya imaginación había seguido excitada tras la historia —para él amorosa, sobre todo— de Zoraida y el pobre muchacho, no pudiera dejar de emparejar su muerte con aquellas armas del diablo, se le ocurrió lo que en el próximo capítulo se verá.

CAPÍTULO XIV

Que trata de lo que aconteció a don Quijote y Sancho Panza
en la sección de caza y pesca de Dick's Sporting Goods, y de cómo
las armas de fuego encendieron la cólera de don Quijote y, asimismo,
su solidaridad para con los presos de las cárceles de Utah

La sección de caza y pesca de esta tienda ocupa la mitad de una planta, y se la ve desde lejos porque en las paredes, así como en los paneles que pregonan las ofertas y hasta en cualquier artículo de poca monta que cuelgue de los enormes percheros, predominan los diseños de camuflaje. Lugares tales deben de ser los únicos en los que estos colores a manchas verdes, marrones y grises están más pensados para atraer al adversario que para emboscarse de él. Se diría, pues, que en Dick's el camuflaje es exhibición o alarde, y el enemigo, el cliente. Y luego, a medida que uno se va acercando, ve en las vitrinas mil géneros de cuchillos, machetes, puñales, navajas, sables... y en las paredes, un arsenal completo de armas de fuego, largas y cortas, formado por escopetas, fusiles, arcabuces, carabinas, ametralladoras, pistolas y revólveres. El nombre de la sección, Caza y pesca, no ha de entenderse literalmente, pues allí no hay nada que tenga que ver con la pesca, ni siquiera una simple caña ni cajitas de anzuelos... aunque bien pudiera ser que los sofisticados clientes de Dick's, teniendo al alcance de la mano armas para presas tan majestuosas como osos, grandes venados, lobos o seres humanos, no se contenten con simples truchas.

Mirando don Quijote hacia todas partes, parecía tan maravillado que se diría que su cuello giraba como si fuese el búho de Atenea, trescientos sesenta grados. No recordaba el hidalgo haber estado antes en parejo lugar. Por su parte, Sancho sintió miedo al verse identificado, por su indumentaria, con esas fotos en las que los cazadores sostenían a modo de trofeo cabezas de animales.

Superado el primer asombro, don Quijote le habló al dependiente, que se encontraba entre la vitrina que mostraba las armas blancas y la pared que exhibía las de fuego:

—Buenas tardes le dé Dios a vuestra merced. Veo que tiene muchas armas aquí expuestas...

—Sí, señor, precisamente esta semana acaba de llegarnos un cargamento con algunos de los últimos modelos. Mire, aquí tiene el catálogo, en caso de que desee usted echar un vistazo. Si hay algo que no encuentre, probablemente pueda encargarlo. Los envíos son gratis a partir de los 49 dólares.

Don Quijote, tomando el catálogo, trató de descifrar aquello en voz alta:

—Ruger American Rifle, 449.99 dólares. Calibre: .243 Win, .270 Win, .30-06, y .308 Win; longitud de cañón: 22"; longitud total: 42"-42.5"; paso de estría: 1:9" (modelo.243) y 1:10".

—¿Puedo preguntarle qué tipo de arma está buscando? —dijo el dependiente, a lo que Sancho interrumpió:

—No creo que mi amo busque arma ninguna de fuego, porque le he oído muchas veces decir aquello de que quien esté libre de pecado, que tire la primera piedra, y él, que es punto menos que un santo, no pienso yo que, en no lanzando una piedra, prefiera lanzar una bala.

—Y dices bien, mas no es sólo eso, Sancho amigo —volvió a intervenir don Quijote—, que lo que más me disgusta de la pólvora es que se trata del invento más cobarde que haya creado seso alguno sobre toda la faz de la tierra, porque en utilizándola, se puede alcanzar al adversario desde tan lejos que, si es un león, el cuerpo no correrá peligro, y si es una persona, no sólo el cuerpo, sino tampoco el alma se verá afectada, pues no verán los ojos del que disparó cómo se nublan los del enemigo al que, con su bala, arrebató la vida sin atreverse a tocarle... que en estas cosas la pólvora es como la flecha del amor, que no toca el cuerpo y rompe corazones, si bien el amor es siempre causa noble porque da vida, y, para quitarla, es lo suficientemente valiente como para atreverse a tocar y a sostener la mirada.

—Si me da licencia para hablar —añadió Sancho—, yo diría que la pólvora es como un buen escupitajo, que es verdad que hiere de lejos, porque los míos juraría yo que superan dos tiros de ballesta, que los lanzo como un cañón y nadie puede ver de dónde le han venido.

Al escuchar esto, el dependiente, en un tono socarrón, mirando a ambos de arriba abajo, se dirigió a don Quijote con estas palabras:

—Infiero por sus ropajes, señor, que usted prefiere las espadas de luz de los jedis, y que su amigo se da buena maña para defenderse con piedras, o con escupitajos, como él mismo reconoce. Aunque por su modo de hablar, creo yo que son más antiguos que la pólvora y por eso no la entienden. Presumo que ustedes no tienen hijos, porque de poco les valdrían un sable láser fosforescente y un gargajo para defender sus hogares. Esto es América, señores, y sabemos defendernos y, además, tenemos el derecho que nos da la Segunda Enmienda, que es la parte más importante de nuestra Constitución.

—Ni por un instante he dudado de que vuestra merced o cualquier otra persona sepa defenderse con estas armas —pasó adelante don Quijote—, pero tampoco negaré que el utilizarlas es de cobardes, y que si vuestra merced quiere venderlas, pues bien está... pero si las tiene para usarlas, ha de saber, por si no se lo habían dicho antes, que es vuestra merced, y me confirmo... —y aquí don Quijote se retiró un poco del mostrador para alzar la voz a sus anchas— ¡un grandísimo bellaco y un cobarde!

Ante esta desacostumbrada salida de tono, el dependiente, como cazador que otea desde su atalaya las condiciones idóneas para disparar, no dijo nada. Así, fue Sancho quien tomó la ocasión por los cabellos para enlazar presto sus palabras con las de su amo:

—Y yo diré más —añadió el escudero—. No reniego yo de la constitución esa de la que vuestra merced habla, pero mi constitución, aunque no flaca, es más fuerte que gorda, y debo decir que he de estar de acuerdo con mi amo, porque nunca antes en mi vida había visto, como en esta ciudad, policías tan orondos. Y cuánta razón tenía mi abuela cuando decía aquello de que si los curas comieran piedras del río, no estarían tan gordos, los tíos joíos. Y yo veo a esos policías en los coches come que te come, come que te come, come que te come, que hasta se me figura que están diciendo a dos carrillos lo de que muérase Marta, pero muérase harta... claro... como manejan las pistolas desde lejos, no tienen por qué correr... En cuanto a mí, ande yo caliente y ríase la gente, que bien que lleno yo mi estómago, sí, pero duermo como un machote, no como esas autoridades redondas y, como dice mi amo, ¡cobardes!

—Bueno, bueno, no hace falta insultar, Sancho —dijo don Quijote—, que imagino que este señor no es policía ni cura, aunque esté gordo como un sollo.

—Como yo sí soy bien criado, señores —respondió a todo esto el dependiente—, les recordaré que las armas no se disparan solas, sino que las disparan las personas. Una persona mala con un arma en una escuela sólo puede ser neutralizada por una persona buena con un arma mejor. Y aquí vendemos esas armas. Las mejores.

—Pues, a fe mía —dijo Sancho—, que acabamos de conocer una historia en la cual por una de estas armas murió un joven que no había hecho nada malo, sino haber entrado por la ventana para reunirse con la moza que amaba... que mi señor, que está aquí, no me dejará mentir.

—Así es la verdad —confirmó don Quijote con firmeza.

—Ah, sí... fue el caso de esos dos estudiantes, el hijo del profesor y una negra amiguita suya. Aquí se conoce la historia porque son vecinos de toda la vida. Buena gente, la familia del profesor, pero nuestra casa es nuestro castillo y como tal debemos defenderla, y aquel negro, el padre de la chica, por poco que me guste darle la razón, estaba en todo su derecho de defenderse de quien él pensaba que era un ladrón o un violador. *Stand your ground* es también mi lema, cada cual en su sitio, y quien entre en mi casa sin ser invitado que sepa a qué atenerse. Fue una confusión algo desafortunada. Pero mejor eso que un puñal, donde la muerte es más lenta.

—Más lenta... puede ser, pero también más noble, no hay para qué dudarlo —dijo don Quijote.

—Tampoco estoy de acuerdo —volvió a contestar el dependiente—. Hace poco un condenado a muerte en Utah eligió morir ante un pelotón de fusilamiento precisamente porque le pareció una manera más noble de morir que la de la inyección letal.

—¿Un pelotón de fusilamiento? ¿De esos que se apelotonan todos en una pared para que los maten? —exclamó Sancho.

—Sancho, simplicísimo amigo —le corrigió don Quijote—, el vocablo *pelotón* se refiere a los verdugos, no a los reos de muerte que, por lo demás, no se ponen en la pared de grado propio, sino obligados.

Y luego de un breve espacio en que estuvo pensando, don Quijote preguntó al dependiente:

—¿Y cómo funciona ese pelotón de fusilamiento?

—Pues funciona mal —respondió el dependiente—, porque con la inyección letal el reo puede tardar en morir hasta cuarenta minutos, y con el pelotón la muerte es súbita, así que muchos testigos, familiares de las víctimas que presencian la ejecución, y que, como es lógico, prefieren que sea larga... suelen quejarse, y con razón, de que el reo no sufrió lo que merecía.

—No, no... —interrumpió don Quijote—, que digo que cómo lo fusilan.

—Ah, eso... Pues se ata al reo a una silla y se le pone una capucha, y en el pecho una diana. Me parece que los tiradores son cinco, pero uno de ellos dispara balas de fogueo.

—¿Y por qué uno sólo dispara balas de fogueo? —preguntó don Quijote.

—Porque así cada uno de los cinco tiene la posibilidad de pensar que no fue él quien mató al condenado, por aquello del cargo de conciencia, ya sabe, en fin, ¡menuda estupidez!, si los que están condenados a muerte no son ni perros... yo no albergaría escrúpulos, y por mí saldría de voluntario a disparar yo solo.

—¡¿Disparar de lejos a un hombre atado, cegado y desarmado?! Lo que vuestra merced tiene en su pecho, y me repito, lo sé, es un ¡cobarde e innoble corazón encogido!

Y como el dependiente viera que los ánimos de don Quijote comenzaran a exaltarse y que tal vez había subestimado su locura, pidió que le disculparan, y fue a llamar a Seguridad. Pero así como el mercader se hubo ido, don Quijote, al parecer ya con una idea fija en la cabeza, le dijo a Sancho que le siguiera, y buscando por entre los diferentes pasillos, raudo cual gacela herida, se detuvo en el apartado de las bicicletas y agarró un par de cadenas, las más largas que encontró, con sus candados. Moviéndose con bastante presteza, antes de que los de seguridad llegaran, rodeó a Sancho con una de las cadenas, dándole varias vueltas, y cerró el candado, dejándole encadenado a una bicicleta. Lo mismo hizo él consigo: se agachó, se arrimó a otra bicicleta y se encadenó a ella.

Sancho, que por la celeridad de los movimientos de su amo no había tenido tiempo ni acaso valor de preguntarle qué diablos hacía, viéndose de esa guisa —no inmovilizado, pues de haber querido moverse habría podido hacerlo con la bicicleta a rastras, sino más bien como un apéndice de ésta—, le preguntó:

—Pero ¿qué es esto, señor?, ¿por qué nos ha encadenado vuestra merced?

A lo que don Quijote respondió:

—¿Cadenas llamas a esto, animal de bellota? Cadenas son las que tiene ese dependiente del demonio, esclavo de sí mismo. Nosotros nos acabamos de declarar en huelga de hambre.

—¿Huelga de hambre, señor? Pero ¿por qué? Si aun siendo yo buen cristiano, me cuesta lo mío no comer carne los viernes de cuaresma. O ¿es que somos acaso moros en Ramadán?

—Huelga de hambre por los condenados a muerte de Utah que, si han de morir, lo hagan cuando menos en una lucha cuerpo a cuerpo, o sean perdonados, que es lo que más conviene a la ley cristiana.

—Pero ¿qué se me da a mí todo eso, señor? Y, sobre todo, ¿por qué ha de pagarlo mi estómago? No me parió mi madre para no comer, amén de que injusticias en el mundo hay tantas como para matarnos a todos de hambre no una, sino un millón de veces, que a fe mía no habría en el mundo bicicletas suficientes para encadenarnos a todos, y antes que de hambre moriríamos aplastados por tener que compartir diez o doce infelices una misma rueda.

En estas razones estaban cuando los encontró una pareja de Seguridad, allí tirados, encadenados a dos bicicletas, la de Sancho en un extremo, ya caída en el suelo, la de don

Quijote en medio de la fila donde aparecían alineadas todas las demás, lo cual hacía que don Quijote estuviera como escondido entre ellas, acurrucado para poder caber mejor en el hueco entre una y otra, y así, con la más incómoda y rara estampa que pudiera imaginarse, antes de que a los de seguridad les diera tiempo a decir nada, les gritó:

—Sepan vuestras mercedes y comuniquen a los gobernantes de esta ciudad que venimos de declararnos en huelga de hambre por los reos de Utah.

Y tan singular y hasta espantable, por inusual, resultaba su actitud que los guardias prefirieron llamar a la policía, mientras Sancho decía:

—Ay, Dios mío, la que nos va a caer. ¡Oigan, oigan, vuestras mercedes, que yo no estoy en huelga de hambre! Si no me creen, tráiganme una buena hamburguesa doble con beicon y mucho queso, o lo que vuestras mercedes prefieran, que a buena hambre, no hay pan malo, y que nunca engaña el bostezo, que es de hambre o es de sueño, y así bostezo yo, miren, miren como bostezo y, puesto que no tengo sueño, es de pura hambre que quiero saciar, ¡les juro que no estoy en huelga de hambre!

Y entonces se giraba como podía a don Quijote y le decía:

—Mire vuestra merced, señor... que el hambre es muy mala consejera. Desencadénenos, comamos, bebamos y, ya luego, con el estómago lleno, hablemos y obremos como vuestra merced disponga para ayudar a los condenados que quiera. Y mire, además, que cuando el hambre entra por la puerta, el amor sale por la ventana, y que, a lo que yo he podido entender, su Marcela tiene no una, sino cientos de ventanas por donde escabullirse.

Pero don Quijote, que ya no escuchaba a Sancho, mirando a los de seguridad, que a su vez los observaban sin creer lo que sus ojos veían, les gritaba:

—¡Venga, venga! Atrévanse conmigo. Aquí me tienen encadenado como un mono lascivo, como la farisea adúltera a quien, según la ley de Moisés, debían apedrear, a lo que Jesús se opuso diciendo: El que de entre vosotros esté sin pecado, sea el primero en arrojar la piedra contra ella. Juan 8:7-8.

Y así comenzó a repetir:

—¡Juan 8:7-8! ¡Juan 8:7-8!

Y en éstas estaba cuando llegó la policía, y como don Quijote no les diera las llaves de los candados —que nadie nunca lograra dar con ellas—, el bueno de Sancho, por no esperar a que les zafaran de las bicicletas de alguna manera terrible que asustaba su imaginación, se ofreció a pagarlas, tras lo cual la policía los arrastró, encadenados como estaban, hasta afuera, dejándolos en esa parte del parking donde se amontonan los carritos de la compra, lo cual provocó no pocas risas entre los niños y adolescentes que por allí pasaban.

Pero Dick's cerró sus puertas a las siete de la tarde, el parking se vació de coches y adultos y, al caer la noche, cayeron también las risotadas de los últimos en irse: los jóvenes *skaters* que rodeaban y hasta sobrevolaban las cabezas de los dos presos de sus bicicletas. Así, en medio de ese parking desalmado, áspero y oscuro, tuvo lugar la siguiente conversación:

—¡Ay, señor! Yo no me puedo persuadir de que no acertando a recordar si sé montar en bicicleta, vaya a pasar la noche encadenado a una, y qué digo yo encadenado, más bien mortificado, porque a fe mía que mucho me han de doler los huesos como no nos liberemos pronto de este lastre.

—Calla, Sancho, que el problema es morir de congelamiento, no podemos esperar hasta mañana para pedir ayuda.

—¿Seguro que no tiene vuestra merced consigo las llaves de los candados?

—¿Pues cómo habría de tenerlas? Si las tuviera ya estaríamos camino de nuestra cama, que también a mí comienzan a dolerme los huesos, más del temor a la helada que nos va a caer que de esta incómoda postura... y hasta otras partes me duelen, que el traje este que me compraste no es muy pertinente para esta posición.

—Con todos los respetos, señor —le dijo Sancho—, que bien podría vuestra merced haber escogido otra postura, que así en cuclillas sin duda hará bien en no comer nada, porque echaría aguas mayores tal como la comida cayera en el estómago, pues justo se halla en posición o de evacuar... o de parir.

—¿Otra vez con las aguas mayores y menores, Sancho? Mira que te...

Y entonces Don Quijote calló. De haberse visto libre de cadenas, bien habría pasado adelante, pero en no teniendo a Sancho al alcance de su brazo, quizá prefiriera conservar sus fuerzas. Se hizo un silencio de unos segundos, y, sin añadir palabra ninguna, Sancho sacó, tras mucho esfuerzo, una chocolatina que tenía guardada, y comenzó a comérsela. Aunque por la oscuridad no se podía ver nada, don Quijote escuchó el ruido de Sancho al masticar, a lo cual le dijo:

—Sancho... ¿qué haces?

—Estoy comiendo una chocolatina, señor.

—Sancho...

—¿Qué?

—¿Por ventura tendrás otra para mí o, acaso, me darás un bocado de la que te estás comiendo?

—Señor, de la que me estoy comiendo es de todo punto imposible porque ya está comida, y otra no tengo.

—¡Cómo que ya comida, si te estoy oyendo masticar a carrillos llenos, glotón moderno y majadero antiguo! ¿O es que acaso rumias como las vacas? —respondió del todo enfadado don Quijote.

— Yo no soy vaca, señor, porque las vacas comen poco y yo no, aunque cierto es que como lo que comen, lo comen dos veces, pues ya tendrán suficiente. Pero he dicho que ya no me quedan más chocolatinas —y así paró de masticar y se quedó otra vez en silencio unos segundos. Luego añadió:

—Además, que no soy yo el que está en huelga de hambre.

—¡Ni yo tampoco! —respondió don Quijote—. Las huelgas de hambre sólo son razonables cuando salen por televisión, y como tú pagaste estas bicicletas, no hubo tiempo de continuar nuestra protesta, y ahora nos vemos como dos tristes Sísifos, condenados a morir de frío con nuestra carga.

—Señor, mire vuestra merced que, de no haber sido por mí, nos habrían dado de palos, y que yo no había protestado nada, ni puedo persuadirme todavía de que el no comer tenga algo que ver con los prisioneros de Yuta.

—Utah, Sancho, Utah. Pero hazte cargo, tienes que ir a pedir ayuda a la autopista. Tú puedes andar, así sea con la bicicleta a cuestas.

—Yo solo no voy —respondió Sancho.

—Pero ¿cómo?, ¿miedosito me saliste ahora? —le preguntó don Quijote.

—No señor, miedosísimo siempre, como una liebre —repuso Sancho.

—Tengo una idea para salir de aquí. ¿Ves ese carro de la compra de ahí, ese que está suelto? Como me encadené encontrándome agachado y la cadena me impide incorporarme, no puedo andar, pero con tu ayuda —pues según creo, tú sí puedes, mal que bien, caminar— lograría meterme en el carro si lo traes hasta mí y, luego, lo empujas hasta la autopista, de modo que alguien nos vea y socorra.

Y así lo hicieron. A trancas y barrancas, y con mucho esfuerzo de Sancho, don Quijote se colocó como pudo: él en una esquina del carrito y su bicicleta, inclinada, sobresaliendo por uno de los lados. Sancho, cuya bicicleta, por estar encadenada a su costado derecho, le permitía en efecto caminar, aunque torpemente, comenzó a empujar el carrito en dirección a la carretera. Pero entre el andar tan dificultoso, la poca luz, y el avanzar inseguro de Sancho, no se percató éste de que, antes de la autopista, había una enorme pendiente que, cuesta abajo, comunicaba, por un túnel, ese lado con el otro, y así el carrito empezó a descender, y Sancho, sin saber lo que pasaba, pero sin atreverse a soltar el carro por no querer morir solo, se dejó también llevar por él, y tan rápido que por momentos los pies se le elevaban por los aires, al tiempo que su bicicleta chirriaba contra el asfalto siendo arrastrada a toda velocidad, y así, maestro y discípulo, amo y escudero, señor y vasallo dieron con sus huesos en el puente subterráneo.

Una vez detenidos, vieron unas luces que, conforme se fueron acercando, identificaron como linternas, con las que tres hombres, al llegar a ellos, les enfocaron las caras, dando a entender, por sus gestos e indumentaria, que seguramente aquella oscura sima era el sitio en que solían hacer sus trapicheos nocturnos.

—¡Usted! ¡Bájese del carro y denos la bicicleta! ¡Y usted también, entréguenosla! —les ordenó con voz severa uno de los hombres, manejando la linterna para indicar la dirección de los movimientos que ordenaba.

—De muy buen grado se la daría yo si pudiera, pero estamos encadenados —respondió don Quijote.

—¿Cómo que encadenados? —preguntó el mismo hombre.

—Pues que aquí mi señor nos puso en huelga de hambre por los presos de *Chuta* —respondió Sancho.

Y en diciendo Sancho la palabra Chuta, los tres hombres, aunque no entendieron mucho, pero viendo en efecto las extrañas posiciones en que estaban encadenados, se echaron a reír:

—¡Chuta, dice el peluche! Anda, Chino, ve a por la cizalla, córtales las cadenas y dales un chute a mi salud, que por estas dos bicicletas el Manco nos dará para cincuenta chutes más.

Dicho y hecho. El hombre a quien el que parecía el cabecilla había llamado Chino regresó con unas enormes tijeras metálicas y rompió las cadenas, liberando a don Quijote y Sancho. Luego, el cabecilla les dijo que podían apoyarse en sus sillines mientras les durara el viaje y, aunque ninguno de los dos sabía de qué viaje les hablaba, lo supieron pocos segundos después de dejarse inyectar, cual suero sanador —acaso más azuzados por el hambre que por la desconfianza—, la droga de último diseño que les pinchó el Chino.

Así como don Quijote, debido a su altura, podía apoyar los pies en el suelo aun estando sentado en el sillín de la bicicleta, Sancho tuvo que reclinarse en la pared del paso subterráneo para no caerse. Asidos con fuerza a sendos manillares, entró, cada uno por separado, en un delirio distinto, enzarzándose los dos, desde sus respectivos mundos, en una conversación que sólo para ellos tenía sentido:

—¡Vamos, caballo volador, Pegaso americano, sangre de Red Bull, Bucéfalo de Alien, Mad Max alado! ¡Llévame ante mi amada Marcela! ¡Ya está ahí! ¡Ya la veo! ¡Es la Torre de la Libertad! ¡Alta como el chopo que al cielo se despereza! ¡Grande como el monte preñado de primavera!

Y, por si esto fuera poco para atizar la risa de los tres hombres, Sancho respondía:

—¡Eso, eso, vamos, borrico con alas, angelote de los burros, hipogrifo asnal! ¡Allí, allí vamos al concurso de los tragaldabas! ¡Libertad para mis tripas y brinco de mis hijos! ¡Que me vea yo preñado de carne picada, y ríos de Coca-Cola, y mi piel, untada de mantequillas como mazorca bien asada! ¡Viva la diabetes! ¡Viva! ¡Viva yo lleno, así me quede ciego!

Así continuaron ambos su viaje sideral por espacio de unos minutos más, al cabo del cual tiempo los asistentes consideraron completada la transacción y, una vez superado el efecto de la droga, les ordenaron que se marcharan. Sólo uno de ellos, acaso con vergüenza ajena por el atuendo de Sancho, le entregó algunas ropas que, aunque similares, iban a pasar algo más inadvertidas: unos pantalones de pana anchos y uno de esos abrigos de pelo largo que pusieron de moda ciertas estrellas del rock, travestis, o celebrities con un poco de ambas cosas: de rockeros y de travestis. Sancho, todavía algo atontado por la droga, aceptó la ropa de buena gana y ahí mismo se mudó, dejando en el suelo su piel de ewok. Conforme iban saliendo del túnel, don Quijote le dijo:

—Sancho, hueles, y no a flores.

Y Sancho, porque iba contento con sus nuevas, aunque no muy limpias ropas, y porque todavía estaba bajo los efectos de su gran comilona soñada, le miró y le dijo:

—Sí, señor, huele a barbacoa.

CAPÍTULO XV

De las fermosas féminas que agasajaron a don Quijote y a Sancho como salvadores de la ballena, y de cómo don Quijote se consideró creador de América por liberar a Jonás del encierro cetáceo, merced a lo cual la Estatua de la Libertad pudo ser plantada en la ballena-patria

Como en los siguientes diez días no sucediera cosa digna de ser contada, Sancho y don Quijote reposaron, que buena falta les hacía, en el mismo hostal —para don Quijote, templo— de Woodside. Mientras Sancho dormía a pierna suelta, don Quijote se empleaba en la relectura —a su entender, nunca tan profunda como quisiera— de la Biblia. Pero al cabo de ese tiempo, a don Quijote se le figuró otra vez que era mucha la falta que su persona le hacía al mundo y, en esto, resolvió romper su encierro y volver a recorrer la ciudad. Lo que no sabía el hidalgo es que él y su Sancho ya no eran completamente anónimos, pues antes del episodio de la huelga de hambre en Dicks's, en los mentideros de algunos rincones de Manhattan ya corría de boca en boca la anécdota del día en que un C-3PO repartió billetes por los aires de un Starbucks. Aquella repartición de dinero pues, como se anunciaba más arriba, no iba a morir sepultada entre las paredes de este relato ni tampoco de la memoria de quienes lo vivieron y, de hecho, aquel acontecimiento sería no más que el principio de que don Quijote, con Sancho como discípulo, llegara a ser... lo que aún... aún no ha de saberse, pero que el impaciente lector sabrá a su debido tiempo en esta nunca antes vista historia.

Por ahora, bástele al lector con saber que, a consecuencia del suceso en el Starbucks, se decía que algunos de aquellos que —por ganarse algún dinero haciéndose fotos con los turistas, o simplemente por gusto— iban disfrazados de C-3PO aseguraban haber sido objeto ocasional de pedigüeños, y admiración de hippies y utopistas. Así y todo, esto se transmitía aún como una suerte de leyenda urbana bastante minoritaria y, puesto que el suceso de la huelga de hambre no trascendiera los periódicos locales de Long Island, don Quijote y Sancho aún podían moverse a sus anchas, cual actrices de incógnito, por la Gran Manzana.

Es pues el caso que volvieron a salir del hostal para recorrer las calles, y todo lo miraba don Quijote con ojo avizor. Acá veía un mendigo y repasaba mentalmente los pasajes de la Biblia que versaban sobre la mendicidad y cómo mitigarla; acullá, una disputa y, asimismo, trataba de rescatar de la memoria cuanto podía sobre el perdón... Pero hete aquí que, junto con los pasajes del perdón, le venían también a la memoria, y juntamente entremezclados, otros de venganza, y así sucedíale que ideas contrarias se le agolpaban como solución a un mismo problema, poniéndole en la encrucijada de remediar el mal ya por medio de la paz, ya de su contrario, la guerra. Y como no sabíase decidir, resolvió que precisaba hacerse con una guía algo más específica y mañera que la Biblia, la cual representaba un mapa completo y perfecto, pero demasiado ambicioso en su conocimiento exhaustivo para un alma mortal e imperfecta como la suya. Fueron estos pensamientos, que compartiera con Sancho sin que éste supiera interrumpirle, los que llevaron a don Quijote a encontrar un manual mucho más sencillo, y éste fue el de las catorce obras de misericordia establecidas por la Iglesia, en conformidad, asimismo, con las Sagradas Escrituras. Con estas catorce obras en mente —las siete corporales y las siete espirituales, tales como perdonar al que nos ofende, consolar al triste, vestir al desnudo...—, acaso resultárale menos equívoco al caballero decantarse por soluciones simples, al tiempo que sostenía la certeza de abrazar los preceptos sagrados. Y así comenzó el hidalgo, con el fiel Sancho a su vera, a mirar la ciudad menos confundido, para enderezar todo cuanto en su mano estuviere y, según su lente particular, procurar recomponerla.

Y aquí, con la licencia y las leyes del decoro narrativo, sí se ha de hacer un pequeño salto en el acontecer de esta historia, pues valiendo —como dicen— una imagen por mil palabras, y aun sin pleno convencimiento de ello, sea por esta vez que el lector distinga primero la imagen que el hecho que la originó, el cual no dejará de contarse más adelante, y acaso con menos de mil palabras.

Saltemos pues, y vea el lector un numeroso grupo de mujeres totalmente desnudas en el centro de Washington Square, junto al arco del triunfo donde, con la ovación de anticipadas glorias romanas, se originan todas las protestas de Manhattan, y hasta gran parte de las del mundo. Estas mujeres sostienen unas pancartas donde se leen cosas como: «Salvemos a las ballenas», «Descontaminación para las aguas de Manhattan», «El mar no es un vertedero». Pero, al margen de lo que llevaren escrito en sus carteles, también en sus cuerpos, en letras rojas, se pueden leer mensajes. Una lleva en un pecho la palabra don, y en el otro, la palabra Quijote; la de más allá lleva garabateadas en la nalga izquierda tres letras grandes: San, y en la derecha, otras tres: cho. Y así protestan las mujeres, con los nombres de don Quijote y Sancho pintados en sus cuerpos, y mostrando su solidaridad para con los mares y las ballenas en sus letreros. Pero ha de ver el lector aún más, y es que estando allí el mismísimo don Quijote, por los motivos que se verá más adelante, y teniendo grabadas en su sesera las obras de misericordia, concretamente la que apremia a vestir al desnudo, insiste el caballero en cubrir a las mujeres con aquello que buenamente encuentra a su paso: periódicos, bolsas de plástico, ropas que pide prestadas a los transeúntes, voceando la súplica apremiante de «¡Dad de vestir al desnudo!», «¡Dad de vestir al desnudo!». Pero las mujeres, que insisten en no ser vestidas, corretean y se escabullen para seguir con su desnudez intacta, hasta juntarse de nuevo y llevarse en volandas a Sancho, que como un torero o un santo es paseado por la plaza a los gritos de «¡Más Sanchos y menos engaños!», «¡Más don Quijotes y menos monigotes!».

Viendo todo esto, don Quijote quédase suspendido y comienza a gritarle a Sancho, que se desliza bocarriba por entre las manos de quienes lo festejan:

—¡Resiste, Sancho, resiste! Acudiría en tu socorro si no fuera porque esas mujeres, ciegas de amor por mí, no entenderían que, debiéndome yo sólo al amor de mi Marcela, no podría corresponderlas, pese a que tanta belleza junta bastara para ablandar el mismísimo mármol.

134

Y así, Sancho, navegando como un cachalote por entre esas manos que cual olas lo mecían, y don Quijote, resignado por el hecho de no poder acercarse a tener que renunciar a vestir a tanta desabrigada y desnuda mujer, pasaron algunos minutos más, hasta que la llegada de la policía dispersó el grupo, liberando a don Quijote y a Sancho de aquellos amores, tan ecologistas como excesivos, que se habían originado en un episodio algo anterior, y que fue como sigue:

Hay en Brooklyn un canal llamado Gowanus, a través del cual el mar entra desde el Atlántico, y que es conocido porque sus aguas son de las más contaminadas del planeta. Aceites, plomo, mercurio, nitratos, alquitrán de hulla y una concentración de oxígeno desmesuradamente baja, impiden casi del todo cualquier forma de vida. Por eso, cuando una ballena rorcual —desafortunada o suicida, o simplemente despistada— se desvió del gran océano y fue a parar al angosto cauce, todos los que en ese momento pasaban por allí empezaron a comentar que, si el organismo pertinente no se encargaba de liberar muy pronto a la ballena, ésta mal podría sobrevivir.

En poco tiempo se formó una multitud que, desde el paseo del canal, miraba cómo la ballena trataba de deslizarse sin éxito, ya enferma, ya agotada, ya contaminada, aleteando de medio lado, con un enorme ojo negro que sólo alcanzaba a dirigir al cielo, y tan gris como la gelatina en la que flotaba a media asta. Mientras muchos hacían fotos al cetáceo, otros explicaban a sus hijos que eso era una ballena, y aun los había que se hacían selfies sonrientes con el animal agonizante de fondo; sólo unos pocos —los menos— se apresuraron a informar con sus teléfonos móviles a la policía, grupos ecologistas o bomberos. Los niños miraban desde los hombros de sus padres aquel espectáculo de muerte como si se tratara de unos fuegos artificiales.

Entre estos paseantes fortuitos, quiso la suerte que se hallaran don Quijote y Sancho, que también se detuvieron para observar al animal junto al resto de la multitud. Al cabo de media hora, llegó el cuerpo de ingenieros del ejército, ofreciendo su laboratorio situado en Caven Point de Jersey City para proceder, según dijeron, a la necropsia. Seguía aleteando el animal mientras ellos se brindaban a desplazarlo en una de sus embarcaciones para cargarlo como mejor pudieran hasta el laboratorio, que contaba, entre otras ultramodernas instalaciones, con un muelle sumergible que favorecería el traslado de la ballena. Este organismo negociaba con la policía lo que vendría a ser la supervisión de los servicios funerarios del animal, pero la policía sólo contestaba que no eran ellos los responsables de gestionar esos servicios, sino la Fundación para la Investigación Marina Riverhead, a la cual fundación tocaba mirar por todo lo relativo a la vida y la muerte de tortugas, focas, delfines y ballenas. Algunos curiosos escuchaban estas razones y, en mitad de tamaño alboroto, llegó un embajador de la fundación Riverhead, una señora de unos cincuenta años que mostró a la policía una plaquita como si fuera del FBI, y dijo:

—Ahora mismo, no podemos hacer nada por este animal.

Cuando don Quijote escuchó esto, se abrió paso entre dos o tres personas, y le preguntó a la señora:

—¡¿Cómo que no se puede hacer nada?! ¿Acaso no es a vuestra merced a quien toca cuidar del bienestar de estas bestezuelas de Dios?

La señora lo miró de arriba abajo, y, con un aire de falsa condescendencia, se resignó a responder, seguramente obligada por el silencio que ante la pregunta de don Quijote se había impuesto en la multitud más cercana:

—Señor, nuestra fundación tiene órdenes estrictas de no tocar ningún animal en peligro de extinción.

—Pero esta ballena, si no la ayudan, morirá —respondió una voz.

—Insisto —dijo de nuevo la señora—. No podemos tocar ningún animal en peligro de extinción, a no ser que necesite ayuda. Como tampoco tenemos derecho a estresar a ningún animal, y menos aún, si está protegido.

—¡Pero esta ballena necesita ayuda! —gritó otra voz.

—Es pronto para saberlo —dijo la señora—. Ahora mismo la marea está baja y no sabemos si el animal no puede liberarse por sí solo porque el bajo nivel del agua no se lo permite, o porque en verdad tiene algún tipo de problema que requiera nuestra ayuda. Tenemos que esperar un par de horas hasta que suba la marea. Sólo entonces podremos dictaminar si tenemos derecho a intervenir. El equipo de nuestra fundación está en camino. Ellos se encargarán de monitorizar los patrones de comportamiento del animal para determinar si su estado empeora.

Tales y tantos fueron los gritos y la algazara provocados por sus declaraciones, que cada vez había en torno más y más gente. Llegó el representante de un grupo ecologista, que, acompañado por un cámara, le volvió a preguntar a la señora por qué no intervenían, a lo que ella volvió a responder:

—Insisto en que cuando estamos tratando con un animal protegido, las labores de monitorización han de preceder a las de intervención. Personalmente, tengo las manos atadas. Lo siento.

Cuando parecía que la señora iba a retirarse, llegó —serio, sudado, ajustándose la corbata— la mano derecha del alcalde de Nueva York. Se situó junto a la señora, se alisó el traje, se peinó las cejas con los dedos, y, tras empujar sutilmente a la mujer para colocarse frente a la cámara, dijo:

—Tengan en cuenta ustedes que nuestros vecinos de Flint llevan años consumiendo el agua del grifo, contaminada de plomo y cobre, y, aunque se trate de un incidente lamentable, por ahora sólo han muerto diez personas. Yo no entiendo mucho de animales, pero imagino que esta señora podrá confirmar que el estómago de una ballena es cien veces más resistente que el de una persona, aunque sea un ciudadano de los Estados Unidos.

—Cien veces, no diría yo... —respondió ella, con bastante menos aplomo del que había mostrado primero— pero unas cuantas... no hay duda.

De pronto la multitud se volvió hacia unas voces, que vinieron a ser las de nuestro buen don Quijote, el cual, protegido siempre por su armadura dorada, se había alzado sobre uno de los bloques de cemento que, a modo de rudo banco, separaba el canal del paseo, y desde esa atalaya, reclamando ahora la atención de los periodistas que habían ido llegando, gritaba:

—¡Oh, miserables! ¡Oh, escitas! ¡Oh, Poncios Pilatos! ¡Oh, ruines bicharracos hijos de mil Satanases! ¿Por ventura ignoran vuestras mercedes lo que este animal carga en el estómago, suficiente para hacer explotar no ya los límites de su maltrecho cuerpo, sino los de vuestra propia miserable inhumanidad y, aun, los de medio Brooklyn?

Y en escuchando esto la policía, temerosa de que don Quijote se estuviera refiriendo a que la ballena acaso llevara en el vientre una carga de explosivos, lo que la convertía en una suerte de cetáceo terrorista, comenzó a evacuar la zona, apartando inclusive a Sancho (que, de buen grado, se dejó poner a salvo de la nueva locura de su amo). Mientras tanto don Quijote, con las manos en alto con tal de que le dejaran hablar, comenzó a hilar en gritos, cual predicador desatado, una retahíla de historias que nadie pudiera acertar a saber si le surgían de forma espontánea o las rumiaba durante el día o el sueño:

—¡Huyan, huyan! Pero sepan vuestras mercedes que no ha mucho que se encontró una parte del Tanaj apócrifo, con la historia de Jonás y la ballena. Y yo sé por la Sagrada Biblia que el comienzo de la historia coincide, y que eso fue cuando Yaveh envió a Jonás a predicar a Nínive y Jonás no aceptó las órdenes divinas y se embarcó como polizón en una nave que iba rumbo a Tarsis. Jonás huyó. ¡Sí, como vuestras mercedes huyen de la palabra de Dios, que ahora soy yo! Y una grande y no esperada tormenta azotó la nave: ¡Pum, pam, fff, rrr! Era la furia de Yaveh. Y entonces, ¡ay, amigos!, entonces, los marineros encontraron a Jonás durmiendo en las bodegas del barco, y él admitió que había sido su desobediencia la que había desencadenado la tempestad: ¡Pum, pam, fff, rrr! Y por eso lo arrojaron por la borda, y la mar recuperó su calma. Pero Jonás no se ahogó, porque una ballena enviada por Yaveh se lo tragó. Y de aquí en adelante la historia apócrifa difiere, porque Jonás no está en el vientre de la ballena durante tres días y tres noches, sino que Yaveh, que ya contaba con la desobediencia de Jonás, había metido dentro, por su infinita misericordia —que es la mía—, a una mujer. Y la mujer, que sujetaba en su mano un fuego inextinguible con el que iluminar el hogar cetáceo, se desnudó para recibir a Jonás. Y de no existir mi Marcela, aun podría yo decir que era la más bella mujer de entre todas las mujeres, hembras y sirenas que imaginarse pueda. Y engendraron su primer hijo en esa primera noche. Y fueron felices. Y no comieron perdices porque se alimentaban, como ballenatos, de pequeños peces, algas y diminuto plancton. Y la mujer siguió pariendo hijos a montones, como si fueran huevas de bacalao, y Jonás no daba abasto, pero como buenamente podía se los iba sacando a ella y los limpiaba con el agua de mar almacenada en una parte del estómago de la ballena. Y de los hijos de sus hijos salieron más hijos, numerosos ya como huevas de un banco de atunes, hasta que fueron tantos que el animal comenzó a crecer, y así se hizo tan grande que formó el continente americano. Por eso, lo que están pisando vuestras mercedes no es tierra, sino la ballena más grande del universo mundo. Lo que pasa es que nadie lo sabe. La gente desconoce que América es una ballena, y por eso ahí están los miserables de la Tierra pidiendo refugio en las fronteras y América se lo niega porque piensa que es un continente con muchas puertas y policías y alambres. ¡Pero escuchad bien mi palabra! De cierto yo os digo que esta historia, fingida o no, es también verdadera, y que esa ballena que ahí se muere detrás de mí lleva a Jonás dentro, que hasta me parece que lo estoy escuchando ahora mismo pedir ayuda, y sabed por tanto que, si la ballena muere, Jonás también perecerá por asfixia, y no se ayuntará con hembra alguna y no tendrá descendencia, y América dejará de existir porque la profecía dice que Jonás tiene que tener cardúmenes de hijos, manadas, jaurías, plagas, piaras de niños, para que nosotros podamos construir nuestro opulento y regio imperio, estos rascacielos que nos rodean, la Estatua de la Libertad que nos dio Francia sin saber que está plantada en una ballena y, lo más importante: para que podamos tener nuestro pasaporte norteamericano, que es lo que nos permite la conquista de todo el universo mundo, pues esta ballena patria es nuestra patria chica. ¡Así pues, salvemos primero a este pobre animal para salvar a Jonás, o la tierra toda se desvanecerá bajo nuestros pies y nos ahogaremos en el azul océano, infierno del cielo musulmán!

Y mientras la policía dejaba que don Quijote, con las manos siempre en alto, terminara este discurso y hasta lo hilara con una segunda y una tercera arengas, dos helicópteros del ejército comenzaron a sobrevolar el canal. Y como, según ha quedado dicho, temieron que la profecía del caballero fuera una amenaza, acaso cifrada, de bomba, se avinieron a salvar la vida del animal, teniendo en cuenta que parecía claro que aquel hombre vestido de C-3PO, loco o cuerdo, aseguraba que la muerte de la ballena habría de desencadenar algo tan terrible como el hundimiento de América. De esta suerte, uno de los helicópteros, garrido y apto para el rescate y traslado de mamíferos gigantes, con no vista destreza y la pericia de un artificiero, elevó la ballena y, con ésta sobrevolando los edificios imponentes como zepelín o pájaro descomunal y primitivo, se perdió en el skyline y en el cielo, dejando a los asistentes con la esperanza propincua de las noticias que, pocas horas después, iban a confirmar los medios de comunicación: la ballena se había salvado sin explotar; en su estómago, pregonaron, no había más que alguna que otra bolsa de plástico, mientras que don Quijote era sólo un pobre y loco predicador, que quedaba, pues, libre. Y, lo más importante de todo: América seguía siendo el imperio que dominaba el mundo.

Así y todo, en ningún momento los ejércitos de ecologistas dejaron de creer que aquello había sido una ingeniosa artimaña por medio de la cual don Quijote consiguiera lo que quería, siendo lo mismo que ellos buscaban, esto es, liberar a aquel bestión indómito de las aguas pesadas, ponzoñosas y letales de la gran ciudad. Y así fue cómo durante los siguientes días se sucedieron las imágenes que previamente se han mostrado: aquellas mujeres desnudas celebrando en Washington Square las hazañas del gran ecologista don Quijote de la Mancha y su amigo Sancho Panza, con las letras coloridas de sus nombres como único abrigo para sus cuerpos.

CAPÍTULO XVI

Donde se refiere cómo don Quijote enfrentó las multitudinarias
y católicas protestas a las puertas de un teatro en Broadway

Tras unos días sin cosa digna de ser contada, yendo don Quijote y Sancho camino de su templo, el hostal de Woodside, se apearon, para cambiar de línea de metro, en la 49 con Broadway y, al salir a la calle, escucharon el sonido, aún lejano, de unas gaitas. Cuando miraron hacia el lugar de donde parecía provenir la música, vieron a una multitud de personas con pancartas en lo que, sin duda, constituía otra de las muchas manifestaciones de la ciudad.

Llevado por su habitual curiosidad, don Quijote quiso averiguar a qué se debía aquel alboroto y así, se aproximaron al gentío que se quejaba ante las puertas del teatro Walter Kerr, sobre las que se anunciaba en grandes letras la obra que, al parecer, había provocado el escándalo, los gritos, las indignaciones... y era también responsable de los gaiteros, siendo como era su autor irlandés. El título de la obra, *El testamento de María*, se anunciaba, asimismo, en un cartel descomunal junto a la entrada, con la foto de una mujer de mediana edad que, estando desnuda de busto para arriba, no llevaba más abalorio que una corona de espinas. Pero ésta no reposaba sobre su cabeza, sino que la portaba medio caída a la altura de la boca, de modo que le rodeaba el rostro como una lacerante mordaza.

Los manifestantes estaban separados de la entrada del teatro por vallas que controlaba la policía. Algunos sostenían pancartas, otros llevaban en las manos o en el cuello rosarios de todos los tamaños y colores, y aún otros mostraban estampas ampliadas de la virgen, especialmente imágenes de la Inmaculada Concepción, pidiéndoles a los transeúntes o turistas que por allí pasaban que se unieran a su causa. Todos cantaban al unísono alabanzas marianas, pero la banda de gaitas, de todo punto desafinada, iba por otro lado, y la algarabía de voces y sonidos era tal que aquellos que estaban siendo entrevistados por la prensa pensaban que tenían que gritar —y gritaban— a pesar de contar con un micrófono. En medio de semejante bullicio, alguien del teatro repartía folletos con la sinopsis de la obra, e invitaba a los asistentes a la función de esa noche con un descuento especial, y, justo al lado, otra persona regalaba octavillas con su crítica e indignación desde la comunidad católica. En las primeras hojas se resaltaba la autenticidad de la voz de María en calidad de personaje bien construido, tal como una madre judía más, que nunca creyó en la divinidad ni en los milagros de su hijo, y que sufrió su dolor hasta el punto de escapar para no tener que verlo sufrir en la cruz. En las octavillas de los manifestantes, muy al contrario, se criticaba la obra por blasfema, con sentencias que también rezaban las diferentes pancartas que sostenían a la puerta del teatro: «¡Soy católico! ¡Basta de blasfemias!», «¿Cómo se puede llamar "arte" a la blasfemia?», «La difamación no es libertad de expresión», «Es ficción, no es realidad, pero es, al cien por cien, blasfemia».

Después de unos segundos en que don Quijote estuviera contemplando el espectáculo con un gesto meditativo, Sancho le interrumpió:

—Señor, que digo yo que qué se nos da a nosotros este griterío, que si quiere vuestra merced detenerse porque está cansado, bien sería mejor buscar algún parque donde poder esparcirnos a nuestras anchas en un banco.

—¡Yo no estoy cansado, Sancho! ¿Pero es que no ves que aquí está ocurriendo un acontecimiento importante y que atañe, nada más y nada menos, que a la mismísima y Santísima Virgen María?

—Yo lo que pienso, señor —le respondió Sancho—, es que como tengamos que pararnos por cualquier alboroto, habiendo en esta ciudad tantos, no hemos de vivir más que para exponernos a palos y reprimendas. Y que si vuestra merced está cansado y por eso se detiene, yo también lo estoy y no he de avergonzarme, porque he oído que en esta ciudad mucha gente tiene el síndrome del escaparate, y me da a mí que vuestra merced puede haberse contagiado.

—¡¿Qué síndrome es ése, Sancho?! —respondió don Quijote como oliéndose una nueva sandez.

—Esa enfermedad he oído yo que consiste en que cuando uno está cansado de caminar en esta ciudad sin fin, pues que le da a veces reparo en reconocerlo, y que por eso el señor alcalde pusiera tantos escaparates, porque él mismo fue nacido debilucho y, así, puede pararse a decir que está mirando un reloj, o unos zapatos, o unos pasteles, cuando en realidad lo que está es más reventado que un caballo viejo... pero como no sabe lo que es descanso quien no sabe lo que es trabajo, pues por muchos escaparates que haya puesto el señor alcalde, el hombre no descansa. Lo que es por mí, cuando sea gobernador de esta ínsula, quito yo todos los escaparates, que no soy de andarme con melindrerías a la hora de aceptar que, aunque robusto, también me canso, como cualquier cristiano.

—No, Sancho, como cualquier cristiano, no, sino como uno falto de mientes, lo que es lo mismo que decir como cualquier hereje, que no te he interrumpido porque a veces el escucharte tanta majadería junta me cansa no ya como para pararme en un escaparate, sino como para convertirme en un maniquí y quedarme quieto y sordo a tus verbosidades por siempre.

—Yo no dudo que vuestra merced pueda parecerse, por las pocas carnes, a un maniquí, pero... lo de quedarse quieto... eso sí lo veo difícil.

—Calla, calla, Sancho, y anda, sírveme al menos para oírme hablar de una incertidumbre que tengo, un desasosiego que me aqueja ahora mismo, por la imposibilidad de escoger la mejor opción para con estas gentes que gritan. Y esto es que, en habiendo entendido que la obra que aquí se representa va en contra de nuestra Santísima Virgen María, no sé si defender el honor de acuerdo con nuestra religión verdadera o bien, luego de considerar que lo que aquí se representa parece cumplir con las reglas de un esmerado arte, debería yo pasar de largo en loor y respeto de la libertad e imaginación de las musas.

—Si me permite vuestra merced una pregunta —dijo Sancho—. ¿Acaso escribió esta obra Nuestra Señora, la Virgen Santísima?

—Pero Sancho, ¡Dios no te permita decir más vaciedades! ¿Cómo es posible que pienses que la propia Nuestra

Señora escribió lo que aquí se representa? ¿Has de pensar también que esa señora semidesnuda del póster es la mismísima sin pecado concebida?

—Lo que yo digo —respondió Sancho, ofuscado— es que ya sé yo bien que el que ha escrito lo que sea que sea lo que haya escrito no es Nuestra Señora, y que por eso mismo no ha vuestra merced de preocuparse. Ocúpese vuestra merced de desfacer las historias que no le agraden de aquellos que cuentan su vida, porque eso no es arte, que hasta el más tonto, para ser tonto, debe tener primero una vida que contar por tonta que sea. Pero en relatando cosas de las imaginaciones, eso ya corresponde a esas musas suyas, según mi corto entender, y el agravio ha de ser menor cuando está salpicado por la salsa de la fantasía.

—¡Bendito sea el poderoso Dios si he escuchado bien, amigo Sancho! ¿Cómo puedes pasar en pocos segundos de esa estupidez de los escaparates a tener en aprecio a las musas, grandes enemigas, en efecto, de los autobiógrafos? Porque, como bien dices, todo el mundo tiene una vida, y lo difícil es construir una distinta. Y que en las letras más valor tiene una existencia absurda por inventada, que una vida interesante por vivida. ¡Y qué decir del amor! ¿Qué se me da a mí que éste o aquél sacrifiquen, martiricen, fustiguen páginas y páginas contando sus amores logrados o desdichados? ¡El amor es vida, Sancho! Y para hablar del amor, hay que crearlo, no recrearlo. Y así con todo, porque hasta la muerte es sólo muerte cuando se inventa, porque para inventarla hay que romper innumerables páginas, muchas más que para contarla, y sólo el que mata lo escrito puede escribir la muerte, que la única manera de hacerlo es pasando por ella en el mismo momento en que se cuenta. ¿Y qué se me darán los testimonios, relevantes o no? ¡Que los metan en los libros de Historia! Y que no me digan que la importancia está en el cómo se dicen las cosas, que si bien el estilo es agradable a los ojos del que lee lo creado, por sí solo no se basta a llenar el estómago de la viva curiosidad e inteligencia. Y que tampoco me digan que la realidad supera la ficción, pues aquellos que esto dicen, amigo Sancho, son los que únicamente son capaces de ver realidades, que se me figura a mí que es como si un ciego quiere convencer al resto de los mortales de que él no ve porque no hay nada que ver. Y si el hombre viera sólo realidades, no habría inventado aparatos para volar, sino que se habría quedado mirando desde su caverna cómo volaban los pájaros o las moscas. ¡Me río yo de la realidad! La gente cree que el milagro de nuestro Señor Jesucristo al multiplicar los panes y los peces fue hecho para saciar el hambre de la gente, pero ¡no, no y no! Para saciar el hambre le habría bastado con proveer él mismo, o con la ayuda de sus discípulos, del alimento conseguido como cualquiera puede conseguirlo. Pero él quería saciar lo otro, Sancho: la fe, prima hermana de la fantasía; eso que es más escaso, mucho más escaso, que la comida: la fe en la creación.

Sancho, que no entendió gran cosa, salvo que su amo le había halagado, prefirió callar. Ninguno de los dos vio que justo en ese momento, detrás de ellos, una cigüita tigrina, un pajarillo que pasa el gélido invierno de Nueva York en el Caribe, despertaba el asombro de muchos y la indignación de la víctima a quien había arrebatado un billete de veinte dólares, antes de perderse —como en los casos de otros pájaros ladronzuelos relatados con anterioridad—, en la inmensidad del cielo, llevando en su pico el nuevo e impermeable material para su nido. Acaso planeara desde su instinto que ese invierno no tendría que viajar en busca de terrenos más cálidos, o estuviera avisando con este acto a los habitantes de Manhattan de que la vida de la sonrisa, la risa o la carcajada no puede ser eterna, ni siquiera en una historia, cuando menos si ésta es, como lo es, verdadera.

CAPÍTULO XVII

Que trata de algunos consejos que don Quijote le diera a Sancho
sobre el gobierno de la ínsula de Manhattan, así como de ciertas
desavenencias que ambos mantuvieron en este mismo asunto

No habían don Quijote y Sancho comenzado a sospechar
siquiera su naciente fama cuando, caminando por la ciudad,
retomaron la conversación que empezaran días antes, justo
cuando don Quijote le propusiera a Sancho el gobierno de
la ínsula a trueco de que se afanara en remediar lo que para
él representaba la causa de la mayoría de las disputas que
tenían lugar en esa ciudad de Babel, a saber: la diferencia de
lenguas.

Todavía no acababa Sancho de convencerse de la necesidad de aunar las lenguas mientras fuera él gobernador, pues,
tal como lo veía y defendía ante su amo, en comprendien-
do los súbditos sus órdenes, no había por qué esmerarse en
menudencias que, por otra parte, bien pudieran ser fatales,
porque en entendiéndose todos, tal vez quisieran sublevarse,
mientras que, si cada uno hablaba de modo distinto, difícilmente podrían concertar maldita la cosa, por descontentos
que estuvieren con su gobierno. Pero por más que porfiaba
Sancho con su señor, don Quijote insistía en que, si no pensaba comprometerse con la unificación lingüística, no le se-

ría otorgado el gobierno no ya de la ínsula, sino otro mucho más importante: el de sí mismo, pues era menester que también él, como ya antes otras veces le había encomendado, se sometiera de vez en cuando a la necesaria higiene de la continencia verbal.

—Amigo Sancho —le iba diciendo don Quijote mientras caminaban—, has de saber que el buen gobierno es aquel que satisface la necesidad de la mayoría sin menoscabo de atender, asimismo, a la minoría, y para ello tendrás tú que entender lo que la mayoría y la minoría desean.

—Pero señor... —respondía Sancho arrastrando ya los pies por el cansancio del paseo—, tendría yo que vivir para ello más vidas que un gato. La primera para aprender yo mismo mi lengua, que muchas veces vuestra merced me ha dicho que no la hablo bien, y que a veces no digo cinco palabras que no me corrija tres. La segunda vida habría yo de necesitarla para imponer mi lengua a mis súbditos. La tercera para, aun alcanzando a hablar como vuestra merced hace, aprender a callarme, pues no sé yo cómo habría de morderme la sinhueso en escuchándome hablar bien, siendo que ahora hablo malamente y a lo grosero, y aun así me place escucharme. La cuarta para...

—¡Válgame Dios, hideputa! Cállate de una vez, Sancho, que por mi santiguada que hablas más que todo un pueblo. Calla al menos hasta que lleguemos adonde te llevo, que es un lugar que tiene que ver con el regalo de tu gobierno.

—Pues lléveme mi señor adonde le plazca, pero si yo hablo más que un pueblo es porque a veces *me agurro*, y puestos a comparar, si yo hablo más que un pueblo vuestra merced habla menos que un retrato. Pero sepa que en el camino no he de callarme yo, aunque sea por esta vez —insistió Sancho—, que vuestra merced me ha puesto en las mientes el ser gobernador y lo menos que he de hacer yo es asumir la responsabilidad de decirle lo que haría en mi cuarta vida...

—Venga, Dios lo remedie. Dilo ya, mentecato, o veo que reventarás. Y no se dice me agurro, sino me aburro... pero habla, habla de una vez.

—Pues que digo yo que una cuarta vida me haría falta, y aun una quinta y una sexta, para contentar a esa mayoría y a esa minoría que vuestra merced nombra, y es que se me figura a mí que aquí son todos tan distintos que cada uno es una mayoría, y vaya a saber cómo me las compondría yo para satisfacer las necesidades de millones de mayorías.

—Querido Sancho, en verdad que yo no puedo con tanta estupidez. A ver, comencemos desde el principio. Lo primero que, como gobernador, has de saber, es gramática.

—¿Gramática yo? —respondió Sancho—. Según he oído a mi señor, que es vuestra merced, decir muchas veces, los poetas son los que cuentan las cosas como deberían ser, y los historiadores quienes las cuentan como son, y por esto yo entiendo que un poeta tenga que saber de gramáticas para cantar a los sueños, a los cabellos, a la que se fue, y, sobre todo, para cantarse a sí mismo no cómo es, y ni siquiera cómo le gustaría ser, sino cómo quiere que los otros le vean, y así los poetas necesitan la gramática porque se me figura que, o tienen menguada la imaginación, o se miran mucho al espejo, y con las leyes gramaticales arrejuntan las palabras de modo que quedemos todos engañados, de manera que veamos arte donde sólo hay artificio y fingimiento... Porque claro, ese fingimiento es hoy más que ayer necesario, que yo he abierto sólo un libro de poesías, donde las había de todos los tiempos, y en dos minutos vi yo antes de aburrirme que, así como las antiguas eran agradables al oído y tenían un nosequé que me parecía a mí que hacía razonable poner las líneas unas debajo de otras, las nuevas poesías no sé yo si lo eran, porque soy ignorante, pero se me da que eso de poner una línea bajo otra no hace un poema, y yo no sé lo que hace a un poema, pero sí diría que si fuera lo de romper las frases a trompicón limpio para ponerlas una debajo de otras, pues entonces yo sería un poeta en firmando como sigue:

Yo Soy
Sancho
Panza
Sancho Panza
Yo
Soy

Yo no engaño a nadie, señor, ni necesito empolvar ni enjoyar mis carnes ni mi espíritu; tal como mi madre me trajo al mundo soy, aunque más rollizo, y lo que hablo, mal que bien, es lo que pienso. Y siendo esto así, no necesito yo de gramáticas, porque tampoco quiero ser historiador, que eso de contar las cosas como son también se me da a mí un ardite, porque vaya Dios a saber cómo son las cosas, que yo desde luego no lo sé, y luego vaya el diablo a encargarme a mí que escriba lo que tan poco me importa, que en mirando mi ínsula desde el piso más alto donde estará mi despacho, no habré de repetir más que aquello de ande yo caliente y ríase la gente.

—Te he escuchado atento, amigo. Mucho habría que decir de eso de la poesía y la historia, y ahora no disponemos del tiempo necesario, ni la calle es lugar apropiado para ello, pero yo sólo te digo, y esto ha de ser así —advirtió don Quijote plantándose en medio de la acera para destacar la importancia de lo que iba a decir— que tú aprenderás gramática o no tendrás gobierno alguno. Y ahora, cuéntame por extenso, costal de mañas, cómo piensas tú desempeñar las labores de gobierno.

—Pues ¿cómo ha de ser, sino con las patas en alto? ¿Y me va a decir ahora vuestra merced de una buena vez adónde vamos, que traigo los pies como una alheña? —respondió Sancho.

—¿Cómo dices, amigo, que vas a acometer tu gobierno? —preguntó don Quijote.

—Digo yo que pongo las piernas sobre la mesa, en alto, que tengo algo perezosa la circulación, y que vaya pasando gente una hora a la semana, de esos sabios que sí saben de arengas y filosofías. Ellos son sin duda los que han de resolver esos problemas que vuestra merced dice que tienen esas mayorías, y quizá, si les queda tiempo, pues les sobra discreción, también alcanzaren a callar a alguna que otra minoría.

Y en hablando esto, enmudeció Sancho lo suficiente para respirar una cantidad de aire con que pudiera llenar —a juzgar por el brevísimo instante— los pulmones de un mosquito, y así, sin dar lugar a que su amo metiera palabra alguna entre tan ínfima respiración, continuó:

—Además... creo que yo mismo no me daría mala maña como arbitrista o solucionador, que ya tengo algún que otro arbitrio pensado como remedio a algunos problemas, con la consiguiente restauración del orden y el buen concierto entre tanto desmadre. Porque yo llevo oído ya muchas veces que algunas personas en esta ciudad se tiran a las vías del metro cuando éste pasa para quitarse la vida, pero al mismo tiempo he escuchado que algunos bomberos mueren en mala hora por sacar del fuego a los que se van a quemar o ya se han quemado, y que lo que yo haría sería formar una cofradía de Suicidas Unidos que, antes de ejercer el derecho de quitarse la vida, cumpliera, como cualquier otro ciudadano de esta mi ínsula, con sus obligaciones, al menos con una, la cual sería que entraran ellos a apagar el fuego primero y acaso perecieran si tuvieran que perecer ahí, al servicio de la comunidad, y no espachurrados inutilmente en las vías de un metro, que no es además espectáculo bonito de ver cómo se salpican a diestro y siniestro y, encima, sin avisar, ni conviene a la higiene de toda buena urbe ir por ahí dejando las sangres que han de congregar a las moscas, que luego vienen los extranjeros y nos dicen que esta ínsula más parece una ubre que una urbe. Después, además, me encargaría yo personalmente de otra idea que se me pasó por la tela del juicio no ha sino pocos días, y esto es que he llegado a la conclusión de que si las cárceles están llenas, y por eso parece que hay más prisiones que escuelas en esta ínsula, es porque los criminales no mienten con el debido arte, porque eso que dicen de que se pilla antes a un mentiroso que a un cojo es muy discutible, que depende de la cojera del cojo y de cómo de bien mienta el mentiroso, y que lo que digo que yo haría es abrir una escuela donde los criminales y asesinos y malandrines y pícaros de poca o mucha monta pudieran aprender a mentir mejor que los eminentísimos y doctorísimos abogados, y así sería la mía una escuela que convirtiera a los que van a ser juzgados en actores de tan buenas calidades que no sólo se librarían de la condena, sino que no me extrañaría nada que acabaran encumbrados hasta los mismísimos brillos de Hollywood, con todos los dineros que eso a su vez supondría para esta escuela mía.

Don Quijote, sin saber ya qué decir, o quizá tratando de contener esa ira que en ocasiones parecía ser el motivo que le consumía las carnes, calló y aligeró el paso, temiendo que el arrepentimiento —el cual, cuando viene, trae las patas tan veloces como un buen mentiroso— les adelantara y le hiciera retractarse del gobierno prometido a Sancho.

Serían las once de la mañana de uno de esos días en que el viento sopla más fuerte que de ordinario en la ciudad, favorecida la corriente por la retícula de calles y avenidas que, como si de los conductos alveolares de Eolo se tratase, renuevan los aires, si bien a costa de la comodidad de sus habitantes, quienes caminan agarrándose las capuchas o quitándose las gorras o sujetándose las faldas, como hacía Sancho, con la melena de los pelos de su voluminoso abrigo al viento, gabán que, por cubrirlo prácticamente entero, le hacía parecer una gran pelusa a merced de los designios del aire. Fue don Quijote, ya más tranquilo, el primero en romper el silencio.

—He de confesarte, amigo Sancho, que siento una cierta envidia sana de ver cómo caminan las parejas de enamorados, tan a la par, tan juntos, tan a la una, que no parecen sino dos flores en un mismo tallo.

—Pues mire, mi señor —respondió Sancho—, que me lo ha puesto a tiro para que yo le diga ahora, y creo que muy a propósito porque tiene que ver con el asunto de las gramáticas, que una de las cosas que yo quitaría de nuestra lengua es eso de la envidia sana, porque envidia sí sé lo que es, y hasta la practico, de modo que puedo *conjuglar* el verbo según creo: yo envidio, tú envidias, vuestra merced envidia...

—Sancho, enmiéndate, por tus muelas. No se dice conjuglar, sino conjugar, pero pasa adelante, que ya enfadan tantos circunloquios.

—Bueno, que le digo yo que la palabra envidia la entiendo porque existe, pero lo de sana no, porque esas dos palabras juntas pegan entre sí como a un santo dos pistolas. Además, que creo yo que envidioso es aquel que no sólo quiere lo que tiene el otro, sino que quiere que el otro no lo tenga, mientras que el envidioso sano no sé yo lo que será, acaso querer que el otro asimismo lo tenga, pero si el otro lo tiene, a lo mejor el envidioso ya no lo puede tener, y en el supuesto de que, aunque lo tenga el otro, también uno pueda tenerlo, pues a lo mejor ya no lo quiere, porque lo que tienen muchos vale menos que lo que tiene uno solo. Por eso yo no entiendo lo de envidia sana y prohibiría que estas palabras fueran juntas en nuestra lengua cristiana, donde las sustituiría por endibia, porque una envidia sana bien puede ser una endibia, y además se ahorra una palabra, que creo yo que todo buen gobernador ha de llevarse bien con el ahorro a costa de los otros.

—A fe mía, Sancho, que entre tanta sandez y zarandaja, he de reconocer que hay algunas perlas en el discurrir de tu razonamiento, que antes no digo yo que no las hubiera, pero eran perlas tan profundas que ni el buceador más experto de Grecia podría sacarlas a la superficie. Y bueno, Sancho, ya hemos llegado adonde quería traerte, y has de saber que en este edificio tenemos una cita con el director de tan prestigiosa institución, donde yo propondré, a tu cargo, la piedra angular de tu gobierno, que consistirá, como venimos discurriendo, en la enseñanza y el obligatorio aprendizaje de unos cursos en lengua cristiana.

Antes de entrar, Sancho miró el lustroso y eminente edificio que se alzaba ante ellos y leyó en voz alta: Instituto Cervantes.

Quedose Sancho pensativo unos segundos, y luego dijo:

—Pues no sé yo quién pueda ser ese Cervantes, pero en siendo cristiano de buenas gramáticas, como por vuestra merced sospecho que es, no perdamos más tiempo y háblele, que yo no diré nones.

CAPÍTULO XVIII

Sobre el acto de investidura de don Quijote por la gracia de Sancho

Don Quijote y Sancho entraron en el Instituto Cervantes, y lo primero que agradó a don Quijote fue descubrir un gran patio, a cielo abierto, que se extendía hasta la puerta de entrada. Se paró en seco para mirar alrededor. Había árboles, enredaderas, unas barandas de hierro forjado en las que, entre motivos vegetales, asomaban las figuras de unas ninfas. Luego cerró los ojos y olfateó en dirección al cielo, como agradeciendo a la liviana llovizna el olor a tierra mojada que reinaba en ese patio pequeñito, un remanso de paz y verdor en medio de tanto cemento y cristal. Todo ello debió de activar algo en su recóndita y pretérita memoria que le recordara cuánto solía amar la libertad, y así, embriagado por una suerte de amor universal hacia todo lo que le rodeaba, le dijo a Sancho:

—Entremos, Sancho, y quiera Dios que mi proyecto sea aceptado, porque ciertamente este pequeño patio bien me recuerda cuán bello es este mundo, y cuán necesario es que todos podamos entendernos. Vamos, Sancho amigo, vamos, que la nobleza de tu alma llene, como yo creo que es posible, el pozo de tu ignorancia.

—Un momento —dijo Sancho—. Permítame mi señor que, como futuro gobernador de esta ínsula, le otorgue yo mi primera merced.

—¿Y qué merced es ésa, querido Sancho? —respondió don Quijote.

—Pues que aquí mismo, por el poder que vuestra merced me va a otorgar, me parece justo y necesario añadir a su nombre el sobrenombre de esta ínsula, cuyas generaciones futuras tanto tendrán que agradecerle a vuestra merced el haberme exaltado a mí como desfacedor de minorías o escuchador de mayorías, o lo que ya se verá como se viere y vendrá como viniere. El caso es que a vuestra merced le queda que ni pintado este nombre: Don Quijote de Manhattan.

—No andas desencaminado en esto, Sancho —respondió don Quijote—, y de buena gana acepto este justo reconocimiento, y hasta me agrada el nombre, que no me parece sino estar viéndolo ondear en estandartes muy al vivo, cuando las gentes de este lugar salgan a la calle todos engalanados para celebrar el mundo más justo del que yo soy simiente y, por tanto, bien se puede decir que comenzó conmigo.

Dicho y hecho. Sancho, impelido por una suerte de necesidad ceremoniosa que no podía explicar, se dispuso a seguir los pasos que requería, allá en siglos pretéritos, el acto de investidura para conferir la dignidad de caballero: primero, el caballero debía arrodillarse a los pies del monarca, que, usando la parte plana de la hoja de la espada, la posaría sobre su hombro derecho; luego la alzaría despacio sobre la cabeza del caballero, y la dejaría descansar con un ligero toque de igual manera sobre el hombro izquierdo. Sancho, que a la sazón no tenía una espada a mano, tomó un gran libro que alguien había dejado olvidado o relegado en el banco del patio, cuyo título rezaba: *Diccionario de la Lengua Española. Real Academia Española.* Con el mamotreto en la mano, pidió Sancho a su señor que se arrodillara. A continuación, abrió el tomo y enseguida le vinieron a la lengua estas palabras: Limpia, fija y da esplendor, y así, como si el lomo del volumen fuera la hoja de su espada, dio a su amo dos espaldarazos: primero con el tocho sobre su hombro derecho, y luego sobre el izquierdo, repitiendo una y otra vez como un conjuro:

—Limpia, fija y da esplendor. Limpia, fija y da esplendor... Yo, Sancho Panza, inminente monarca de esta ínsula, nombro a vuestra merced don Quijote de Manhattan.

Acabando Sancho esta breve epifanía, don Quijote se levantó, volvió a cerrar los ojos y tomó aire en una larga inspiración, que expulsó asimismo en un larguísimo suspiro. De inmediato, abrazó a Sancho y se recompuso el áureo traje decidido a entrar. Nada más hacerlo, una señorita les preguntó si podía serles de ayuda. Don Quijote le respondió que tenía cita con el director del centro. La señorita, sin duda algo alarmada por la vestimenta de la pareja, quiso saber su nombre y le pidió razón de por qué estaban allí. Don Quijote tuvo entonces la ocasión de decir su nuevo nombre por primera vez y, con orgullo, muy pagado de sí mismo, dijo:

—Don Quijote. Don Quijote de Manhattan.

La señorita, con un rubor repentino en sus mejillas, telefoneó a la oficina del director para confirmarlo, y dijo dubitativa:

—Señor... está aquí... don Quijote. Pero don Quijote... de Manhattan.

CAPÍTULO XIX

De cómo los ángeles sangraran (o acaso no fueran ángeles)
tras un salto en el discurso de esta sincrónica historia

Pero, antes de proseguir con la entrevista que estaba por suceder entre las paredes de la oficina del director del Instituto Cervantes, agache el lector un poco la cabeza para que pueda pasar sobre ella, de nuevo, la cabriola de las azarosas y fortuitas leyes del Tiempo, que ahora mismo da un salto maravilloso sobre los pescuezos de los lectores y sobre sus reglas, y sobre la certeza de que eso que habitan en este momento se llama presente. Y así llega esta pirueta a alterar el ordenado acontecer de esta historia, en un salto que asimismo viene muy a propósito de lo que una vez le dijo don Quijote a Sancho en una de esas ocasiones en que éste comenzaba a explicar algo y, tras perderse en mil detalles, no llegaba a concluir cuanto venía más a cuento, que se quedaba, así, con muchas palabras y refranes, pero del todo inconcluso, soliviantando los nervios del caballero:

—Sancho amigo, deberías aprender de los buenos libros, que no cuentan las cosas punto por punto y bien ordenadas en el tiempo, sino que dan saltos, omiten detalles, adelantan claves, alargan el suspense, ensanchan la intriga, mientras en todo ello preludian ya el final y rematan de manera que el lector no se sienta engañado, porque una cosa de mucha sustancia he de decirte: hay libros que ocupan doscientas páginas en comentar detalles sin trascendencia uno por uno en el orden en que sucedieron y, luego, en las últimas diez páginas, el autor se saca de la manga, como un conejo de su chistera, un final que de ningún modo ha latido a lo largo de la historia. Una buena historia, mi gran Sancho, es como el big bang, donde el universo es la historia, y cada estrella, cada planeta, cada átomo del cuerpo humano, cada piedra están contenidos en un todo desde el comienzo. Pero algunos escritorzuelos que se pasean por ahí muy ufanos y engañados quieren que creamos que pueden hacer brotar el universo de la nada, así como un mago hace con un conejo, y tú, Sancho amigo, tú, ni siquiera llegas a eso, porque te quedas en un abracadabra que de universo sólo tiene lo infinito, que nunca concluyes ni alcanzas desenlace alguno.

—Pero señor —le interrumpió Sancho en aquel momento—, no entiendo yo eso de no poder contar las cosas por su orden, porque las cosas pasan una después de la otra, que primero nací y luego viniera lo que aviene a todos los hombres, y que no es regresar al vientre de la madre que nos parió, porque además ya no cabríamos por ese hueco de donde salimos, sino ir hacia la muerte, pero de manera ordenada, porque entre la cuna y la sepultura antes vienen los hijos o, cuando menos, el follar, que no el entierro y luego el ayuntarse, como los propios números, que primero viene el uno y luego viene el dos, y luego viene el tres y luego viene el cuatro, y luego viene el cinco y luego viene el seis...

—¡Para! ¡Para ya de contar, Sancho! —le interrumpió también don Quijote—. Y hazte cuenta de que ya has dicho todos los números habidos y por haber de aquí hasta el final de los tiempos. Lo que te quiero decir es que una buena historia es sincrónica, y esto es que cuando yo te cuento algo a ti, tú no te agarras a lo que te cuento punto por punto, sino que en tu cabeza piensas en cosas del ayer y del mañana de forma simultánea, y por eso un cerebro bien templado prefiere la pluma de quien sabe acomodarse a muchos tiempos a la vez, pues escribe tal como nuestro cerebro piensa, saltando de acá a acullá para llegar, de manera honesta, a su fin.

—Creo que lo he entendido —respondió Sancho— porque claro, bien me parece ahora la verdad que si fuera como no ha ni un minuto yo pensara, todo ordenado en línea y concertado en hileras, uno más uno no serían dos sino tres, y uno más tres no serían cuatro sino tres, y todo sería tres en la aritmética del sumar, y sólo el uno más dos serían tres de verdad.

Luego de esto, hizo una pausa diminutísima, y continuó enfurruñado:

—Pero... a decir verdad... por más que lo intente y quiera dar a vuestra merced la razón, no lo entiendo. A ver, si el orden no importa, dígame si se le antojaría a vuestra merced o pagaría dineros por ver una película que se llamare *El cordero de los silencios*, o *Futuro al regreso*, o *La selva del libro*, o *El vampiro con entrevista*, o *El caballos susurraba a los hombres qué*, o *El cuco voló sobre el nido de alguien*, o *Los muertos del club Poetas*, o *Nervios al borde de un ataque de mujeres*, o...

Y así continuó Sancho con la retahíla de títulos descompuestos, que ni él sabía de dónde los había sacado. Pero valga aquel diálogo —que terminara de crispar los nervios de don Quijote si no hubiera concluido en buena hora— sólo como ilustración y, acaso, testimonio del próximo salto en el tiempo; el cual viene a anticiparse en la diminuta molécula de este instante, inicio del gran estallido final, trasladándonos al día en que don Quijote conoció a Simón, que fue una de las últimas personas que llegaría a conocer en el curso de su vida.

Las minucias y circunstancias específicas de este encuentro no son relevantes, salvo por un detalle: Simón tenía en la frente unas marcas muy particulares, unas protuberancias del tamaño de una avellana que le surcaban de oreja a oreja; eran como pequeños quistes muy bien alineados que trazaban una especie de hilera, la cual —a don Quijote le pareció— bien podía corresponderse con las cicatrices que dejaran las espinas de una corona de acacias. Esta señal hizo que don Quijote se acercara a él, le mirara la frente con atención, y luego se arrodillara y comenzara a besarle los pies. Acaso otra persona habría tomado a don Quijote por loco, pero Simón, después de haber vivido arrodillado gran parte de su vida, hizo lo que bien le habría gustado que hicieran con él cuando, no de buen grado sino por fuerza, tuvo muchas veces que limpiar los pies de otros. Así, se agachó, tomó la cabeza de don Quijote entre sus enormes manos negras y le dijo: «Yo, hombre libre, te libero, hombre esclavo». Y entonces, Simón empezole a contar su historia, la cual comenzara cincuenta años atrás en una aldea del sur de Sudán, una tarde en que sus padres, para agradecer el favor de unos vecinos más principales y ricos, sin poseer bien alguno que poderles ofrecer en obligada señal de gratitud, le regalaron lo único que atesoraban, su hijo, él mismo, que a la sazón contaba sólo cinco años de edad. Así malvivió Simón los primeros treinta años de su vida, pasando de amo en amo, y recorriendo toda África, cual asno, al servicio de las cargas, necesidades y antojos de sus diferentes propietarios; hasta que un día, alguien, en un lugar remoto a miles de kilómetros de su aldea, reconoció, merced a sus marcas en la frente, que pertenecía a los shilluk, su misma tribu. Aquel vecino lo compró de nuevo, y Simón sintió que regresaba a la aldea donde naciera, como si retrocediera a ese pasado en que, con cinco años, fue regalado por su padres, pero con una diferencia, y es que en esa ocasión el vecino de la aldea lo compró para liberarlo, y una vez libre, la suerte llamó a la suerte, y Simón pudo llegar como refugiado a Nueva York, donde, como he dicho, y al cabo de los años, conociera a nuestro don Quijote, y hasta se reconociera a sí mismo cuando vio al caballero postrado a sus pies, porque todos los esclavos, aun ya libres, tienen que vivir en un incómodo laberinto de espejos, siendo cada ser oprimido un destello que les devuelve el reflejo de lo que fueron antaño, durante sus días de cautiverio.

En Nueva York, pasó Simón su vida haciéndose dineros para luchar contra la esclavitud de esta edad que llamamos moderna, y lo hacía de la manera que mejor sabía: nadando. Simón era un excelente nadador, conocido en todo el mundo por realizar algunas de las travesías más duras en mares y océanos de aguas heladas, entre fieros tiburones o medusas mortales, y, por si esto no bastara, Simón lo hacía más difícil todavía, pues nadaba con los tobillos unidos por unos grilletes de hierro, como le contó a don Quijote. Esto sabiendo, quiso don Quijote ver cómo se ejercitaba aquel hombre, y así, Simón le invitó a que, junto con Sancho, le acompañaran un día a la piscina donde solía entrenar, en el Meadows Natatorium de Flushing, situado en Roosevelt Avenue, en un área predominantemente china de Queens.

Al llegar a la piscina don Quijote y Sancho fueron requeridos a apuntar sus nombres en una lista y a pagar diez dólares cada uno. Cuando don Quijote fue a pagar, un gran ganso de los que de sólito picotean la tierra en el parque de enfrente, entró caminando con paso decidido y, de un picotazo, arrebató al caballero el billete de la mano para huir aleteando torpemente los pocos metros que le distanciaban de la puerta, desde donde salió volando. Siendo ya la segunda vez que don Quijote y Sancho presenciaban este tipo de inusitado robo, dieron claras muestras de asombro, las cuales, al ser percibidas por la muchacha de la taquilla, motivaron que ésta les comentara que había sido noticia que en distintas partes de la ciudad los pájaros habían comenzado a robar billetes, sin poder nadie, ni siquiera los más expertos ornitólogos, especular los motivos de tan extraño comportamiento. Dicho esto, don Quijote y Sancho, aún asombrados, se adentraron en el recinto deportivo.

Lo primero que les extrañó cuando se vieron en los vestuarios fue que por doquier, así en las paredes como en las duchas y sobre los lavabos... había unos carteles escritos en caracteres chinos que, por lo que supusieron al leer otros en inglés más pequeños debajo de aquéllos, rezaban: «No escupir». En efecto, mientras se disponían a ponerse los bañadores, varias veces escucharon ese sonido tan propio de la garganta que trata de atraer la flema de las vías respiratorias o, por mejor entendernos, del interior de las narices. Y cuando esto pasaba, el señor que limpiaba el suelo de aguas y pelos, gritaba: ¡No escupan! ¡Escupir es una guarrada!, y, aunque a esas alturas don Quijote y Sancho estaban bien enterados de que los chinos escupen con libertad muy a menudo durante el día, jamás hasta entonces se habían encontrado en la tesitura de tener que evitar que algún salivajo les cayera sobre los pies descalzos. Así, envueltos como mejor pudieron en sus toallas, salieron de los vestuarios por la puerta que conducía a la piscina.

Había que ver a don Quijote y a Sancho en bañador; el uno tan delgado, con las costillas marcadas como las de un galgo viejo, con poco vello en el cuerpo y casi todo cano, y esas piernas arqueadas como si, en efecto, se pudiera intuir que entre ellas faltaba su caballo, el entrañable Rocinante. Bien podría llevar también don Quijote otro apelativo igual de elocuente, sonoro y grave: Quijoteante, un caballero que siglos atrás era don Quijote, y que luego, en el siglo XXI sería ya otra cosa, una mezcla del de antaño con el presentimiento actual, renque-ante, de que tenía algo que recordar, y la nostalgia, punz-ante, de añorar ese mundo que sólo afloraba a partir de ciertas sensaciones... de *antes*.

En contraste con la poca estatura y las escasamente trabajadas carnes de Sancho, Simón era un hombre alto, corpulento, muy musculoso pese a su edad. Los tres intercambiaron unas palabras, no demasiadas, y don Quijote y Sancho se dirigieron al graderío, acaso pensando que ignoraban si sabían nadar:

—Yo he oído decir que el nadar no se olvida —dijo Sancho.

—Tal vez, Sancho, pero sí puede olvidarse el conocimiento de si una vez supimos nadar. Yo, a lo menos, no lo recuerdo... —respondió don Quijote, mirando la piscina con gesto melancólico.

—Ni yo tampoco —respondió Sancho con pareja melancolía.

Así, ya resignados a no meterse en el agua, vieron cómo Simón se acercó al borde de la piscina, se sentó, se puso el gorro, se cerró los grilletes en los tobillos, se ajustó las gafas y se lanzó al agua. Comenzaba de este modo el entrenamiento diario de aquel esclavo liberado que, irónicamente y de su grado con grilletes, luchara por otros, como si en ese avanzar suyo por el agua los labios de la Fortuna se tensaran hasta dibujar una sonrisa para con los que aún vivían como vil mercancía.

La piscina de Flushing es una de las más grandes que ha conocido el estado de Nueva York. Tiene una parte central con diez carriles y dos laterales con otros tantos. Desde fuera, parece un gigantesco invernadero y, desde dentro, un sedoso capullo que contiene a todos aquellos que, como vidas en gestación, se mueven en el agua: algunos, despacio; otros, con premura; pero todos como si tejieran los hilos que han de reforzarles una existencia tal vez más longeva y saludable por cada nueva brazada que consigan dar. Don Quijote y Sancho no hablaban, admiraban no sólo la fortaleza de Simón, sino el esfuerzo de tantos brazos que —acaso, desde su ignorada amnesia— les traían a las mientes los movimientos con que los galeotes, también esclavos, desplazaran las enormes galeras allá en su siglo en los mares del imperio español.

Pero esa Fortuna por cuya sonrisa nadaba Simón, pasó de esquiva a hostil, revelándose enemiga de todos desde aquel día que determinara el comienzo de una nueva etapa para el mundo de nuestra pareja y, tal vez, el mundo en sí. Al principio, nada parecía enturbiar la normalidad de un día cualquiera. Ambos contemplaban cómo Simón enlazaba un largo tras otro, tirando de sus piernas que, al estar engrilletadas, pesaban considerablemente y, por tanto, se hundían, haciendo que de cintura para abajo, todo, y no sólo los grilletes, fuera un lastre para el nadador. En las otras calles de la piscina había otros nadadores menos diestros, pues siendo algunos de ellos muy buenos, todos paraban para descansar cada cierto tiempo, mientras Simón no se daba tregua en la tarea de unir un largo con otro, como si en verdad tuviera que sortear un mar para poder liberarse otra vez, y otra vez más. En un extremo de la parte central del enorme *natatorium* había un espacio donde unas diez o doce mujeres encinta se movían, al parecer, más por liberarse de la gravedad en tierra que por ejercitarse de veras. Algunas reposaban dejándose flotar bocarriba, estáticas, mostrando al aire sus abultados vientres que, desde las gradas —según dijo Sancho— parecían pequeñas islas, mientras que todas juntas lograban conformar —añadió don Quijote— un singular archipiélago.

Pero, como queda dicho, algo hizo de aquel día el comienzo de otra cosa. No bien habían terminado Sancho y don Quijote sus pequeños comentarios sobre el rosario aguado de futuras madres, cuando doce hombres armados con ametralladoras entraron por sendas puertas laterales que comunicaban los vestuarios con la piscina, y comenzaron a gritar a voz en cuello en chino mandarín; una lengua que, sin duda, no era la que don Quijote, por medio de Sancho, había previsto emplear para unificar su ínsula. Con gestos innobles y muy mala catadura, el grupo de hombres hizo que todo aquel que no estaba en el agua, como los socorristas o quienes acababan de salir tras el ejercicio y se habían envuelto en sus toallas, se echara a la piscina.

Don Quijote y Sancho, escondidos tras las gradas, sanos y salvos por ese no saber si sabían nadar o no, por esa suerte de amnesia que, después de tantas melancolías, venía a brindarles la salvación —si bien ellos aún no lo podían saber— merced al olvido, miraban a toda aquella gente en el agua. De los que ya estaban nadando cuando entraron los hombres, sólo los chinos —los únicos que debieron de entender las órdenes— se quedaron quietos donde estaban, agarrados a las corcheras flotantes que separan los carriles; los demás nadadores, presas del pánico, comenzaron a nadar tan raudos como les fue posible, para alcanzar el borde de la piscina que más a la mano tuvieran. Pero como esto, visiblemente, enojó más a los hombres armados, ninguno se atrevió a salir del agua, de modo que todos permanecieron dentro del perímetro de aquel recinto acuático, ahora convertido en prisión.

Todavía dando gritos, los doce hombres rodearon la piscina, dirigieron sus ametralladoras hacia el techo de la carpa y comenzaron a disparar. Los agujeros más grandes dejaban ver un cielo celeste en el que nadie, esa mañana, habría podido presagiar la oscuridad que estaba por venir. Pero, además del cielo, a través de los agujeros se veían pasar bandadas de todo tipo de pájaros: grandes, pequeños, oscuros, multicolores, y no pocos, sino a cientos, a miles, y con unos graznidos tan estruendosos que no lograron silenciarlos ni las ráfagas de tiros, y que acongojaran al más valiente. Como los

174

disparos no cesaban, los retenidos en el líquido se cubrían los oídos, gritaban, algunos incluso se sumergían buscando el refugio de ese elemento en el que antaño habitaran durante nueve meses. Las mujeres encinta, con una rapidez propia de una coreografía infinitas veces ensayada, formaron un corro, tratando de proteger en ese círculo sus barrigas como si fueran una sola madre.

Mas nada alivió nada, porque cuando los doce hombres terminaron de agujerear el techo, comenzaron a hacer unos ruidos muy extraños, guturales, como de gargarismos, y tan intensos que despertaran no menos pavor que las mismas balas o el multitudinario graznido. Y así estuvieron unos minutos sin moverse, muy derechos, con los brazos pegados al tronco cual militares que atienden órdenes; los ojos amenazantes, enrojecidos, encajados en los rehenes, sin dejar de emitir esos sonidos que salían de sus gargantas, parecidos a los que don Quijote y Sancho habían oído en los vestuarios, pero sin llegar a expulsar nada tangible, ningún salivazo o esputo. Lo único que emitían eran esas ondas sonoras, olas de ruido y furia que se propagaban por todo el recinto como si alguien hubiera soltado allí un enjambre de raros insectos. Entonces, los doce hombres miraron hacia arriba, en dirección a los enormes agujeros de la carpa, y en ese momento comenzaron a caer de las bandadas de pájaros billetes y más billetes. Los doce hombres abrieron las bocas anchas, redondas, y dejaron que los billetes se les posaran, cual hostias, en las lenguas, donde visiblemente, cual hostias, se disolvían. Después de unos minutos cerraron la boca, bajaron la cabeza como quien espera arrepentirse de sus pecados, y el sonido que antes fuera gutural pasó a ser metálico, con un ruido que parecía salir no sólo de aquellas doce gargantas, sino de todas partes, del mismo modo que si la gran carpa que aislaba la piscina fuera una enorme pantalla envolvente de cine. Lo que en los primeros minutos sonara como una lluvia ligera, pronto se trocó en un aguacero de monedas invisibles, las cuales repiqueteaban como si cayeran unas sobre otras, y en un santiamén el sonido de la lluvia sin agua dio paso al rugido de una poderosa tormenta, donde el chasquido de las monedas que caían sin llegar a verse no sólo era más denso, sino mucho más colérico.

Los doce hombres seguían quietos mientras que los prisioneros, aterrados, miraban desde el agua hacia todas partes, tratando de entender de dónde les llegaba aquel sonido. Entonces, sucedió. Los hombres armados dejaron las ametralladoras en el suelo y, cuando acaso ya todos los prisioneros estaban a punto a suspirar —con, cuando menos, un mínimo de pasajero alivio—, de las bocas de los doce hombres, empezaron a salir, disparadas como munición, ráfagas de monedas que, en menos de un segundo, agujerearon los cuerpos de todos los rehenes.

Don Quijote, más abismado en su mundo que en el presente, veía absorto la matanza de los inocentes desde las gradas. Sancho, en cambio, más comilón que cultivado, temblaba pensando en esas almadrabas de atunes o cacerías de ballenas que teñían los mares de rojo, porque de ese color, rojo, se tornaron en un instante los miles de litros de agua que contenía la piscina.

Éste fue el rojo sangre previo al rojo último. El rojo que don Quijote y Sancho vieron desde donde estaban escondidos, sólo a salvo gracias a ese no recordar si sabían, o no, mantenerse a flote en el agua. Todos los cuerpos flotaban, excepto una mancha oscura que yacía en el suelo del carril principal: era Simón, cuyos grilletes le habían llevado al fondo de la piscina. Las barrigas de las mujeres embarazadas ya no sobresalían del nivel del agua, porque el peso de sus hijos, pesos ya muertos, las habían vuelto bocabajo, como islas invertidas que Simón tal vez, en un posterior delirio, habría querido alcanzar también como último deseo: nadar hasta ellas y agarrarse a sus cabellos como algas, encaramarse, ser libre otra vez para siempre. Pero nada ni nadie escapó de aquel mar rojo, ni siquiera los criminales, que volvieron a abrir sus bocas para ametrallarse entre sí. De nuevo escupieron ráfagas de monedas, tiñendo las paredes, el suelo, todo, del mismo color.

Una vez que todas las almas yacían muertas, Sancho y don Quijote vieron a través de los agujeros abiertos en el techo, que también el cielo, afuera, tras un enorme bramido, y ya sin un solo pájaro a la vista, se hallaba ensangrentado. No sólo las personas habían muerto sino también, al parecer, los ángeles.

CAPÍTULO XX

Que trata de las propuestas y las quejas de Sancho para con el señor Cervantes en referencia a los cristianos usos de la lengua verdadera, que es la española

Pero antes de la escena anticipada, habíamos dejado a don Quijote y Sancho en el Instituto Cervantes y, para más precisión, en la oficina de su director, quien al verlos entrar se levantó para recibirlos, con más curiosidad que confianza en aquel proyecto que —según le había anunciado días antes don Quijote— se disponían a presentarle. Y es que con el susodicho proyecto don Quijote tenía pensado satisfacer los detalles y las necesidades de otra de esas obras de misericordia que él —para hacer más cómodamente transitable su travesía por las Sagradas Escrituras— había escogido como mojones que le guiaran a separar las aguas de la maldad de las de la bondad. Así pues, estaba decidido a afrontar la primera obra de misericordia espiritual: enseñar al que no sabe.

—Por favor, siéntense, siéntense —dijo el director tras un apretón de manos—, y cuéntenme qué puedo hacer por ustedes.

—Como no quisiera hacerle perder el tiempo a vuestra merced —respondió don Quijote mientras tomaba asiento—, iré al grano y le diré que esta institución, campeadora del español y embajadora de la lengua más ubérrima, sufre la carencia del curso más importante, que...

A esto, el director le interrumpió diciendo:

—Señor, si se refiere usted a los cursos de catalán o euskera, la directora académica ya está trabajando en el diseño de un programa para estas lenguas, porque nuestra institución, sin duda, es una institución española, sí, pero inclusiva.

—¿Catalán, dice vuestra merced? —respondió don Quijote con un gesto entre sorprendido y molesto—. ¿A eso llama inclusión? Pues bien sabe Dios que no me refería yo al catalán, sino a una lengua que, por ser la verdadera, tiene el poder de incluir a todos los parlantes del universo mundo en el seno de un sincero entendimiento.

—Le escucho, le escucho, prosiga, por favor. Y dígame, ¿qué lengua es esa que usted propone para nuestras aulas? —contestó el director haciendo notorios esfuerzos por no reírse.

En oyendo esto, don Quijote, dando muestras de mucha indignación, se levantó de un salto y, ajustándose las mangas plásticas de su traje, le dijo:

—¿Pues cuál ha de ser, sino la lengua cristiana?

Con esto el director ya no pudo contener la risa y se le escapó una carcajada, si bien intentó disimularla tratando de aparentar que se debía a la genialidad del caballero.

—¡Brillante! ¡Absolutamente brillante! Y cuénteme, cuénteme. ¿Cómo piensa usted plantear este curso tan interesante y necesario? —volvió a preguntar, socarrón, el director.

—Para eso, señor mío, traigo aquí a mi discípulo, que como buen cristiano podrá encargarse él mismo de tal empresa.

—Para servirle, señor Cervantes —dijo Sancho.

—Un placer —respondió el director, ya totalmente anonadado—, pero mi nombre no es Cervantes. Cervantes es el nombre de esta institución...

Sancho le interrumpió:

—Buenas nos las dé Dios, y déjese vuestra merced de humildades, que si su nombre está grabado en este edificio, bien ganado se lo tendrá vuestra merced.

—No es modestia... —insistió el director, ante lo cual Sancho volvió a interrumpir:

—¡Ni modestia ni modestio! Pero, como dice mi señor, comamos el grano. Primeramente, yo no me puedo persuadir de cuán mal hablan el español algunas... qué digo algunas, ¡muchas!, ¡muchísimas personas de esta ciudad! Porque no fue sino el otro día que estaba yo pasando por al lado de un parque, que vi a un señor con su perro, y el animal estaba comiendo gran cantidad de hierba, y el hombre le decía: «muy bien, Rambito, come hierba y púrgate». Y digo yo, pero cómo es posible que aún haya gente tan rústica que piense que por comer hierba un perro pueda sacudirse de encima las *purgas*, pues tal cosa es del todo imposible, siendo las purgas insectos y estando, como todo el mundo sabe, o debiera saber, no por dentro, sino por fuera del chucho.

Y, como viera Sancho que el rostro de don Quijote se tornara lívido, y que un rictus, a medio camino entre exasperación y vergüenza contenida, le fuera subiendo desde la comisura de los labios, apretados, hasta los ojos puestos en llamas —bien como cuando tenía algo que reprobarle severamente—, se cuidó mucho de no permitir que el caballero, en modo alguno, lo interrumpiera, y, así, continuó:

—Y vuestra merced, mi señor, no ha de contradecir la forma en que yo hubiere de enmendar estas cuestiones, siendo como es vuestra merced, por mi propia gracia, don Quijote de Manhattan. Déjeme pues seguir adelante con mis retóricas, que no ando escaso de ejemplos, porque a ver, abro yo este libro —prosiguió hojeando el diccionario—, un mamotreto que, por mis muelas, pesa más que un niño muerto...

Y en escuchando esto el director le interrumpió:

—Hombre, sin insultar, que ese libro que sostiene usted en sus manos es, ni más ni menos, el *Diccionario de la Real Academia Española*, el cual fue elegido no hace mucho como uno de los diez mejores libros del año.

—Discúlpeme, vuestra merced —respondió don Quijote—, ¿acaso quiere darnos a entender que hubo, hay o habrá gente en el mundo que se siente a leer este diccionario o cualquier otro de tan alta envergadura? No he de dudar yo de que este ejemplar tenga una dilatadísima riqueza léxica... pero se me da a mí que la historia que cuenta ha de ser, cuando menos, algo desflecada y confusa. ¿Y dónde está escrito que este diccionario sea uno de los mejores libros, junto a los otros nueve agasajados?

—Pues esa selección apareció en *Babelia* —respondió el director.

—¡Babelia! —exclamó Sancho—, pues ha de saber vuestra merced que mi amo aquí presente me enseñó que babel es lo mismo que batiburrillo en arameo.

—En arameo no, Sancho, en hebreo, y más que batiburri-llo, babel quiere decir confusión —puntualizó don Quijote.

—Lo mismo me da que me da lo mismo —volvió a decir Sancho—, pero que digo yo que si este libro es uno de los mejores, no ha de parecer un servidor tan ignorante, que para leer esto me leo primero las matrículas de los coches, que nunca hasta hoy se me había pasado por las entretelas del juicio que no he perdido el tiempo perdiéndolo, y que de todos los listillos, yo soy el menos tonto.

El director, que no daba crédito a semejante conversa-ción, permanecía callado, mientras Sancho aceleraba:

—Pero discúlpeme, vuestra merced, que le estaba ha-blando yo precisamente de este libro, que no ha de ser tan bueno, porque leo yo por ejemplo esta palabra, así a bote pronto: imputado, y así dice aquí que es «atribuir a alguien la responsabilidad de un hecho reprobable». Y yo digo que no me extraña que se hable mal y sin propiedad en esta ínsu-la, si ya las cosas están mal escritas en los libros que se usan para enseñar los vocabularios y las gramáticas. Porque díga-me, vuestra merced, señor Cervantes, a ver: ¿cómo puede ser que no ha ni tres días que oí yo en el metro lo que un señor a otro le decía, y esto era que a su hermano, porque le mordió un perro, le *imputaron* el dedo? Que lo que quiero decir es que, si de acuerdo con este libro la palabra imputar es eso de la responsabilidad, ¿cómo osara nadie a culpar al pobre dedo de verse arrancado? En todo caso, la culpa será del perro, o del dueño, y ellos deberían ser los imputados, ¿o es que alguien podrá acusar a mi dedo de sacarme los mocos? Yo tendré muchas faltas, señor Cervantes, pero sé asumir mis responsabilidades, y si me saco un moco es porque me viene en gana hacerlo, o porque es muy grande y me estorba el oler lo que como, pero no voy yo a acusar a mi dedo... que, además, nunca he visto yo a nadie hasta el día de hoy que con una mano intente reprender y apartar el dedo que de la otra mano tiene en sus narices, y esto es así porque el dedo no piensa solo, y siendo de esta manera, no hay de qué culpar al pobre miembro. Y volviendo al perro, me rectifico y digo que un juez no debiera imputar tampoco a un pobre animal, y que así la responsabilidad es sólo del amo, porque los perros no tienen entendimiento, que si lo tuvieran no comerían hierbas para quitarse las purgas de encima. Entonces, yo aquí vengo a concluir que, o esa palabra en ese libro —como tantas otras que sin duda hubiere en el mismo caso— está mal, o la gente de la calle habla con propiedad a pesar de estos libros tan encumbrados... así que ahora ya no me extraña nada que aquí no se entienda ni Dios. Y si no, mire, mire —siguió, incansable, señalando otra palabra del diccionario—, así, tomado al tris tras, este vocablo: culturismo, que aquí pone que es la «práctica de ejercicios gimnásticos encaminada al excesivo desarrollo de los músculos». Lo que yo diga, que no hace falta pensar mucho para saber que un *cul-turista* es un turista de una cultura diferente, lo dice la misma palabra; no tiene que venir ningún sabihondo bachiller laureado en universidades de mucho tono a decirnos lo que ese término ya de por sí nos indica. ¿A vuestra merced le parecería bien, señor Cervantes, cobrar por explicar palabras que ya vienen esclarecidas desde su nacimiento, y, aún peor, cambiarles el sentido? Por eso, como le estoy diciendo, no me extraña que la gente no se entienda, que tengo para mí que aquí todos son cul-turistas, y con tener culturas tan diferentes, cuando menos, insisto, habría de dárseles una lengua común y ordenada y discreta, que es precisamente la que yo aquí, con mi señor don Quijote presente —que no me dejará mentir—, vengo a ofrecerle a vuestra merced.

Tanto don Quijote como el director estaban ya del todo enmudecidos, lo cual dio ocasión a Sancho a seguir adelante:

—Y dé licencia, vuestra merced, para que le haga yo otra pregunta, la cual consiste en que no he entendido bien por qué aquí la gente dice que esta tienda o tal otra queda «a no sé cuántas cuadras», en lugar de decir: «a no sé cuántos bloques».

—La palabra bloque se considera un anglicismo —respondió el director, ya de todo punto fastidiado, aunque tratando de mantener unas formas que se hallaban al borde del precipicio de su paciencia.

—¡Ni anglicismo ni anglicisma! —respondió otra vez Sancho.

—Quiero decir —continuó el director— que aquí tratamos de difundir la lengua...

—¡Ni lengua ni lenguo! —interrumpió por enésima vez Sancho, ante lo cual el director terminó por perder los estribos y les rogó, con toda la diplomacia de que fue capaz, que se marcharan.

—Señores, ha sido un verdadero placer, pero, si no les importa, permítanme, por favor, que los acompañe a la puerta, pues tengo una reunión dentro de cinco minutos.

—¡Ni reunión ni reuniona! —volvió a decir Sancho.

Don Quijote, que ciertamente no quería más problemas con la autoridad, pero a quien ante todo —y por mucho que le pesare la vergüenza ajena por oír tantas necedades en boca de Sancho— no le gustaba que le echaran de lugar alguno, se levantó, cogió a Sancho del brazo y se dirigió a la puerta diciendo:

—Anda, Sancho, vayamos a comer a un restaurante del que me han hablado mucho y bien, y que ha de estar a unos cinco bloques de aquí, o, como dice este señor, a cinco cuadras, que ciertamente cada uno es libre de llamar a su casa como le venga en gana.

CAPÍTULO XXI

Donde se refiere la relación entre la sexta obra de misericordia
corporal (la cual consiste en visitar a los presos)
y el milagroso bálsamo de Fierabrás

Si bien don Quijote estaba muy resuelto a encaminarse a un restaurante, tal como le había anunciado a Sancho, ya iba maquinando por la calle, en silencio —y a paso tan ligero que Sancho apenas podía seguirle— su próxima y generosa obra, en conformidad, más específicamente, con aquella que se correspondía con la sexta de misericordia corporal: visitar a los presos. Para ello, eligió una de las prisiones de máxima seguridad de los Estados Unidos, la cárcel de Rikers Island, la cual era también famosa por ser una de las primeras en otro tipo de estadísticas, debido a las numerosas acusaciones de corruptelas, abusos, azotamientos, atropellos, torturas y violaciones a los presos por parte de los alguaciles del recinto.

Así, meditaba don Quijote mientras caminaban cómo habían de llegar a esa prisión, y lo hacía mirando el mapa e ignorando las quejas de Sancho sobre ese mucho andar que, para él, suponía cabalgar a galope tendido. Según el plano, tenían que coger la línea de metro E, en Lexington con la calle 53, hasta Queens Plaza, y de allí tomar un autobús que les llevara a la isla donde estaba la cárcel, atravesando el puente que la separaba del Bronx y de Queens.

Pero, como habían de comer, en efecto se metieron en ese restaurante sobre el que, quien sabe dónde ni cómo, había escuchado hablar don Quijote. El cual resultó ser de cocina macrobiótica.

—¿Cocina qué? —preguntó Sancho a la camarera.

—Cocina *MA-CRO-BI-Ó-TI-CA* —respondió la joven algo corrida por la ignorancia que mostraba Sancho ante el último grito en cocina sanadora para el cuerpo y el alma.

La camarera les dejó los menús en la mesa como quien deja de plano la cuenta que deben pagar y se retiró, mientras Sancho la seguía con la mirada, al tiempo que contemplaba, de arriba abajo, a las demás camareras y hasta a algunos comensales, y lo hacía con tan poco disimulo que don Quijote tuvo que reprenderlo:

—¡Pero Sancho! ¿Se puede saber qué miras de esa forma, que no parece sino que quieras llenarte el estómago con esta gente?

—¿Llenarme el estómago con esta gente, dice vuestra merced? Muy reducido habría de ser mi buche para saciarse con tan poca carne. ¿Por ventura ha reparado en la poca chicha que hay en este lugar? La camarera ha dicho que aquí se sirve cocina ma-cro-bi-ó-ti-ca, pero yo tengo para mí, señor, que este tipo de comida ha de llamarse así porque los que la comen están tan delgados que parecen *MA-CRO-BI-OS*.

—Microbios, querrás decir, Sancho, microbios, y no macrobios, que el prefijo -*macro* indica grandeza —respondió don Quijote.

—Pues entonces —insistió Sancho—, o los microbios o

la macrobiótica, como tantas otras cosas, tienen puesto mal el nombre, y yo no digo sino que ha sido vuestra merced quien me encajó en los sesos estas filosofías de la lengua.

—Bien está eso, Sancho, pero cállate ya y elige lo que quieras comer, que no tenemos todo el día.

Mientras estas razones pasaban, la camarera volvió con dos vasos de agua y, seguramente tratando de disculpar sus desabridas maneras de poco antes, puso su mejor sonrisa, y mirando a Sancho, dijo:

—Señores, permítanme explicarles brevemente los fundamentos de esta cocina, basada en el budismo zen y en la medicina china, la cual considera que la salud es sólo posible gracias al equilibrio entre el yin (femenino, frío y apagado) y el yang (masculino, caliente y luminoso). Algunos alimentos son yin y otros, yang, y en su equilibrio reside el perfecto funcionamiento y la comunicación entre la mente y el cuerpo. Si lo desean, les puedo recomendar una selección de ambos elementos.

—Señora —respondió Sancho—, no me llegan a mí las entendederas para comprender lo que nos dice, pero a juzgar por su escualidez, como le decía yo aquí a mi señor, considero que a usted le falta el yin o el yang o las dos cosas, porque no veo yo posible equilibrio alguno cuando no me parece sino un milagro que vuestra merced pueda tenerse en pie. Tráigame a mí, pues, mucho de yin y mucho de yang, que éste, mi señor, me lleva por la ciudad casi en volandas y, o como bien, o perezco.

La camarera, como quien no hubiera escuchado jamás razones tan fuera de razón y, desde luego, habiendo de ignorar lo que parecían insultos, les recomendó algunos platos:

189

—¿Qué les parece si comenzamos por un paté de tomates secos con una salsa agridulce de pepino? De primer plato, les puedo recomendar una cazuelita de guisantes al aroma de rábano negro y, de segundo, un salteado de semillas de chía con brotes tiernos de cactus.

—¿Y de postre, señora? ¿Qué nos va a dar de postre? ¿Nos dejará que chupemos una cáscara? ¿Darle acaso un lametón a una manzana? Ya le he dicho que nos traiga mucho de yin y mucho de yang —saltó Sancho encolerizado, pues la comida era lo único por lo que podía llegar a perder los nervios.

La camarera, que a todas luces se estaba mordiendo la lengua ante la atenta supervisión de su jefe, prosiguió con la comanda:

—Entendido, señor. Y de beber, ¿desean algo más que un vaso de agua? Tenemos zumo de alpiste y limón, zumo de col blanca, zumo de alfalfa, zumo de...

Y en esto, don Quijote vio pasar cerca de donde estaban a una camarera en cuya bandeja llevaba un vaso de tubo con un líquido verde en su interior y, como en los posos de su memoria conservara aún el recuerdo de aquel bálsamo de Fierabrás, capaz de hacer que quien lo tomara ahuyentara de sí no sólo el dolor, sino a la mismísima muerte, y considerando asimismo que sólo él era digno poseedor de su milagrosa receta, se levantó de repente y, en llegándose hasta la camarera que en la bandeja transportaba el zumo, le preguntó:

—¿Sabe vuestra merced lo que contiene ese vaso?

—Señor, esto es un zumo desintoxicante a base de frutas verdes, verduras y jengibre —respondió la camarera.

—¡Miente! —gritó don Quijote, que había entrado a pie quedo en ese estado del fuera de sí—. ¡Lo que vuestra merced se apresta a vender, como si de una burda patata se tratara, es, ni más ni menos, que el bálsamo de Fierabrás!, cuya receta, reservada sólo a unos pocos, sin duda debe vuestra merced de haber robado a algún mago tan encantador como desprevenido y tan desprevenido como encantador. Pues ha de saber que la tal receta se guarda en secreto desde que el emir Balán y su hijo, el gigante Fierabrás, después de conquistar Roma, robaran dos barriles de este bálsamo, que es el que se utilizó para embalsamar el cuerpo de Nuestro Señor Jesucristo.

Y, volviéndose al cliente al cual la camarera estuviera a punto de servirle el zumo, le preguntó:

—Y dígame, vuestra merced, señor comensal, ¿cuánto le exigen que pague por ese brebaje?

—Yo... —respondió el señor— creo que cuesta siete dólares.

—¡Válgame el cielo con todos sus ángeles, tronos y querubines! ¡Siete dólares! —vociferó don Quijote, a quien interrumpió Sancho con motivo de otro residuo de su memoria que —como se desprende la cal de la pared— se desconchaba en esos momentos de sus vivencias olvidadas, diciendo:

—¿Sabe vuestra merced que aquí mi señor es capaz de fabricar dos litros de bálsamo de Fierabrás con sólo cuatro ingredientes secretos, que son aceite, vino, sal y romero?

—¡Grandísimo bellaco! —le gritó don Quijote a Sancho—. ¿Cómo te atreves a airear, como si fueran burdos trapos, lo secreto? Pero esos ingredientes por sí solos no obran ningún poder. El verdadero secreto —dijo mirando a la camarera— lo tengo yo. ¡Pónganos en nuestra mesa dos bálsamos más!

Y como la camarera, a los dos minutos, les sirviera dos vasos de zumo desintoxicante, don Quijote cerró los ojos con los codos clavados en la mesa y las manos sujetándose la cabeza mientras rezaba para sus adentros aquello que necesitan el aceite, el vino, la sal y el romero para obrar milagros: ochenta paternosters y otras tantas Ave Marías, Salves y Credos, todo lo cual le llevó unos treinta minutos, en los que Sancho creyó morir de hambre.

—Ya, Sancho amigo, comamos, y bebamos de este bálsamo, que por cada gota nos dará un año más de vida.

En escuchando esto, Sancho pidió que le prepararan para llevar otro bálsamo de Fierabrás, que, si bien la comida era su perdición, su natural medroso no le hacía ascos a largos años de vida. Sobra decir que de buen grado quisiera él llenar esos años con comidas de más sustancia y sabor que la de aquel almuerzo microbiótico.

Comidos y bebidos —y, en la cabeza de ambos, más longevos—, salieron del restaurante.

En el autobús, Sancho sacaría su bálsamo y le pediría a don Quijote que le rezara los ensalmos convenientes para volverlo milagroso, con lo cual, para no distraer a su amo, fue todo el viaje en silencio, de modo que, cuando hubo terminado don Quijote sus rezos, éste le dijo:

—¡Bendito sea Dios, querido Sancho! ¿Pues será posible que, para callarte, tenga yo que rezar más que cien curas juntos!

Y en éstas y en similares cosas estuvieron platicando cuando, después de casi dos horas de trayecto, llegaron a la prisión de la isla, donde una de las propias grietas del sistema hizo posible que a don Quijote y a Sancho se les permitiera mantener una entrevista de veinte minutos con una de las presas, la cual, estando en una celda de aislamiento, tenía permitida esa licencia sólo con desconocidos. Era aquella restricción de las visitas otra forma más de castigo, pues pocos habitantes habrá que no tengan nada mejor que hacer que viajar a una isla para visitar a un preso del que ignoran hasta su existencia. Y así fue cómo don Quijote y Sancho fueron conducidos a la puerta de una de esas celdas de aislamiento. El alguacil abrió un ventanuco en la puerta de hierro y gritó:

—¡Aquí tienes visita!

Enseguida se escucharon golpes en las celdas a lo largo del pasillo, todas ellas de aislamiento, que, en lugar de barrotes, tenían puertas de hierro macizo, en las cuales los demás presos golpeaban cada vez que alguno recibía una visita, pidiendo tan sólo una palabra para ellos, una frase, cualquier cosa que les indicara comunicación en esos habitáculos donde podían pasar encerrados varios años. Entre golpes y lamentos, el rostro de una mujer apareció enmarcado por la pequeñísima ventana. La presa, sabedora de que contaba con poco tiempo, empezó de inmediato a hablarle a don Quijote, y lo hacía mirándole a los ojos, pero con la vista puesta, en realidad, más allá, acaso en un lugar que sólo ella conocía y podía ver:

—Yo, señor, estoy aquí porque maté a tres hermanos. A decir verdad, debería estar en una celda normal, como mis antiguas compañeras, pues mi conducta desde que llegué ha sido siempre buena, pero la resolución de ponernos en una celda de aislamiento depende de los alguaciles, y hubo uno que dijo que le miré mal, y eso fue suficiente para encerrarme aquí, donde apenas puedo moverme, y poco a poco me debilito por la ausencia total de sol. Me dan de vez en cuando una pastilla de vitamina D, que dicen que es para suplir la falta de luz natural, pero yo no me la tomo, la guardo, y ahí tengo escondidas en una grieta por lo menos una docena, y es que no deberían haberme dicho que esa vitamina tiene algo que ver con el sol, porque por ese mismo motivo prefiero guardarlas, ya que parece ser que es lo único que en esta celda puede recordarme que ahí fuera existen los días. Pero lo peor es el remordimiento que siento por no encontrar el modo de arrepentirme. Escúcheme, le suplico. Hasta el día en que me detuvieron nunca había matado ni una mosca, pero aquella tarde sentí dentro de mí unas ganas incontenibles de matar a esas tres personas, y, a decir verdad, por más que lo he intentado, no me arrepiento, y eso es mi peor condena, mucho mayor que estar en esta celda. Por las noches no consigo dormir. Sueño con demonios que vienen a visitarme, sólo que esos demonios son diferentes versiones de mí misma, que ya no sé ni qué tipo de diablo soy. Parece mentira que en esta celda tan pequeña quepan tantos diablos, y a veces pienso que lo que hace la celda pequeña son ellos, que lo ocupan todo, y no la estrechura de este espacio. Cuando escucho las historias de otras presas, soy capaz de sentir compasión por las víctimas, pero me avergüenzo también de ello, porque yo misma he matado, y no me creo con derecho de lamentar la muerte de nadie. Estoy aquí por lo que soy, una asesina. Pero juro que estar encerrada o libre no me importa gran cosa, porque como le he dicho, mi mayor condena es el no ser capaz de arrepentirme de lo que hice. Hasta esa tarde —de hace hoy, justo, un mes y tres días—, jamás podría haberme imaginado que me vería donde me veo ahora. No entiendo cómo pudo pasar, porque no tengo justificación. Mis padres me llevaron a buenas escuelas, me dieron valores que —creían ellos, hasta hace tan poco tiempo— hicieron de mí una mujer buena. Al terminar Leyes en la Universidad, conseguí un buen trabajo; he pasado veinte años ejerciendo de abogada criminalista y, sin embargo, nunca me he encontrado con un caso que pueda defenderse más difícilmente que el mío. También tengo un marido que aún hoy me quiere, y dos hijas que por ahora no han venido a visitarme y que, espero, me perdonen algún día, aunque debería entender que no quisieran volver a verme jamás.

Habiendo escuchado esto, don Quijote le pidió que le contara los detalles de su historia, de modo que, conociéndolos, pudiera hacer cuanto en su poder estuviera para ayudarla a iluminar su mente. Así, la reclusa siguió con su relato:

—Yo tuve la suerte, señor, de tener por amigo a una persona tan bondadosa que —discúlpeme la osadía— dudo mucho que usted haya conocido a otra igual, y es que se trata sólo de una cuestión de probabilidad, pues no conozco de entre todos mis allegados a nadie que pueda hablar con fundamento de otro hombre como yo hablo de mi amigo. Este amigo, por la sabiduría que le habían concedido los treinta años que me llevaba, además de una inteligencia innata y sanamente cultivada, se convirtió en mi mentor, una especie de maestro a quien yo acudía cuando tenía que tomar cualquier decisión o contar una de esas inquietudes cuya carga necesitamos compartir con alguien que la guarde sin juzgarnos. Nuestra amistad duró algo más de quince años, hasta que, hace poco más de un mes, una vecina, alarmada por el hecho de no verle salir de casa en los últimos días, atravesó su hermoso jardín y entró en la vivienda. Era una preciosa casa que había construido, con mucho esfuerzo, como hogar para él y su mujer. Desgraciadamente, vivía solo y viudo desde que falleció su esposa... pero perdón, que me estoy yendo por las ramas. Lo cierto es que la vecina, al entrar en la casa y no verlo en la primera planta, fue a subir a la segunda, y entonces lo encontró tirado en las escaleras, con la cabeza abierta y la sangre ya seca en la moqueta. Sus piernas, seguramente débiles a sus setenta años, le habían fallado en el peor lugar de la vivienda, se habría caído y, solito durante toda la noche, desangrado. Voy a ahorrarle los detalles e iré al grano diciéndole que, si bien su muerte fue una de las experiencias más tristes que haya vivido, algo pasó en su casa el día después, que, más allá del desconsuelo por su ausencia, me llevó a pensar que la muerte de un amigo no está sólo en esa muerte, sino en la de todos los objetos que él amó y que los familiares tiran a la basura como si fueran sólo eso, meros objetos. Y es que así fue. Sus tres hijos, mientras yo trataba de memorizar cada rincón de esa casa con las cosas tal como las había dejado, sólo pensaban en venderla y, así, comenzaron a vaciarla al día siguiente de su muerte. Primero fueron las estanterías, señor. Metieron todos sus libros en esas bolsas enormes de basura negras, de tamaño industrial... que se tragaron su biblioteca, lo que él más apreciaba. Pensé que quizá ninguno de los hermanos sería buen lector o que, tal vez, no pudieran imaginar que la relación del padre con la lectura guardaba tanta corporeidad como la que podía mantener con una persona, y los disculpé. Me senté en el sofá, derrumbada, sin saber muy bien cómo intervenir, fijándome en cada uno de los tres hijos. Sus movimientos eran tan rápidos que me parecieron una sola persona de seis manos que se afanara en meter cada objeto dentro de esas terribles bolsas negras que, más que bolsas, parecían ataúdes de plástico. Tras los libros, vinieron las tarjetas de aniversario que su mujer le había regalado y que él, siempre tan atento, tenía enmarcadas y repartidas también por las estanterías. Todo lo que no tenía un valor material iba indiscriminadamente a la basura. Luego vinieron unas piedras que él había traído de su último viaje a Jerusalén. Recuerdo que uno de los hermanos las miró con esa indiferencia con que la mayoría mira, o, mejor dicho, ve, las piedras, y las arrojó al pozo negro de las bolsas.

Curiosamente, el afecto que mi amigo mostraba por algunos objetos se extendió a ciertos seres que, estando vivos, la naturaleza creó con esas formas que se acercan más a la cosa que a la vida. Por ello, en un terrario, tenía un insecto palo, con un pequeño cuenco de agua para mantener la humedad y protegerlo del calor de la chimenea. Era curioso ver a esa especie de ramita moverse frente al estatismo de la leña seca que, pareciendo más fuerte, lo era mucho menos, por estar muerta. Pero, sobre todo, yo le tenía una simpatía especial a esa rama viviente debido a las palabras con que mi amigo me explicó el tipo de cariño que él había observado en los insectos palo. Me extrañó que me hablara del afecto de un ser tan elemental, pero luego, cuando comenzó a contarme más detalles sobre estos insectos y empecé a conocerlos mejor, comprendí. Recuerdo lo primero que me contó porque yo no veía qué conexión podía haber entre este dato y el cariño: los insectos palos —me dijo— tienen la boca seca, y sólo cuando se disponen a digerir ésta se vuelve gelatinosa, pero transitoriamente. Entonces me explicó la conexión: la lengua y, con ella, la salivación adquieren una gran importancia en los afectos, y es que, por lo visto, los animales que tenemos lengua, como los mamíferos, nos beneficiamos de una enorme capacidad para experimentar una amplia gama de sensaciones y emociones, porque ese órgano, extremadamente sensible, tiene terminaciones nerviosas y capilares tan sutiles que lo comunican de manera directa con el cerebro y el corazón. En cambio, según me dijo mi amigo, los insectos palo, extraordinariamente primarios —valga la aparente contradicción— son apenas binarios. Puesto que su código de conducta se basa en la mímesis, en la confusión con el objeto, sólo pueden manifestarse de dos modos: quedándose o yéndose. En ese momento yo le pregunté cómo mostraban entonces el afecto, y él me respondió que, si se quedaban, estaban manifestando todo su cariño, todo el amor elemental que su naturaleza primaria posibilita; es decir, el cariño de los insectos palo, si tiende a la quietud, es del grado máximo que se pueda conocer, porque esto les lleva a quererse confundir, completamente, con el objeto o con el animal al que acepte. Dicho de otro modo (y estas palabras las recuerdo literalmente):

«No puede haber insecto palo en el mundo que, tras posarse sobre tu cabeza, no sienta el irreprimible impulso de quedarse para siempre sobre ella».

Además de este pequeño bichito, tenía mi amigo repartidas por diferentes cuencos unas plantas de la familia de las suculentas, llamadas *lithops* o, por su apariencia, piedras vivas, las cuales a simple vista resulta imposible de distinguir de los guijarros comunes. Fue al ver que uno de los hijos comenzaba a tirarlas en las bolsas, cuando me volví loca. Esas piedras no sólo tenían el valor de la quietud, sino también el de la misma vida, y me parecían, por esa mezcla de modestia y exigencia, un ejemplo de perfección y complejidad.

Habiendo terminado de contar esto, la mujer miró a don Quijote y le dijo:

—Habrá de disculparme usted que me reserve los detalles de cómo maté a los tres hermanos, aunque no faltará aquí quien quiera contárselos si usted pregunta. Sí le diré, como homenaje a la memoria de mi amigo que, mientras les arrancaba la vida, recité repetidas veces unas frases a modo de salmodia que había aprendido, por su terribilidad absolutamente bella, de mi amigo. Estas palabras pertenecen a la epopeya de Gilgamesh y, para mí, vinieron a ser un modo de conjurar mis actos o, quizá, de justificarlos a través de la antigüedad sumeria, pues hablan, precisamente, del poder de los objetos. Aún hoy, a veces, las repito:

«Eres un brasero que se apaga con el frío». Aquí agarré el rifle de caza que traía el hermano mayor. Disculpe, veo que sí voy a contarle algún detalle.

«Eres una puerta trasera que no resiste a la tormenta». Luego disparé en el estómago del hermano menor, que cayó junto a la chimenea.

«Eres un palacio que aplasta al valiente». Esta vez disparé en la cabeza del mediano.

«Eres una trampa mal disimulada, pez que ensucia a quien lo toca». Entonces me quedé sin balas y, mientras el hermano mayor trataba de presionar las tripas del menor, y evitar así que se le salieran, agarré una de las piedras de Jerusalén y con ella le partí la cabeza.

«Eres piedra caliza que se desprende de la muralla, amuleto incapaz de proteger en tierra enemiga, sandalia que oprime el pie de su dueño». Aquí ya no recuerdo nada más; creo que yo misma llamé a la policía.

Cuando la rea terminó de hablar, don Quijote la miró fijamente, levantó la mano con la palma algo convexa y los dedos algo separados, y la detuvo a unos centímetros de la frente de la mujer, mientras le decía:

—Cálmese, vuestra merced, y escuche lo que he de referirle: En verdad te digo, mujer, que has de hallar la paz y el perdón que buscas cuando entiendas esto: No erraste al ver vida en los objetos. Tu intuición era correcta. No fue un yerro ese celebrar la existencia de las cosas que convivieron con tu amigo. Sus libros, sus cuadros, esas piedras de su último viaje a Jerusalén. ¿Cómo habrían de existir las lamentaciones de ese pueblo sin su muro? Mira lo que nos rodea: estos barrotes de hierro en esta diminuta ventana están aquí desde mucho antes de tu llegada, y, cuando tú te veas libre, ellos permanecerán, como antes y durante y después de ti. En este mundo todo lo que nos rodea, vive. Y todo lo que no respira tiene una dignidad parejamente verdadera. Es el hombre el que tiene una existencia más limitada que una piedra, pues de ella depende. De lo contrario, ¿qué habría sido del fuego sin la fricción entre esa piedra y una rama muerta? La mente del hombre se engrandeció por todo aquello que, con no tener alma, hizo posible el calor, el abrigo, las cosechas, la observación de los astros. ¿De qué manera podríamos domeñar nuestro siempre agigantado ego si no pudiéramos comparar nuestra pequeñez con la grandeza de las estrellas? Y luego está la música. ¿Qué es la música sino el aliento, la mano, la percusión de un ser animado sobre un trozo de madera, unas cuerdas, una piel de cordero? Se podrá no creer en Dios, pero no se puede ser un ateo de la Creación, porque escuchar música es asistir a ese soplo de vida primigenia. ¿Y qué sería del que escribe sin una tecla, sin una péñola, sin un lápiz, sin el momento adecuado, ese tiempo que, sin nosotros, rehusamos entender? Más de uno dirá que sólo son instrumentos, pero ¿qué fue antes, la escritura o la arcilla, la pintura o la cueva? Una cueva tomada por sí sola no dio vida a Caravaggio. Los dibujos de los primeros bisontes maduraron con sus formas completas porque evolucionaron no sólo de mano en mano, sino de cueva en cueva, y, así y todo, yo he visto que la gente admira esas pinturas, la técnica, la imaginación de esa mente paleolítica, sin pararse siquiera a acariciar las paredes. Y no deja de extrañarme que las más de las guerras de esta breve historia hayan nacido de disputas en torno a demarcaciones y fronteras, o por bienes materiales. Sólo Troya ardió por Helena, ¿y luego? Luego ya ninguna otra persona valió más que el poder sobre las cosas. Cosas, cosas. Pero al hombre no le ha sido dado el don de poder elegirlas. Sólo poseemos el objeto que nos habla y nos mima, y ni su riqueza ni su belleza tienen poder alguno. La única fuerza es ese modo en que el objeto se funde con nosotros como la hiedra se adhiere al muro o el insecto palo se posa en la cabeza de un amigo. Y luego está esa fantasía que ha elevado torres y diseñado aviones, y todo ensamblando piedras y tornillos entre los huesos que guarecen al cerebro. Nada es el hombre sin esas piezas que mueve para que mejor le muevan a él.

Trasplanta un cirujano un corazón de un cuerpo a otro con decenas de instrumentos y tubos y maquinaria. Esas máquinas que sostienen la respiración del hombre aún con el pecho hueco dan la vida y, por tanto, son vida. Una mujer no puede caminar y entonces su rodilla es sustituida por una prótesis en cuya superficie porosa el hueso crece para fundirse con ella. Ese material sintético se vuelve raíz, hierba, tendones, naturaleza. La mujer anda, mientras que los huesos con los que nació están muertos y han sido cambiados por algo que no nació pero sí fue creado; como también lo fue esa mujer, como los océanos o las bestias. Así pues, porque las cosas tienen espíritu y porque tú has sabido verlo y respetarlo, yo te absuelvo. Ego te absolvo. No has pecado.

Y dicho esto, don Quijote tocó la frente de la presa con los dedos índice y corazón y, sin añadir nada más, se dio la vuelta para salir, dejando a la mujer con una mirada que ciertamente traslucía sosiego: debido a la paz no ya fruto del arrepentimiento, sino del perdón para consigo. Mientras don Quijote y Sancho se retiraban de la ventana, ella miró alrededor, primero a su catre, luego a un desconchón que había en la pared, después al retrete, y todo lo iba acariciando con grandísima delicadeza, como si de repente se sintiera acompañada por esas vidas quietas y pacíficas y estáticas como un insecto palo o una piedra viva.

Como don Quijote y Sancho fueran avanzando por el pasillo de celdas herméticas hacia la salida, los presos que habían escuchado y transmitido de habitáculo en habitáculo sus palabras, entendiendo que quizá la única compañía que, durante meses o acaso años, iban a poder tener serían los dos o tres objetos de esas celdas, les gritaban:

—¡Un momento, señor! ¡Aquí! ¡No se vaya! ¿Tienen alma también nuestros retretes, estas paredes rotas, las pastillas de vitamina D? Si vertemos un poco de café en el suelo, ¿poseerán esas manchas un espíritu capaz de acompañarnos?

Las voces que se alzaban eran cada vez más fuertes y desesperadas, como también lo era el ruido que hacían los presos al golpear las puertas. Algunos volvían a pedir, como al principio, sólo una palabra, rogaban por todo lo sagrado que les dedicaran una sola palabra. Antes de salir, al final del pasillo, don Quijote se dio la vuelta y dijo con voz contundente y poderosa:

—¡Todo respira! ¡Aguanten, mis valientes! ¡Resistan!

Entonces Sancho se paró en seco, observó hacia atrás toda esa larga hilera de celdas y, después de unos instantes en los que acaso pensó que no era él de talante sacrificado, resolvió hacer una excepción. Así pues, sacó el bálsamo de Fierabrás de la bolsa de plástico que le habían dado en el restaurante macrobiótico, lo miró y seguramente dudó de veras, porque lo metió de nuevo en la bolsa; pero luego lo volvió a sacar, echó un trago y entonces avanzó pasillo abajo arrojando gotitas del bebedizo verde ante las puertas de cada celda, mientras decía:

—Si cada gota de este bálsamo —como asegura mi señor— concede un año más de vida, espero que cuando vuestras mercedes sean liberados no hayan perdido todo el tiempo por el que fueron condenados.

CAPÍTULO XXII

Que trata de lo que tratare este capítulo y cuenta lo que en él se verá

Así como el bueno de Sancho, en su bondad y fe extremas para con su amo, ofreciera nada menos que su inmortalidad, a trueco de la redención de aquellos presidiarios, también para él y su señor hacía tiempo que había comenzado a gestarse —sin que la fantasía ilimitada de uno ni la simpleza aguda del otro atinasen a imaginarlo— otro tipo de perpetuidad: la de la fama.

Y es que el caso fue que las historias hasta ahora referidas, y otras tantas —que las leyes del comedimiento narrativo, como diría nuestro don Quijote, obligan a callar, en razón de que tampoco el lector es inmortal para leer cuanto se escribiera—, habían empezado a correr de boca en boca, y con tanta premura y fuerza que Sancho, mudando de estado, pasó de ser el discípulo único de un mesías, a ser uno de tantos, acaso entre muchos miles, pues las cosas que de don Quijote se contaban le habían erigido en catalizador de las misiones —ya ingenuas, ya utópicas, ya juiciosas y necesarias— de aquellos grupos que, desde hacía decenios, habían venido pidiendo a gritos que alguien lo bastante atrevido intercediera en su favor como si no existieran condenas, ni cárceles, ni palos de la policía, ni tan siquiera injurias personales. Y así fue cómo la imaginación o la locura de nuestro don Quijote vino a llenar las grietas que separaban, como la sequía en la tierra, a las minorías entre sí, aproximándolas en un terreno común. Veganos, sapiosexuales, LGBT, ufólogos, marianos, queers, animalistas, papistas, ecologistas, feministas, eco-feministas, utopistas, politeístas, milenaristas, evolucionistas, zurdos, abolicionistas, animistas, panteístas, obreristas, pro-abortistas, compasivistas, arbolistas, indigenistas, ciclistas, montañistas, anti-racistas, controversistas y un larguísimo etcétera... todos ellos se dejaron regar por un licor que, por venir de las encomiadas y dilatadas hazañas del insigne don Quijote, bien consideraban —más allá de toda ideología— como agua bendita.

No se habrá de excusar, ni siquiera en beneficio de la concisión, el decir que don Quijote, efectivamente, terminó por ejecutar, tal como ya manifestara a su tiempo como propósito ineludible para él e indispensable para con el mundo, las catorce obras de misericordia, las siete corporales y las siete espirituales, y lo hizo con todo el rigor que pudo, no sin que mediara alguna que otra paliza, que a veces —las más— cobraran también, parcial o enteramente, los infelices cueros de Sancho. Habiendo visto el caballero, desde el principio, que asimismo podía él también perderse por entre los sabios pero, en ocasiones, inescrutables capilares de las Sagradas Escrituras, se había acogido a estas catorce obras de misericordia en utilizándolas como cicerone en el asfalto de la gran ciudad o timonel en los anchos mares de gente. Y, al parecer, no sólo en estas obras encontró él un mapa para sí, sino que se lo ofreció a tantos otros que, acaso sin saberlo, habían andado perdidos o, cuando menos, desorientados.

Y así fue cómo el solo nombre de don Quijote se convirtió en parroquia de legiones para los más inusitados feligreses, que a su paso besaban y tocaban su áurea armadura. Y tantos besos y tantas caricias recibiera dicha armadura que empezó a lustrarse, de modo parejo al que los pies de bronce de un santo se pulen por el repetido paso de los labios de sus devotos peregrinos. Así, al igual que antaño en Central Park las hojas de los arces rojos le dieran a la piel plástica de don Quijote reflejos de un color escarlata tornasolado que, quizá, auguraban el amanecer de sus empresas; en ese momento, su armadura pasó de dorada a desgastada, presagiando, como se verá, que la fama —esa inmortalidad de los mortales— requiere, cuando menos, personas que, una vez muerto el afamado, le mantengan vivo a raíz del relato de sus hazañas. Hete aquí, pues, el final, aunque no eterno, de la risa: sin vivos, no hay fama para los muertos y, sin vivos, también se hiciere innecesario todo gobierno de toda ínsula, de modo que Sancho el alegre, Sancho el gracioso, Sancho el simple, se viera, por la muerte repentina de su sueño, muy distinto: serio y complejo.

CAPÍTULO XXIII

Donde se da fin a la risa, mas no para siempre, y se da a conocer qué cosa fuere la muerte viva, así como la más bella elegía que jamás salió de la boca de Sancho, y aun de muchas otras bocas

Recuerde el lector aquella balacera de monedas escupidas por doce bocas armadas, la cual tiñó de sangre los miles de litros de agua contenidos en una piscina olímpica. Extraordinario colorante resulta la sangre, capaz de teñir con una sola gota litros de agua clara. Recuerde también el lector que, a través de los agujeros que la misma munición abriera en el techo, podíase ver que ese cielo —el cual no hacía sino pocos minutos que se mostraba celeste como en un día claro de agosto— se tornaba del mismo color. Y recuerde, en fin, que ahí se quedó este anticipo de lo que está por venir, colapso y renacimiento.

Retomando, pues, la historia en ese punto en que el cielo pasó de celeste a rojo, lo que vino inmediatamente después fue esto: la lluvia. Una lluvia que se colaba por los agujeros como si éstos fueran enormes goteras, y que caía en la piscina chasqueando así el agua contra el agua como en un inmenso mar de invierno. Pero no era ésa una lluvia transparente, sino asimismo roja. Para nuestro amigo don Quijote, que —junto con Sancho— había sobrevivido por en-

contrarse en aquel momento en las gradas, la lluvia berme-
ja era una prueba irrefutable de la existencia de los ángeles;
no para él, que nunca había dudado de la población será-
fica, sino para todos aquellos que, no creyendo ni siquiera
en él —en don Quijote de Manhattan—, no podían llegar a
creer en nada. Por todo esto don Quijote se enderezó, miró
al cielo, echó hacia atrás los hombros como para hinchar
los pulmones con tanto aire como éstos le permitieren,
y dejó que la lluvia roja le mojara la cara, mientras iba diciendo:

—Y casi todo es purificado, según la ley, con sangre; y
sin derramamiento de sangre no se hace remisión. Hebreos
9:22.

Acto seguido, le ordenó a Sancho que se desnudara para
mejor recibir la purificación de la sangre, y comenzó a quitarse la ropa él mismo. Sancho, sin ánimos para contrade-
cirle en el temblor del momento, así lo hizo y, a imitación
de su señor, tal como su madre lo trajo al mundo, en cueros,
recibió aquella lluvia que en poco tiempo les empapó el pelo
y les cubrió la piel. Y así, ensangrentados pero sin heridas
propias, quizá en verdad purificados, dejaron atrás cuanto
antes les cubría, techumbre y ropaje, y se dirigieron a los
vestuarios para salir del recinto deportivo.

Ya por los pasillos sintió nuestra pareja el olor de lo que
estaba por ver al cruzar el umbral de la puerta de salida. La
lluvia había amainado, pero el cielo seguía rojo como el
seno de una fragua. Todo, árboles, coches, absolutamente
todo, estaba destruido. Los edificios más frágiles habían pasado a ser montañas de cascotes; los más fuertes quedaban
en pie, pero cercenados, como gigantes, a diversas alturas:

por las rodillas, por las ingles, por el cuello. Lo que no vieron don Quijote y Sancho fue gente, ni viva ni muerta. Entonces lo supieron. Supieron la razón de ese olor no a muerte, sino a algo mucho más complejo: a muerte viva. No olía a piel ni a pelo quemado. Lo único que delataba su acabamiento por vía del olor era lo que fue concebido como inanimado: el plástico que se derretía, los amasijos deformes de acero, el polvo de las esquirlas de los grandes ventanales; pero todo cuanto hubiera tenido vida, personas, plantas, esos pájaros que antes habían visto, y aun otros animales, parecía haberse licuado directamente en esa marea de sangre que a don Quijote y Sancho, desnudos y sin zapatos siquiera, les llegaba a los tobillos. La sangre, esa muerte viva, era el olor predominante a las afueras de ese reino, en los hundidos extrarradios, súbitamente reducidos a desolación y ruina, de ese distorsionado imperio.

Caminando en silencio, ambos con la cabeza gacha y sin derrota clara, el primer edificio aún reconocible que encontraron fue el estadio de los New York Mets, el Citi Field y, buscando un lugar donde descansar un poco, todavía sin poder decir esta boca es mía, entraron. La hierba, al contrario de la aridez que habían visto durante el camino, seguía ahí, como una rara excepción. La suavidad del césped, encharcado visiblemente, les alivió los pies, dañados como estaban tras una caminata entre escombros. Todas las gradas, aunque muy destruidas, permanecían en su sitio. Subieron a una y se sentaron, ocupando dos de los lugares en el estadio que, tan sólo unas horas antes, llenaran cuarenta mil personas, por haber jugado los Mets, la noche anterior, en un multitudinario partido.

Miraron alrededor, y acaso al ver tan gigantesco espacio vacío del propósito para el que fuera levantado —acoger a miles de espectadores—, don Quijote y Sancho aproximaron sus cuerpos un poco más, rozando piel con piel, como si quisieran reducir en lo posible el volumen de su presencia, de modo que la hazaña de sobrevivir pasara mejor inadvertida, más modesta. Al mirar desde lo alto todo cuanto antes había sido hierba, anegado ahora por entero, don Quijote, rompiendo así el silencio, le dijo a Sancho:

—Mira Sancho, mira ese rubicundo mar, que no parece sino una de esas batallas navales —que de ordinario recibían el nombre de naumaquias— en que los romanos luchaban en los anfiteatros. ¡Nerón, Nerón fue el primero en inundar estos lugares de aguas como si fuera poco menos que Dios, o poquito menos que yo! Y ahí, ahí mismo echaba a pelear a los hombres, soldados y galeotes, que se mataban unos a otros en esos mares artificiales para regocijo de los infieles, los cuales, desde gradas semejantes a éstas en las que ahora descansamos, saciaban su sed de muerte. Y has de saber, amigo Sancho, que ahí, ahí mismo, y no entre los gladiadores —como el vulgo cree— tuvo origen y principio la celebérrima frase Los que van a morir te saludan, *Morituri te salutant*. Los romanos, Sancho, fueron los romanos, como los de Jerusalén y su *Praefectus-Procurator*, Poncio Pilato, que en día de fiesta entregó a Jesús al pueblo para que lo crucificaran, y así los soldados del gobernador lo llevaron al pretorio y lo desnudaron y le echaron por encima un manto escarlata y en la cabeza le pusieron una corona tejida de espinas, y entonces se encaminaron al Gólgota, y allí le dieron de beber vinagre con hiel, pero él no bebió, y luego lo crucificaron y echaron a suertes sus ropas. Y sobre su cabeza pusieron: «Éste es Jesús, el Rey de los Judíos», y a su derecha mano crucificaron a un ladrón, y a su izquierda a otro. Y todos le injuriaban y le decían: «Tú, que derribas el templo y lo reedificas en tres días, sálvate a ti mismo, si eres el Rey de los Judíos; si eres el Hijo de Dios, desciende de la cruz». Y ahí Jesús decía: *¡Elí, Elí!*, *¿lama sabactani?*, que esto significa: Dios mío, Dios mío, ¿por qué me has desamparado?, y entonces entregó su espíritu.

Esto dicho, don Quijote se puso en pie, con su triste figura, despojado de carnes y de ropas, sucio, arañado, rendido y, bajando hasta el campo, caminó hasta el centro del mismo, abrió los brazos en cruz mientras alzaba la cabeza al cielo, y gritó:

—Dios mío, Dios mío, ¿por qué nos has desamparado?

Sancho, que aún desde las gradas vio que su amo, tras este clamor al cielo, se dejó caer en la roja hierba, corrió hacia él y, profundamente conmovido, le tomó la cara entre sus manos y le dijo:

—No tenga apuro vuestra merced. Derribados estamos, mas no destruidos.

Y, al ver Sancho que don Quijote no respondiera, sino que, como desmayado, aunque con los ojos abiertos, volviera a dejarse caer en el campo encharcado, imaginándose lo peor, lo incorporó y, apretándolo contra su pecho, comenzó a hablarle con una ternura tal en el tono de su voz, en las palabras y en las caricias que le prodigaba, que cualquiera que le escuchara, así fuera el mayor señor del mundo, habría deseado ser vasallo de semejante caballero:

—¡Oh, mi noble y venerable viejo! Levántese, por caridad. Levántese, le digo, o no podré sino pensar que ha nacido vuestra merced para agriar mi muerte, pues no quisiera yo vivir más, y aquí he de dar fin a mis huesos si vuestra merced se muere. Pero heme aquí solo, sin nadie que me ayude siquiera a sacarme todas las lágrimas que, por no poder salir tanta agua por tan pequeños agujeros de los mis ojos, habrán de anegarme en el zumo de mi propia miseria. ¡Oh, por Dios nuestro señor! ¡Despierte, mi amo! ¡Viva conmigo muchos años, aunque seamos las dos últimas almas vivientes! ¡Ay, si yo pudiera engendrar con vuestra merced los primeros hijos que devolvieran la alegría, y la hierba, y los soles, y las brisas, y los trenes a esta ínsula! ¿Para quién soñaré yo ahora? ¿Para quién querré ser otro diferente de mí mismo? ¿Para quién seré yo más bueno? ¿Para quién querré ser más sabio? ¿Contra quién veré yo pan donde vuestra merced veía peces? ¿Contra quién porfiaré yo que es agua lo que vuestra merced defendía como vino? ¿Para quién hablaré sin reposo? ¿Quién querrá enmendarme? ¿A quién seguiré yo, que nací donde no recuerdo, que me despisto por un trozo de carne, que me pierdo en el desorden del mundo como en el orden en que al hablar junto las palabras? Pero por torpe que sea mi pensamiento, vuestra merced me enseñó una vez que no hay reflexión del hombre más lento que no corra más aprisa que la velocidad de la luz, y así debe de ser, porque ahora yo pienso en mi soledad y no me parece sino que estoy viendo, a vista de pájaro, no sólo este estadio conmigo y a vuestra merced en mi regazo, ni esta ciudad, este país, este continente, ni la Tierra toda, sino también todo el dilatado y vacío universo. ¡Oh,

Muerte que has parido muerte como legiones de ratas sobre esta ciudad! Muerte gorda e infame, te deseo que todo cuanto tragues te ensanche sin apetito, y que revientes por las costuras de los millones de vidas que de esta ínsula tienes en tus miles de estómagos. Muerte infecta y asquerosa, también a ti te llegará la gran Muerte. ¡Mueras tú ese día una muerte circular e infinita! Y que nadie te cierre los ojos en la postrera noche. ¡Despierta a mi amo, yo te ordeno! ¡Que su lengua se mueva para ordenarme, para amonestarme, para saborear lo que a mí sólo se me permite oler! ¡Despierta a mi amo o yo me volveré valiente, y solo, yo solo seré capaz de reconstruir con mis manos, con saliva y barro, como hacen los vencejos, cada torre de esta ciudad, cada barco de su puerto! Cierto que yo antaño era cobarde, temeroso siempre de perder la vida, pero ahora, abandonado también por el único compañero que respiraba junto a mí, y que aquí reposa ahora en mi pecho, descuélguese mi corazón y cáigaseme piernas abajo, que no he yo de huir ni de temer ya nada. Si mi amo aquí muere, yo seré Sancho el Bravo, Sancho el Temerario, Sancho el Iracundo, Sancho Contra La Muerte.

Y viendo Sancho que su amo parecía no oponer resistencia a la última cabalgadura, lloró aún más desconsolado, y se abrazaba a él meciéndolo como si fuera un niño delgado y largo, y estando en este balanceo vio que una de las gigantes pantallas del estadio reproducía cada uno de sus movimientos, acciones, palabras y lágrimas. Allí estaban los dos amplificados, muy al vivo y en directo, como si fueran dos famosos jugadores de béisbol. Sancho apartó el pelo mojado del rostro de su amo, y ese gesto, que vio asimismo magnificado en la pantalla, parecía el trazo con que un pintor los estuviera creando en ese preciso instante, tal vez perdonándolos, dándoles consistencia y vida a cambio del encierro opresivo de las dos dimensiones. Don Quijote y Sancho supervivientes, vivos, sí, pero planos, atrapados en el plasma de una pantalla que ya no miraba ni miraría nadie.

Sancho tomó la cabeza lacia de su amo —que, como el cáliz de una flor, parecía tronchada del tallo—, la levantó, la sujetó bien fuerte y la dirigió a la pantalla, tratando de que con sus ojos ya entrecerrados pudiera verse a sí mismo, aún vivo, pero sobre todo: abrazado. Entonces, volvió a repetirle:

—Mire, señor, derribados estamos, mas no destruidos.

En ese momento la voz de Sancho resonó como un eco en el estadio vacío. Don Quijote volvió en sí, se puso en pie con la ayuda de Sancho y, como recién despertado de una pesadilla que tuviera que solucionar en plena vigilia, dijo apresurado:

—Marcela. Mi Marcela. Hemos de saber qué ha sido de ella.

Y de este modo, Sancho Feliz, Sancho Con Amo, Sancho Con Brújula y Rumbo, siguió a don Quijote, mirándole con la fascinación de quien admira el paso efímero de una estrella fugaz y ve cumplido, al instante, su deseo.

CAPÍTULO XXIV

Donde se prosigue la peregrinación hacia Marcela,
reina de la hermosura

Al cabo de una hora de silencioso camino en que las ansias
de don Quijote por llegar a su Marcela parecían preceder-
le tal como su sombra precedía a Sancho, vieron un puestecillo ambulante de comida que, por alguna razón, había
quedado prácticamente intacto. Ambos se detuvieron y,
como recordando el hambre, metieron sendas manos en
cada hueco: en la cacerola de color cobre donde aún quedaban unos trocitos de garrapiñada de coco, en el pequeño
grill donde yacía un par de salchichas ya del todo carboni-
zadas, y en las puertas de donde sacaron algunas latas de
refresco. Devoraban y bebían de pie, haciendo el mismo
ruido que dos bestias deshidratadas en un abrevadero. Si
se les caía un trocito de coco con azúcar o de carne calcina-
da, se agachaban y tentaban con las manos temblorosas el
suelo, el cual, como durante toda la caminata, seguía cubierto por medio palmo de agua. Así recuperaban cualquier pedazo de comida, que se llevaban a la boca con las
uñas sucias y la piel siempre teñida por esa muerte viva
que, según tronaba el cielo, amenazaba con recomenzar a
llover.

Una vez que hubieron terminado, don Quijote recuperó la palabra diciendo:

—Venga, Sancho, apresurémonos, que hemos de hacer buena parte del camino antes de que nos caiga la noche encima. Y no dejes de mirar al horizonte, en esa dirección —decía el caballero señalando hacia el sur de Manhattan, donde, como eje del World Trade Center, acaso esperaba él ver emerger, tras la bruma, a la alta y sin par Marcela, metamorfoseada en la Freedom Tower, esa Torre de la Libertad que, con sus noventa y cuatro plantas y fachadas transparentes como agua cristalina, se erguía a quinientos cuarenta y un metros del suelo.

—No sé yo... —respondió Sancho— si Marcela seguirá en pie, señor, pues diría yo que no sólo todo en esta ínsula se ha caído, sino que más allá, allende los mares, el planeta todo se ha desgajado de punta a cabo de la naranja del universo mundo. Lo que es aquí, claro está, yo no veo el horizonte recortado por esos edificios que, como antaño, mordían el cielo.

—¡Qué mal lo entiendes, Sancho! Es la bruma, amigo, es la bruma. Aguarda a que estemos más cerca y recuerda que Marcela no puede haber caído porque, siendo ella, además del centro del mundo, el centro de mi mundo, no ha de estar abatida en andando yo, como ando, erguido por la gracia de su armazón, que es mi esqueleto y hasta el tuétano de mis huesos.

—Pero señor, ¿no andaba vuestra merced ya más o menos derecho allá en los tiempos en que dejó de gatear? Lo digo porque el conocimiento de ésta su Marcela no ha mucho que le entró en los cascos y ya entonces caminaba vuestra merced, si bien no del todo derecho... sí más derecho que encogido.

—¿Por qué no te callas un poco, Sancho? Bendita sea esa muerte pasajera que me dio en el estadio, pues nunca te escuché hablar con tanta discreción, y hasta diría que belleza en cuanto decías, y aún podría asegurar más, y es que amor creí percibir yo en tus palabras, o fue acaso el delirio del desmayo.

Y como no respondiera nada Sancho, acaso mudo y avergonzado por saber que su amo había escuchado su elegía, don Quijote le preguntó:

—Sancho amigo, ¿callas?

En ese momento, comenzó a llover de nuevo. Primero gotas muy menudas y espaciadas, pero, en menos de un minuto, la lluvia volvió a espesarse como la caída de las aguas en una cascada. Este aguacero, junto con la certeza que claramente tenía don Quijote de que Sancho estaba turbado y avergonzado por saberle conocedor de su llanto, lo movió a decirle a su fiel compañero:

—Una cosa has de saber, noble Sancho. Esto que nos cae encima debe de ser por fuerza el gran diluvio. Pero escucha, escucha lo que nos dice esta lluvia: «Las aguas no podrán apagar el amor, ni lo ahogarán los ríos». No te avergüences, Sancho amigo, de quererme como yo te quiero a ti, pues es propio de caballeros tener el corazón encendido, y así como la lluvia no puede apagar el amor, mucho menos podrá apagar la vida del que ama, pues hay gente que incluso sin amor vive, mas no porque la vida sea más resistente, sino porque el amor es más humilde y no habita en quien no lo quiere. Ama conmigo, buen Sancho, ama conmigo y viviremos. Y llegaremos a Marcela, que en su planta más alta nos dará cobijo, allá donde estas aguas no hayan de alcanzarnos.

CAPÍTULO XXV

De lo que les avino a don Quijote y a Sancho en el centro comercial
Nuevo Mundo, lugar en el que don Quijote encontrara,
aun sin saberlo, la simiente que habría de poner fin a sus hambres,
y de donde Sancho salió alado

De vez en cuando, por causas deconocidas, pero ciertamente alentando la ilusión de don Quijote y aun la de Sancho por encontrar a Marcela en pie, aparecían algunos edificios casi intactos. Era éste el caso del New World Mall, uno de los centros comerciales más afamados de Queens. Entraron con la esperanza propincua de poder guarecerse un poco de la lluvia. El suelo, de falso mármol blanco, brillaba no sólo como si la hecatombe no hubiera pasado por allí, sino como si acabaran de lustrarlo. En el vestíbulo, dos larguísimas escaleras mecánicas comunicaban con la planta superior, pero ambas mostraban, en sus chirridos y lentitud, que algo en su maquinaria no marchaba bien. Al irse acercando, don Quijote y Sancho confirmaron que estaban obstruidas por unas masas indistinguibles, hasta que se llegaron a ellas: decenas de pelucas se desplazaban escaleras arriba, escaleras abajo, quedando algunas atascadas al final del trayecto. Las había en todos los tonos que puede mostrar el cabello humano: negras, castañas, rojizas, rubias, blancas.

—Sancho, espera —dijo don Quijote parándose al filo de una de las escaleras mecánicas—, dime qué ves ahí; qué es, a tu parecer, eso que atasca las escaleras.

—Pues yo lo que veo... —respondió Sancho— no es sino lo que yo creo que es, y que son muchas pelucas juntas.

—¿Pelucas dices, Sancho? ¿Cómo sabes que son pelucas, y no cabelleras, trofeos que alguien arrancó como prueba de su victoria?

—Pues señor —respondió Sancho señalando un escaparate lleno de cabezas de maniquíes—, yo creo que son pelucas porque todas esas cabezas están calvas, y no puedo sino pensar que por alguna extraña razón alguien se las quitó, o fue cosa del fuerte viento, que sin duda ha debido también de soplar por aquí.

—¡Qué sinsentidos dices, Sancho! ¿Y quién las ha puesto en las escaleras?, y, sobre todo, ¿para qué? A ver, ¿es posible que no se te pase por las mientes lo que yo estoy pensando? Dime, ¿quiénes pasaron a la historia por cortar los cueros cabelludos de sus enemigos?

—¿Los indios? —preguntó Sancho.

—No es exacto, pero valga como respuesta. Fueron los holandeses, que ofrecieren un precio por cada cuero cabelludo entregado; pero los pieles rojas, en efecto, imitaron la costumbre, pues era más práctico demostrar que se había matado al enemigo mediante sus cabellos, no teniendo así que cargar con las pesadas cabezas.

—El diablo me lleve si este mi amo no tiene energía para siete cuerpos. ¿Es posible, señor, que viéndonos desnudos como nos vemos, solos, hambrientos y confusos, sea vuestra merced aún capaz de *historizar*?

—Historiar, Sancho, se dice historiar, pero no es eso lo que yo hago, sino que, o mucho me engaño, o temo que de cualquier lugar y en cualquier momento pueda salir una bandada de pieles rojas a podarnos las cabezas. Venga, Sancho, agarra una de esas cabelleras y comprobemos de una vez que no son pelos sintéticos, que mucho me costaría creer que estoy equivocado.

—No estoy yo para dudar de lo que diga mi amo. Sean, pues, cabelleras esos montones de pelos. ¿Qué se me da a mí porfiar si son pelucas o no? Yo, sea lo que fueren, no habré de tocarlas, que me da no sé qué. Lo de los pieles rojas también lo creeré, por mucho que nunca haya visto uno, que siempre he oído decir que los mataron a casi todos, y que encontrar a uno no es sino como encontrar una aguja en un pajar.

—Pero Sancho, después de haber visto a Nerón, a los romanos, las cruces del Gólgota... todo revuelto... ¿dudas de que podamos toparnos con pieles rojas?

—Ni yo he visto a ningún romano ni ninguna cruz, pero sea como vuestra merced quisiere; eso sí, no se ha de preocupar vuestra merced si acaso nos descubrieran los indios, pues para pieles rojas, las nuestras. Así que con Dios, subamos en buena hora a la planta superior, donde acaso encontremos viandas y hasta algunas prendas de abrigo.

—¿Abrigo dices, Sancho? —respondió don Quijote—. Eso, ¡sobre mi cadáver!

—Bueno esté, bueno esté —refunfuñó Sancho—, que ya he dicho antes que no estoy yo por la labor de porfiar nada, y menos en sabiendo que, gracias al bendito Dios, tanto el aire como las aguas están templadas, y frío no tengo ni pizca.

—¡Y aunque estuvieras aterido, Sancho! —le gritó don Quijote—, he dicho que no habremos de interponer nada entre esta lluvia y nuestras pieles. Y basta.

Y así, volvió a repetir:

—Y casi todo es purificado, según la ley, con sangre; y sin derramamiento de sangre no se hace remisión. Hebreos 9:22.

No bien había terminado de decir esto, escucharon una voz en verdad extraña:

—*All you can eat! All you can eat! All you can eat!*

Miraron alrededor y no vieron a nadie, pero la voz parecía provenir de arriba. Entonces, sorteando pelucas o cabelleras por la escalera mecánica, subieron hasta la planta superior. Una vez que llegaron al centro, vieron que se cruzaban cuatro calles como largos pasillos iluminados y repletos de tiendas. Todo lucía impoluto, mas absolutamente vacío y sin rastro de nada que pudiera recordar a una persona. De nuevo escucharon la voz, que repitió lo mismo tres veces seguidas y muy rápido:

—*All you can eat! All you can eat! All you can eat!*

Siguiendo el ruido, y después de haber pasado por una tienda de bisutería, una de jabones y otra de chocolates —todas sin rastro de gente—, llegaron a una de animales. Supieron que era una tienda de mascotas por las jaulas, las peceras, los terrarios vacíos que en ella había. Entonces volvieron a escuchar la voz, que a no dudar venía del interior de la tienda. Cuando llegaron al fondo distinguieron al hablador: un papagayo que, al verlos, como si también él se alegrara de ese encuentro con otras vidas, y acaso en señal de contento, extendió sus alas y las batió con fuerza, dando claras muestras de que había perdido gran parte de sus hermosas plumas. A pesar de encontrarse ciertamente desplumado, los colores que le quedaban: verdes intensos, azules, rojos, naranjas... bien recordaban la belleza de lo que había sido. Don Quijote tomó la cadena que le ligaba a su pata y lo puso en brazos de Sancho, que no dijo palabra. Cuando ya salían de la tienda, don Quijote regresó para llenar una bolsa con algunas semillas para el ave. Salieron al fin, y el papagayo volvió a decir:

—*All you can eat! All you can eat! All you can eat!*

Y en este punto, en esas cuatro palabras que un irreflexivo papagayo repitiera, empezó a germinar en don Quijote, aún sin saberlo, el grano que en poco tiempo vendría a sustentarlos como dulce trigo; una mies que, más que cereal, fuera también proteína y vitaminas, y todo cuanto necesitara un organismo para seguir funcionando cual perfecto engranaje. Baste por ahora retomar el hilo de la historia en el momento en que vieron que, justo enfrente de la tienda de animales, había un restaurante de esos que, a ciertas horas del día, ofrecen un bufé donde comer, por las mismas costas, tanto como se quiera o pueda. Entraron, pero no quedaba ni una pizca de comida. Quizá los últimos clientes se lo habían comido todo de veras hasta limpiar las bandejas. O quizá algunos estómagos, no sabiendo moderar la gula que sentían, finalmente reventaran salpicando cada rincón del restaurante, que uno de los trabajadores se vería obligado a limpiar con esmero antes de que, aquel que se lo ordenara, y él mismo, y el resto de comensales que continuara engullendo sin parar, se licuaran en esa lluvia que caía.

Caminaron un trecho más a lo largo de los pasillos, en silencio; don Quijote se movía con los flacos brazos tan flojos que parecía que, más que estar unidos a las articulaciones, le colgaran de los hombros, y Sancho sostenía al papagayo entre los suyos, sin saber muy bien cómo quejarse o, cuando menos, cómo portarlo con más comodidad. Al encontrarse de nuevo frente a las escaleras mecánicas, acordaron bajar. Las pelucas o cabelleras habían terminado por atascar del todo la maquinaria, de modo que, con cuidado, empezaron a descender a pie los escalones. Avanzaban como es costumbre en esos casos, con una sensación de inseguridad al transitar por unas escaleras que el cerebro, tantas veces antes, registrara en movimiento. Ese vértigo que ante el estatismo sintieron de golpe era el mismo que cualquier alma siente cuando no la cabeza, sino el corazón, le señala que una pieza fundamental en el engranaje del cuerpo ha desencadenado una avería en cadena. Quizá fuera aquélla una sensación familiar para don Quijote y Sancho, cuyos órganos todos: cerebro, tripas, corazón, habituados a los mecanismos de otro siglo, de vez en cuando les transmitían esa intuición inexplicable de que no andaban por donde debieran.

Cuando iban por la mitad de la escalera, Sancho se paró. El papagayo había saltado de sus brazos para posarse en uno de los escalones, y en ese instante el mecanismo volvió a funcionar, llevando a don Quijote y a Sancho hasta la planta baja. Una vez en suelo firme, vieron cómo la hermosa ave, tal como si no tuviera huesos o consistencia ni sangre, desaparecía cual humo por entre las rendijas del final de la escalera, dejando sus largas y coloridas plumas revoloteando sin cuerpo en el último escalón.

—¡Agarra esas plumas! —dijo don Quijote.

Sancho, que aún tenía metida en el cuerpo la sensación y el dolor de haber vivido lo que en su momento él creyera la muerte de su amo, obedeció como un autómata. Recogió las plumas y se las entregó a don Quijote. Éste eligió las más largas y vistosas, hizo con ellas dos grupos de tres, y desechó las restantes. Luego las untó con saliva y colocó sendos grupos en los omóplatos de Sancho, que al estar cubiertos por capas de lluvia y algo de arcilla, las fijaron. Tras esto, dijo don Quijote:

—Lo que hemos visto no era un ave, querido Sancho, sino un ángel caído. Yo te pongo sus plumas porque bien sé que tu noble corazón podrá redimirlo.

—¿Un ángel qué? —preguntó Sancho.

—Un ángel caído —respondió don Quijote.

—Un ángel caído —respondió la voz del ave desde la oquedad subterránea de las escaleras, una oquedad similar a la que cargara dentro de sí don Quijote y en la que, como se ha anticipado, germinaría el trigo que habría de saciarles el hambre.

CAPÍTULO XXVI

De cómo la muerte viva fuera recibida como agua de mayo en agosto

Acaso don Quijote no supiera que también él parecía un ángel desterrado de los cielos. Salieron del centro comercial y, al pisar la calle para proseguir su peregrinar hacia Marcela, se alarmaron al ver cuánto había subido el nivel del agua en tan poco tiempo: a Sancho le llegaba a un palmo por debajo de las rodillas; a don Quijote, por ser más alto, bastante menos.

La lluvia, aunque más liviana, no cesaba. De nuevo en silencio, caminaron durante un par de horas más. Por las calles se deslizaba todo tipo de objetos pequeños, pues aún no habían crecido tanto las aguas como para arrastrar los más grandes. Entre éstos, de vez en cuando, pasaba un zapato, y Sancho pidió permiso a su amo para ir recogiendo los que mejor se adecuaran a sus tallas, pues al no poder distinguir los accidentes del suelo, llevaban los pies desollados. Así lo hicieron, de modo que ambos continuaron avanzando con calzado, lo cual les permitió, además, acelerar un poco el paso.

Al cabo de un rato, el agotamiento se había hecho tan pesado que decidieron que habían de encontrar un lugar donde guarecerse y dormir siquiera unas horas durante la noche. Rompieron el cristal de una ventana y entraron en una casa que aún estaba en pie. Buscaron comida, pero, como era habitual, cualquier resto que antes hubiera sido orgánico parecía haberse esfumado de manera similar a como desapareciera la sustancia de las personas. Abrieron el grifo de la cocina para beber. También el agua salía roja, pero encontraron agua embotellada, que bebieron con mucha avidez. Luego abrieron el grifo de la ducha para limpiarse, pero parecía salir de ahí la misma lluvia, aunque, a lo menos, se enjabonaron, poniendo mucho cuidado Sancho en no maltratar sus plumas, que se habían arraigado bien en sus espaldas. Tras esto, cada uno se metió en una habitación y tumbó en la cama. De no haber sido por el hambre, habrían dormido largas horas. Fue Sancho quien despertó a su amo:

—Despierte, señor, tengo harta hambre. Tenemos que buscar comida, o mucho me temo que se nos irá el espíritu por la boca primero que podamos llegar a los pies de su Marcela.

—Bien dices la verdad, Sancho, que yo no puedo imaginar cómo he de llevar mi cuerpo por estas lluvias con el estómago hueco. Salgamos a buscar algo que yantar.

Salieron así don Quijote y Sancho la madrugada de aquel día de agosto. Nunca vieran antes un amanecer tan encendido. Como tampoco conocieran un sol más humilde, ese astro que comenzaba a ascender sin las glorias de antaño, allá cuando se sabía —por redondo, perfecto, rojo y necesario— admirado por las gentes, sabios y reyes y, acaso, envidiado por no pocas estrellas; y es que resultaba este sol muy pálido en comparación con los nuevos colores que había adquirido el cielo, aquellos naranjas y rojos violentos que casi hacían parecer al astro rey una modesta luna que ensombreciera el luminoso espectáculo. Así, bajo ese cielo de fragua, con un zapato de cada talla y modelo, desnudos siempre, y sin protegerse con vestido alguno por el pertinaz mandato que impusiera don Quijote, se echaron otra vez a la calle.

Los edificios intactos comenzaron a ser más y más numerosos, si bien la ausencia de gente parecía propia no ya sólo de ese sitio, sino del universo todo. No hubo casa, restaurante, puestecillo callejero que no escudriñaran en busca de comida. Poco a poco fueron perdiendo del todo las pocas buenas maneras que aún conservaban, y, cuanto más acuciaba el hambre y el temor de no encontrar nada, más fieramente rompían puertas y cristales. Y así estuvieron cinco días en que, sin detenerse un punto —salvo por los breves ratos en que mal dormían—, no probaron ni un bocado. Cinco días, a cada uno de los cuales les llovía más agua, más cansancio, más debilidad y desesperación, todo lo cual comenzaba a dificultarles el paso en mayor grado que los pequeños obstáculos empujados por la corriente que debían sortear.

—Sancho, has de saber que nunca pensé que llegaría a verte flaco —le dijo don Quijote.

—Y yo he de decirle, ay, que nunca pensé que vuestra merced pudiera estarlo más aún —respondió Sancho.

Aunque ya no les restaban fuerzas bastantes para argumentar, a partir de ese quinto día de encaminarse a Marcela, las calles se mostraron no sólo en pie como lo estuvieran antaño, sino limpias, tal como si la suciedad, la basura y el desorden —por ser atributos humanos— se hubieran evacuado a sí mismos. Así con todo, habiendo perdido la esperanza de encontrar comida en alguno de esos edificios, Sancho se subía a los árboles buscando algún brote tierno que pudieran llevarse a la boca; pero, también éstos, por ser orgánicos, parecían haberse licuado junto con el resto de las personas. Esto pensando don Quijote, espoleado bien por la locura, bien por la astucia, bien incluso — y esto es lo más probable— por el eco del papagayo que, desde que partieran del centro comercial, rebotaba en las paredes de esa oquedad cavernaria que el caballero cargaba en su interior, cayó en la cuenta del fenómeno que vendría a salvarles del hambre. Confirmó su pensamiento cuando, al ver las plumas, ya lánguidas, que todavía llevaba Sancho en su espalda, recordó con suma claridad aquellas cuatro palabras que repitiera la desplumada ave: «*All you can it! All you can eat! All you can eat!*». En acordándose de esto, dijo entonces don Quijote a Sancho:

—¡Sancho! *All you can eat!* ¡Eso era lo que quería decirnos el papagayo! que es lo mismo que decir: *You can eat all!* ¡Puedes comértelo todo!

—Mi señor, yo no entiendo lo que quiera decirme vuestra merced —respondió Sancho.

—Digo, Sancho, que la única razón por la que no hay aquí restos de cosas que una vez respiraron, y ni tan siquiera una brizna de hierba, y en cambio esta lluvia no cesa, debe de ser porque todo lo que una vez nació se ha convertido en esta agua. Llueven personas, Sancho, llueven animales, llueven frutas, verduras, flores, pasto. Abre la boca al cielo, amigo, que o mucho me equivoco, o esta lluvia ha de alimentarnos antes de anegarnos.

Dicho y hecho, miraron los dos al cielo, abrieron anchas sus bocas y dejaron que la lluvia les bañase la lengua, donde notaron, más que el sabor, el alimento, pues no bien rozaron las gotitas sus papilas, ambos comenzaron a dar señas de adquirir mayor aliento y vida, ademanes más acompasados, miradas más agudas y definidas y, las alas de Sancho, quizá como buen síntoma de que éste volvía a ser hombre, se le despredieron de la espalda y cayeron sobre las aguas, donde flotaron arrastradas por la ligera corriente hacia quién sabe qué mares.

Y pues habían tenido el estómago vacío durante días, don Quijote y Sancho cometieron la imprudencia —si bien justificada por el hambre— de darse un banquete tan copioso que ni las más curtidas tripas pudieran procesar y, así, ambos empezaron a vomitar gran parte de lo que habían ingerido. Pero, para sorpresa de ambos, aquel vómito no era rojo ni de ningún otro color, sino claro, transparente como el agua, porque era nada menos que eso: agua. Agua limpia, como bien pudieron comprobar al sentir la frescura casi olvidada bajando por sus gargantas, lo cual expresaran con gestos de gran placer. Nunca antes habían visto brotar agua de un hombre; agua que, de una persona, saliera como chorro fresco de fuente, y así, dando muestras de mucha gratitud, pudieron lavarse la cara, haciéndose de nuevo visibles a ojos del otro, dignos, limpios.

—Esta agua, amigo Sancho, viene a ser como la flor de loto, que brota pura, esplendente, exultante, en medio de los lugares más infectos.

Y en diciendo esto don Quijote, ambos se sentaron sobre una gran lámina de madera que alguien —cuando aún existían personas que sacaban la basura— había dejado junto a un contenedor en Vernon Blvd. De este modo, saciados y limpios, limpios y saciados, los párpados se les empezaron a cerrar en un sopor de recién nacido que les llevó a dejarse caer como desmayados en esa improvisada cama callejera.

CAPÍTULO XXVII

De las constelaciones del cielo mediterráneo y la disolución de todos
los libros del mundo por la Quinta Avenida abajo

Al cabo de un par de horas, don Quijote abrió los ojos. Lo primero que vio fue el cielo, y luego, seguramente asombrado al distinguir que lo que se movía no eran sólo las nubes, sino él mismo, se puso en pie sobre la lámina de madera en la que se había quedado dormido con Sancho, y comprobó que, cual náufragos en un maltrecho navío, flotaban a la deriva.

Don Quijote miró a Sancho, que aún dormía, y luego volvió a mirar lo que en ese instante bien pudiera parecerle un océano. Al principio se llevó las manos a la cabeza y gritó y se hincó de rodillas, pensando quizá que las aguas habían subido tanto que ya no podrían caminar; pero, cuando estuvo más despejado, pudo ver que a su derecha mano se elevaba —lo bastante cerca para poder divisarlo a pesar de la mucha niebla— el imponente Queensboro Bridge, por lo que supo que no estaban navegando por tierras anegadas, sino que él y Sancho se desplazaban por el East River, y que, según seguían la corriente, llegarían más pronto que tarde a esa orilla de Manhattan que quedaba a la altura de la mitad de la isla. Trató de divisar a su Marcela, pero desde ese ángulo, aun sin la densa bruma que emblanquecía el entorno, le habría sido muy dificultoso verla. Entonces se sentó con las manos agarrándose las rodillas y miró pensativo el agua; un mar revuelto por el verde del río y el rojo de la lluvia, que ondeaba en un extraño tono naranja, como caldera en el infierno.

—¡Sancho, Sancho, espabila! —gritó don Quijote cuando los primeros rascacielos comenzaron a desgarrar la niebla como si de la sábana de un decorado se tratara.

Y Sancho, de un golpe, se irguió asustado, y viéndose flotar en lo que sin duda cualquiera pensara que era una enorme cazuela, y asimismo confundiendo la neblina con el humo del fuego que habría de cocerlos, pensó que en verdad los iban a cocinar y, presa del pánico, se abrazó llorando a su amo.

—¡Simplicísimo! —gritó don Quijote—. ¿Acaso no ves ahí la tierra? ¡Tierra a la vista! ¡Tierra a la vista! ¡Y bien aprisa nos acercamos! ¡Apréstate para desembarcar en ese banco que sobresale, Sancho!

Y Sancho, esto escuchando, dio un salto tan grande para alcanzar el banco, que nunca sus zancas osaran imaginarse pirueta alguna que de tal manera las envaneciera. Al saltar del banco a tierra, el agua le llegaba por las rodillas. Cuando don Quijote se reunió con él, ambos se quedaron mirando atónitos cómo las aguas del río corrían hacia el mar. El barrio de Queens quedaba enfrente, más humilde que nunca, y ellos en Manhattan, donde el mar rojo contrastaba con el anaranjado por el que acababan de navegar.

Caminaron a lo largo de la calle 42, sin detenerse hasta llegar a Park Avenue, cuando vieron, imponente y soberbia como un panteón romano, la Grand Central Station. Eran, según marcaban las agujas del enorme reloj de Tiffany que corona la estación de tren, las dos de la tarde, pero lo cierto es que podría haber sido cualquier hora, porque la luz, salvo al anochecer, era siempre la misma. Sobre el reloj, Minerva, Mercurio y Hércules: la sabiduría, la velocidad y la fuerza, seguían ahí, defendiendo, como hicieran desde su concepción, la gloria del comercio. Pero no había allí tampoco nada que comprar, nada que trocar, nada que vender. Todo era, por primera vez, gratis, pero *gratis* para nadie o, lo que viene a ser casi igual, regalado para las dos últimas personas.

Al entrar en la descomunal estación de trenes, don Quijote, como un ciego, tanteó el aire con las manos, quizá sintiéndose ya al borde de un gran abismo, así como bien debe de sentirse el mismísimo hambre a las puertas de un estómago hecho caverna, y de esta suerte, más como hambres que como hombres hambrientos (pues saciados ya estaban), caminaron por ese colosal hall con suelos de mármol verdadero que, seguramente por hallarse algo elevado, aún no estaba cubierto por las aguas.

No había nada en el suelo, que parecía, como antes lo pareciera el del gran centro comercial, recién abrillantado. Don Quijote y Sancho avanzaban y, por la acústica de la inmensa bóveda, escucharon a las claras el eco inseguro de sus propios pasos, con esos zapatos rotos, ajenos, desparejados que calzaban. Miraron al techo. Ahí seguían las constelaciones del cielo del Mediterráneo que un artista francés trazara, quizá también melancólico de su tierra. Era ése el mismo cielo que se viera desde la España olvidada, con más de dos mil quinientas estrellas doradas, algunas de las cuales tenían su propia bombilla, que aún seguía encendida, titilando ya sea por la debilidad de la luz, ya porque así brillan las verdaderas estrellas. Hacía muchas noches que el cielo, encapotado de punta a cabo, no mostraba ninguna estrella, de modo que aquella bóveda celeste era lo más parecido a una noche despejada, de verano, en los bosques de Nueva York o en las infinitas llanuras ocres de aquel lugar de la Mancha, que —si bien no recordaban— sin duda debían de guardar en el recato o en la esquinita de algún hueso muy interno, pues ambos se tumbaron en el suelo y, bocarriba, contemplaron la bóveda del cielo y las estrellas como lo hicieran a campo raso: puesta la mirada a lo más alto, con los pies reposando en la humedad de la hierba, con las manos sacudiéndose algún pequeño insecto, con el oído atento al ulular de la lechuza, y, entre el gusto y el olfato, un ligero poso del último trago que escanciaran de una también olvidada bota de vino.

—No hace mucho, Sancho amigo, escuché decir a un astrónomo que, como las luces de esta gran ciudad no dejan ver las estrellas, quienes en ella nacen crecen pensando que no existe universo más importante ni notorio que ellos mismos, ni tampoco vida más inteligente que la que media entre la respiración con que se abren al mundo y la espiración con la que se cierran.

Sancho no contestó. Parecía que, según pasaban las horas, rumiara caviloso un trozo más de todo aquello que, en sus despreocupados días, dijera sin pensar en la desproporción, la abundancia o el sentido de cuanto hablaba. Se levantaron y, buscando acaso una salida no ya de la estación, sino de la propia ciudad, llegaron a las vías, innumerables como capilares de gigante que venían todas a converger allí mismo, donde ellos se pararon. Observaban la longitud de las arterias que podrían sacarlos de aquel lugar, así fuera para conducirlos por el interior del cuerpo del coloso, al corazón palpitante como un mundo autónomo que oscila y rota, al cerebro cuyos pasadizos los deslizaran con la percepción de que en verdad habían salido del diluvio; la chispa neuronal del gigante les calentaría como un sol; su reacción al espanto les sacudiría como cualquier accidente de la vida en la tierra; su respuesta al estímulo sexual les haría deambular —sin notar diferencias con su anterior vida— entre la realidad del orgasmo y el deseo del amor. Y de buen grado se habrían dejado llevar en uno de esos trenes que, como dragones cansados, reposaban sobre aquellos capilares, pero al entrar en uno de ellos vieron que no discurría, por allí tampoco, vida alguna, ni velocidad del tiempo, ni el espacio siquiera que pudiera refugiarlos como exiliados sin nación en el interior de un coloso de alma compasiva y bien criada.

Cabizbajos, salieron del tren. Cabizbajos, volvieron a escuchar el repique de sus pasos por el suelo de mármol del gran hall. Cabizbajos también, podría incluso decirse, alzaron la mirada a la bóveda celeste, y, sólo entonces, salieron por donde habían entrado, al enorme charco, a la lluvia incesante, a los enormes edificios que se alzaban como un bosque de secuoyas, de colmenas vacías, yermas, abandonadas por los trabajadores y las reinas. A esa sazón habían aprendido ya, con la presteza de las cosas que se aprenden por hambre, a abrir la boca al cielo para nutrirse con ese líquido que, como suero celeste, rojo todavía, les alimentaba.

El agua parecía seguir al mismo nivel, por lo que, mal que bien, aún podían caminar. Al mirar hacia Madison Avenue vieron que, por la lenta corriente de la lluvia que bajaba hacia el sur, se desplazaban cientos de libros, igual que en aquella otra escena que, más arriba, al inicio de este relato, queda anticipada como arquetipo de la sincronía. Siguieron, pues, en dirección a la Quinta Avenida y el flujo de libros se hizo tan denso que tuvieron que apartarlos para poder avanzar. Frente a ellos quedaba la Biblioteca Pública de Nueva York. Los dos ilustres leones que, sobre sus pedestales, custodiaban la entrada parecían flotar sobre el agua, como si el peso de sus cuerpos de piedra no fuera bastante para hundir a los reyes de la más salvaje selva: Manhattan.

Tras los leones, por las tres puertas arqueadas y los enormes ventanales de la biblioteca, salían, a presión, caños de agua con libros. El edificio entero parecía, pues, inundado, e iba echando al exterior tomos de múltiples colores, de todos los tamaños y, a buen seguro, precios, incluidos los de valor incalculable: libros raros, primeras ediciones, así como manuscritos medievales iluminados. Al ver esto, don Quijote pensó que quizá fluyera por entre los cientos de libros algún ejemplar de la Biblia, que echaba mucho de menos desde que no traía con él más equipaje que su imaginación, el recuerdo de lo vivido y el nunca esclarecido misterio de qué sería eso que, aún sintiéndolo, había olvidado.

—¡Sancho, amigo! ¡Ayúdame! A ver si encuentras en esta marabunta libresca una Biblia, pues olvidé la mía allá donde dejamos los días soleados, los suelos secos, las comidas en restaurantes, el polen en los estambres, las vacas en el monte y en los mataderos.

Y como iba diciendo estas cosas, don Quijote avanzaba por entre las aguas rescatando libros. Tomaba uno con gesto muy nervioso, retiraba el agua turbia de la cubierta para leer el título, y luego lo volvía a dejar para tomar otro y repetir cada movimiento, rápido, preocupado, pero con la ilusión de un niño en los ojos cada vez que apartaba el agua de una nueva cubierta, esperando que ésa, la recién rescatada, mostrara las palabras sagradas: *La Biblia*. Y así iba devolviendo libros a las aguas, los cuales seguían su curso avenida abajo para desembocar en el mar, que es adonde van a morir todos los ríos.

En eso se había convertido la Quinta Avenida: en el afluente de una de las mejores bibliotecas del mundo. Cientos, miles, millones de ejemplares habían tomado el sitio de los cientos, miles y millones de personas que, días antes, recorrían la ciudad mientras los libros reposaban en las estanterías, en las mesitas de preciosa madera, en las manos de una muchacha, en las mochilas de un estudiante. Fluían aquellos libros de manera distinta de la que durante tantas décadas empleara la multitud. Fluían sin detenerse en los escaparates de las tiendas de lujo, sin correr para no llegar tarde, sin mendigar limosna, sin admirar los rascacielos, sin perderse, sin tropezarse, sin comer al ritmo de sus pasos rápidos, sin dormir al calor de un perro o de un respiradero del metro.

Tras darse don Quijote por vencido, se quedó donde estaba, muy quieto. La bruma se había dispersado un poco y esto le permitió dejar que su vista se perdiera hacia el final de la avenida, mientras le decía a Sancho:

—¡Ay, Sancho! Tú eres ignorante y no sabes que estos libros que nos rozan las piernas no son simples cuentos, tratados, mapas o imaginaciones, ni siquiera la palabra de Dios.

Lo que aquí y ahora pasa ante nuestros ojos, lo que aquí va camino de diluirse en los océanos de este globo nuestro, es el curso de la Historia. Aquí lo tienes, Sancho. Siéntete tan bendecido como desgraciado porque puedes presenciar este nunca antes visto y singular escenario. La historia mundial del hombre se nos presenta así, de golpe, no en su disposición cronológica, sino en su orden verdadero: la sincronización de lo que fuimos, de cuanto seremos, de lo que somos, todo al mismo tiempo pero siempre, siempre, encauzado hacia nuestra propia desembocadura.

—No niego, mi señor, que yo sea ignorante, pero bien es la verdad que sin haber apreciado nunca un libro, creo que entiendo lo que vuestra merced me dice, y esto pienso que es que con estos libros se nos deshojan las historias de nuestros padres, nuestros hermanos, y hasta las hojas de los árboles de los que ya no podré yo buscar el nombre, aunque quisiera.

Esto lo dijo Sancho con lágrimas en los ojos, que aunque era ciertamente simple, bien podía su corazón de oro y su afilada intuición comprender que el ocaso de la palabra escrita se estaba diluyendo avenida abajo para desembocar en el ocaso del hombre.

CAPÍTULO XXVIII

Donde se refiere lo que acaeció en una discoteca dejada de la mano
de Dios, que no de la robótica voz de su Diosa

Con don Quijote siempre adelantado en su caminar porque
lo estimulaba dar con su Marcela, y Sancho algo más atrás
por sus —también siempre— lentas piernas, ambos continuaron recorriendo la Quinta Avenida hacia el sur durante
cinco calles más, y, como prefirieran apartarse del tráfico de
libros, en la calle 36 torcieron a la derecha. Justo en la esquina, en la superficie del agua, se había formado un remolino de pequeñas piezas de colores que, a manera de confeti,
parecían insistir en permanecer cuando ya era acabada la
fiesta. Sancho tomó uno de ellos entre sus dedos y vio que lo
que semejaban trocitos de papel era, en realidad, uñas posti-
zas que salían de un comercio de manicura. Con curiosidad,
miró la que tenía en la yema de su dedo: era completamente
azul. Volvió a dejarla sobre las aguas y tomó otra; ésta era
rosa, con un par de pequeñas bolitas que la adornaban a
modo de diamantes. Tan atento estaba Sancho a los diferentes diseños de aquellos adornos, que así habría continua-
do un rato más si no fuera porque vio que don Quijote cruzaba la puerta del establecimiento contiguo a aquel de la
manicura. Dejó entonces Sancho las uñas flotando en su

243

remolino, desangeladas como guantes sin manos, y siguió a su señor.

Habiendo subido las escaleras de dos pisos, llegaron a una sala totalmente oscura; pero, apenas se vieron en ella, sus movimientos activaron unos focos que desde el techo iluminaban las paredes y el suelo con círculos azules y blancos, los cuales se desplazaban al ritmo de una música que también se había activado con la llegada de quienes seguramente eran los últimos clientes de la ciudad y, acaso (¡oh, acaso!) del mundo entero. Era aquel un sonido electrónico, al principio sin voz, que sonaba a gran volumen por altavoces dispuestos como enormes y negras bocas de las que los improvisados peregrinos sólo podían apreciar el sonido; altavoces como grutas cuyas vidas, patas, picos y alas se movían en el interior, sin atreverse a salir, revueltas, ruidosas, ciegas. Vino luego la sincronización perfecta de música y luces en un baile sin cuerpos que dejó a don Quijote y a Sancho —quienes bien por vez primera vivían una experiencia semejante— paralizados en el centro de la sala, sin atreverse a mover más que los ojos, cuyos iris se apresuraban como discos persiguiendo sus inasibles y centellantes sombras en paredes y techo. Sancho, tal vez por recordar el remolino de uñas sintéticas que como confeti le habían asombrado hacía pocos minutos, se miró la yema de los dedos, esperando acaso que también estuvieran iluminadas; luego bajó los brazos y se dirigió a una de las paredes, y, con la palma de las manos un poco ahuecadas, comenzó a acariciar los círculos que por la pared se iban deslizando, y que también, aunque él no lo viera, le corrían por las piernas, las espaldas y las nalgas desnudas, como gigantes gotas de galáctico y luciente esperma. Entonces se dio la vuelta y miró a su amo, que seguía estático en el centro. En ese momento, de la pared que había tras don Quijote comenzaron a salir finos rayos de luz de un azul antártico, que, brotando de un mismo punto, divergían en un cono luminoso de múltiples líneas que se abrían, y que como largas agujas láser atravesaban al caballero hasta colisionar con cada una de las demás paredes. Así miraba Sancho a don Quijote ensartado por ese haz de luz, y lo miraba como drogado, sin haber probado más alucinógeno —ni menos— que ese éxtasis electrónico y luminoso que con cientos de hilos parecía sostener a la marioneta flaca y desnuda que era su señor entre la negritud del cielo y la negrura del infierno.

Y cuando ya parecía que ambos quedarían fijos como estatuas donde estaban, hechizados por la propia eternidad, una voz se unió a la música; una voz que, más que cantar, hablaba; una voz asimismo electrónica que acompañaba el ritmo y que quién sabe cuántos jóvenes, en fines de semana, en madrugadas, entre besos, drogas de diseño y alcohol, habrían gritado levantando los brazos como muestra de entusiasmo ante esa voz de mujer eléctrica, inteligencia artificial o diosa robótica.

Como la muerte viva había anegado la ciudad desde que, en la piscina de Flushing, empezara la lluvia roja, y como no quedaba señal o traza de persona alguna, la voz que acompañaba esa música era la única voz humana que escucharan desde hacía muchos días, y quizá por ello pareció que les alegraba los corazones. Así, con destellos de curiosidad en los ojos, daban muestras de agradecerla como si fuera poco menos que la voz de un ser superior, que de todas partes venía y se escuchaba *hic et nunc* muy alta y clara. Seguramente fue por esta razón que Sancho se allegó hasta don Quijote en el centro de la sala, como si ese centro fuera el altar de un mundo donde la voz —que no la comunicación— era todavía posible y, entonces, primero uno y enseguida el otro, comenzaron a moverse de manera que bien podría aquello haber sido considerado un baile, pues se movían no como si nunca hubieran bailado, sino con los movimientos lánguidos de quien, después de una noche de fiesta, sabe que afuera ya empieza a amanecer, y que a partir de ahí todo ritmo no será sino el latido que quiere dilatar la noche en un baile amnésico, desmemoriado, para apartarla un poco más —siempre un poco más— del rutinario sol, de la certeza insoportable de la mañana laboral y el almuerzo familiar, del pesado maletín de las justificaciones, del danos hoy el pan nuestro de cada desganado día.

Así estuvieron por espacio de dos minutos, cuando los instrumentos se hicieron más suaves y melódicos, y se ralentizaron como si dieran paso a esa voz que, siendo ahora el tema dominante, volvía sobre el estribillo. Una voz que, si de veras era robótica en su tono y en el ligero eco que dejaba de sí misma y que bataneaba a su escaso público, también era dulce en grado sumo. Así, lo que estaba diciendo inundaba la sala de una suerte de compasión, la cual —atravesada por aquellos infinitos y finos rayos de luz, tan azules como la misma voz— parecía llenar el espacio de una lluvia horizontal que bien podría haber sido el brazo de la cruz que viniera a acoplarse a ese otro brazo del diluvio que, con la verticalidad propia de cualquiera lluvia en gravedad, ocurría afuera.

Al cabo de unos cuantos minutos más, los cuales fueran sólo instrumentales, la voz volvió a cantar el estribillo, y entonces don Quijote salió de su ensimismamiento y le gritó a Sancho:

—¡Escucha lo que se nos dice desde arriba, Sancho! ¡Y desde todos lados! ¡Esta voz de mujer que es Dios! ¡Atiende!

Y mientras Sancho lánguidamente seguía el ritmo de la música, su señor gritaba esa parte de la letra, entreverada con sus propias palabras:

—¡Somos uno de lo mismo, Sancho! ¡Óyelo! Las historias que nunca nos dejaron contar corren y esperan a que caiga este cielo de fuego para propagarse por una boca común. ¡Y nuestras mentes, Sancho, y nuestros llantos, son todo uno y lo mismo! ¡Porque compartimos el dolor como hemos compartido el pan! ¡Porque somos de ningún sitio! ¡Pero busca, Sancho! ¡Busquemos la imagen de un sol! ¡Y aferrémonos a ella con valentía y hasta temeridad, porque esa imagen será como terciopelo en la tiniebla! ¡Primero sentiremos la caricia de un sol de terciopelo! Y entonces, Sancho..., sólo entonces, este cielo de fragua, esta muerte viva, nos devolverá al universo.

CAPÍTULO XXIX

De cómo un funambulista de las Galias levantara la Torre de la Libertad

Nunca había visto nuestro caballero, si no de lejos, a su Marcela, esa Torre de la Libertad que habíase alzado en el lugar donde estuvieron aquellas dos Torres Gemelas, cuyo ataque agitara el mundo una mañana de septiembre. Pero, si bien no la había querido visitar hasta considerarse, por virtud de sus obras, merecedor de postrarse a sus pies para adorarla, sí había leído don Quijote ciertas historias de su pasado, presente y futuro, historias y consejas que para él eran como el hormigón y la piedra que construían la genealogía de su amada. De esta suerte, conforme continuaban su peregrinación hacia ella siguiendo el flujo de las aguas hacia el sur por la Avenida de las Américas, le decía el caballero a Sancho:

—Permíteme que te dé razón, Sancho amigo, de cómo nació Marcela, si por ventura hay cosa o persona que nazca en esta tierra, pues según voy creyendo sólo hubo un nacimiento del que salimos todos, y la muerte de uno de nosotros, desde que el ser humano se iniciara en la guerra, no es sino la muerte de una neurona más en un hombre que, con cada nuevo fallecimiento, deviene más estúpido. Tal vez eso seamos nosotros, Sancho: las dos últimas neuronas de un coloso idiota. Pero, sea como fuere, te contaré lo que quiero que sepas. No sé yo ahora si tú recuerdas, buen amigo, un sueño que tuve la otra noche, cuando en aquel endiablado hospital me durmieron muy en contra de mi voluntad. En mi sueño veía yo que la pastora que amaba, de nombre Marcela, se dirigía hacia un alcornoque a cuyos pies escarbaba con sus blanquísimas manos un pequeño hoyo, en el cual esparcía unas pocas semillas, de las que, así, de repente, brotó una torre enorme. Y luego yo en mi sueño, queriendo asimismo sembrar las semillas de una obra que pasara a la memoria de todos los hombres, sembré un jilguero del que esperaba que brotara algo mejor que una torre, acaso una ínsula y acaso para ti, amigo Sancho. Pero nada de ese género nació de mi semilla, sino otra torre. Y luego dos aviones que ya antes habían pasado por mi sueño cielo arriba, cielo abajo, derribaron ambas torres. Y todo entonces fue ceniza. Pero de las cenizas nació vida: dos palomas que descendieron y fueron una sola y crearon así una nueva torre, que según he visto es la que hoy llaman Torre de la Libertad, y que yo llamo mi Marcela, porque creo que fue la misma Marcela quien, de puro compasiva, se trocó en torre y, doliéndose de los hombres, tuvo a bien cobijar, en sus noventa y cuatro plantas, a los heridos. Y yo no puedo sino pensar, ¡oh, noble Sancho!, que aquellas dos palomas fueron la forma en que a mí se me manifestó y visitó el Espíritu Santo, para decirme que mis pasos debían encaminarse hacia Marcela, muy a pesar de este arduo viacrucis que ambos sobrellevamos, compañero, cargando cada cual la cruz de sí mismo sobre la cruz del otro.

—Pero, mi señor —respondió Sancho, que aunque ya conocía aquel sueño acaso no quiso interrumpir—, aquello, tal como vuestra merced ha dicho, fue un sueño, que yo no me puedo persuadir de que de unas semillas salga una torre, ni que de un jilguero pueda salir otra torre, y ya no digamos que esa Marcela hacia quien nos encaminamos —y a quien yo, por vuestra merced, también me encomiendo— haya nacido de dos palomas.

—Verdad dices, Sancho —respondió don Quijote—, de que aquello fue un sueño y, además, inducido sin compasión y, me repito, contra mi voluntad. Pero convencido estoy de que, dormido o despierto, lo que soñé fue la alegoría de una gestación verdadera, como fue la de Marcela.

—¿Pero de qué alegría habla vuestra merced? ¿Alegría dice? Pues no he visto por ningún sitio esa alegría, ni aun la mitad, de grandes y muchos días acá.

—Alegría no, amigo Sancho, alegoría. Quiero decir —aclaró don Quijote— que aquello fue, por mejor entendernos, una misiva que yo había de descifrar, pues bien sé yo que el nacimiento de Marcela fue muy otro, y que así como leí mil veces las noticias sobre esos dos arquitectos que se ufanaran de su construcción, nadie ha de arrancarme de las mientes que aquellos a quienes el Espíritu Santo nos ha revoloteado sobre las cabezas y corazones sabemos muy bien el verdadero origen de Marcela.

—Ya me extrañaba a mí —respondió Sancho— que vuestra merced pudiera en modo alguno pensar que de dos palomas había salido lo que todos dicen que hicieron los arquitectos, y no unos cualesquiera, pues también he oído yo decir que los más reputados juntadores de piedras del mundo se disputaron la construcción de esta obra.

—Patochadas, Sancho, eso que acabas de decir son patochadas. Lo que yo digo es que sólo algunos sabemos la verdad y que esa verdad no tiene nada que ver con lo que a ti, bondadoso, pero no elegido, te ha sido dado conocer. Pero yo te lo voy a contar. Y es que has de saber, Sancho, que el nacimiento de la sin par Marcela, la cual nos está llamando por más que esta espesa bruma insista en ocultárnosla a la vista, tuvo su simiente primera en el año 1968, cuando un jovencísimo funambulista de las Galias hojeaba, en la sala de espera del médico, una revista en la que se mostraba el proyecto del World Trade Center, el cual aún no había comenzado a erigirse. Y ese hombre, Sancho, ese galo pequeño pero fuerte, todo nervio y fibra, cual el gran diminuto Astérix, fue el padre de mi Marcela desde el momento en que decidió cruzar los aires de una torre a otra andando sobre un cable. Cuando esas torres gemelas aún no habían salido de sus diseños en papel, él, en su imaginación, las había cruzado ya miles de veces, de lo cual yo vengo a inferir una vez más, buen Sancho, que la imaginación es el útero de todo cuanto nos rodea. Y seis años, Sancho, seis años se estuvo preparando el galo para esa proeza de su paternidad, que exigía unir las dos Torres Gemelas una vez construidas. Sabía él, amigo Sancho, que sólo la unión de ambas torres podría dar lugar a esa obra, mujer perfecta en belleza y bondad, hacia quien vamos acercándonos. Y varios amigos le ayudaron. ¡Y cuántas cosas no habrían nacido sin la participación de grandes amigos! Olvida tú los padres y las madres... los amigos, Sancho, los amigos son los mejores procreadores. Pero déjame pasar adelante con esta historia, y es que durante seis años estuvo el galo, como he dicho, preparando la unión de las torres, y cuando iban siendo construidas, él y su equipo, clandestinamente, se metían en ellas y se llegaban hasta las azoteas, aún con andamios, para comprobar cómo, de qué modo, podría atravesar el cielo de una torre a la otra caminando de la única forma que él sabía: a través de la tensión de un cable, el cual en este caso medía cuarenta y dos metros de largo, y estaba a una altura de cuatrocientos diecisiete metros. Y a buen seguro habrá quien diga que lo mismo se descalabra y se mata uno a cien metros que a cuatrocientos, pero no, porque los vientos, Sancho, los vientos soplaban allá arriba de manera que ya no el cable, sino las torres —flexiblemente construidas pensando en las corrientes de aire— de vez en cuando se movían, y en su balanceo, más que en la altura, estaba el mayor peligro. Pero ese pequeño coloso galo, que siempre rechazó el arnés de seguridad, no iba a caer. Y así, ante la mirada no ya de sus amigos, sino de las personas que en tierra lo habían avistado, extendiéndose la noticia en pocos segundos hasta alcanzar a las autoridades, a las siete y cuarto de la mañana, cruzó el galo desde la torre sur a su torre gemela, caminando, saltando, brincando y hasta triscando sobre el cable de acero en tensión. Y no cruzó una vez, sino siete, durante cuarenta y cinco minutos en que mantuvo al mundo en vilo mientras él se sentía firme, porque sabía que estaba edificando la Torre de la Libertad. Y para ello cruzó, porque a cada nuevo cruce fue aumentando la tensión del cable de acero, de modo que las torres comenzaron a inclinarse cada vez más, una hacia la otra, cada vez más cerca, y al igual que Sansón derribara el templo echando abajo los dos enormes pilares, este galo, este Astérix de yelmo alado, hizo lo contrario con la misma sobrehumana fuerza: como a dos pilares unió las torres en una sola, que es la que se considera que hicieron esos dos arquitectos, porque la gente sólo entiende lo que transcurre de hoy a mañana, y no lo que confluye en el presente, ya provenga del futuro, ya del pasado, porque te digo una cosa: mira esta bruma que aquí tienes. ¿De dónde crees que viene? Pues lo cierto es que exactamente el mismo día, a la misma hora, y con las mismas condiciones meteorológicas en que el galo unía las torres, pero veintinueve años antes, un avión se preparaba en el aire para lanzar la bomba del primer ataque nuclear sobre Hiroshima, y el hongo generado por la explosión, amigo Sancho, ese hongo de humo es lo que ahora a nosotros, en todos estos últimos días, nos parece bruma.

No alcanzó Sancho a responder, porque la lluvia se hizo entonces tan intensa que apenas una gota tocaba la piel, cuando venía otra a sumarse a la anterior, sobre la que, a su vez, caía una tercera, de modo que el peso del agua terminaba por escocer. El nivel de lo llovido seguía estable, lo cual, antes que aliviar la magnitud de la catástrofe, la agravaba, pues visto así no podía sino pensarse que si el nivel no subía era porque el agua —la desgracia, esa muerte viva— se estaba expandiendo por todo el orbe. Debido a que esa lluvia persistente, por su vigor, peso y abundancia, les quemaba la piel, decidieron guarecerse en el primer lugar que encontraran, y así se metieron en lo que por fuera parecía un local muy espacioso, y subieron a la tercera planta.

CAPÍTULO XXX

Donde se refiere cómo el pastor Quijotiz y el pastor Pancino
se durmieron en un bosque sueco sin árboles ni albóndigas

Primero vieron, al llegar, unos carritos de la compra enormes y unas bolsas, también agigantadas, amarillas y azules, con el nombre impreso en las asas de lo que parecioles ser el emblema del comercio: IKEA. Luego que hubieron dejado atrás este rellano, entraron en lo que semejaba una sección de los almacenes, una gran superficie cubierta por multitud de juguetes de colores: peluches, un elefante con estrellas bordadas en las orejas, un ciempiés con doce pies, un reno con el nombre de *ströva* en letras muy grandes en la etiqueta, un sapo verde con una corona en la cabeza, y con su nombre también indicado muy al vivo: *kvack*; pero también artículos de disfraces, tales como un sombrero en forma de caracola marina, y otro en forma de cerebro, y un traje de robot; tiendas de campaña con forma de castillo medieval o de circo; cojines de diversos tamaños y motivos: dados, soles, zanahorias; alfombras con dibujos de carreteras, bosques, vías de tren; en tanto que de algunos lugares colgaban móviles de alambre fino con libélulas de tela, mariposas y abejas que se movían empujadas por obra de quién sabe qué vientos.

Tantos objetos, tanto colorido, bien los distrajeron mientras tomaban en sus manos algunos de esos juguetes, estrechándolos, apretándolos como queriendo sacar de ellos la ternura que un niño busca, o acaso, sí, acaso más bien, como deseando exprimir, desenterrar, retirar de sus entrañas el cariño que necesitan dos hombres despojados de su historia, de esa historia lejana, que tal vez hubiera ocurrido en un lugar de la Mancha de cuyo nombre y existencia no podían —aunque bien hubieran querido— acordarse. Pero, una vez superado este limbótico y breve contacto con la caricia de sus cunas de antaño, se apercibieron enseguida de que los objetos de más cuenta en aquel gran espacio eran, de hecho, cunas. A ojos vistas, ése era el departamento donde se vendían, y las había de todo tipo, de todos los precios, materiales y tamaños: cunas para mecer, cunas para rodar, cunas fijas, cunas con cajones en la parte inferior, cunas altas, cunas bajas...

Aquí habrá de disculpar el lector otro salto en el relato de esta verdadera historia, por el cual se anticipa, pues estamos en la sección de cunas, una escena que corresponde a la última parte de esta aventura. No es esta discontinuidad un capricho narrativo, un devaneo, un despiste, pues va este salto cargado con un propósito muy concreto: derramar una gota de esperanza, y ofrecer así esta escena como dulce cáscara o manjar exquisito que recubra la píldora amarga de la existencia de dos hombres solos en el mundo, porque qué triste debe de ser estar leyendo el relato de nuestra solitaria e infértil pareja sin esperanza, sin historia, sin futuro, sin pasado, sin sexo, sin ascendencia ni descendencia. Vea, pues, el paciente o impaciente lector por medio de esta grieta en el tiempo, sobre las aguas de este futuro al que nos vamos acercando, lo que sigue.

Un bebé, sobre un neumático, flota mecido por las pequeñas olas. Y don Quijote y Sancho que se acercan. Y que lo ven. Y que tendrá el bebé unos tres meses. Y que también está desnudo. Y que es una niña. Y que parece sana. Y que se toca un pie con una mano. Y que ríe como si el infierno no fuera con ella. Y que, por algún motivo protector, su piel no está quemada por los escasos rayos de sol, que, aunque débiles, no lo son tanto como para no dañar una piel tan nueva. Y vean, asimismo, cómo don Quijote y Sancho se agarran a la rueda, que es lo bastante grande para no sólo sostenerlos, sino también para conducirlos a través de las aguas. A través de las aguas. Con el bebé en el centro de ese pesebre. Don Quijote, el buey. Sancho, la mula. O al revés. Y el viento les lleva a ellos, igual que ellos levantan, con la brisa de sus dos alientos, los todavía escasos cabellos de la niña.

Y regresemos, pues, a la lineal, pesada e insistente cronología del hoy que se dirige hacia el mañana como si el futuro descansara en algún sitio y el tiempo necesitara de la ordenada sucesión de los días para existir. Así, del mismo modo que la querencia del animal le lleva siempre por la misma vereda que conduce al mismo prado, sigamos nosotros la querencia del hombre por la acostumbrada armonía en el discurrir del río temporal: pasado, presente, futuro, y veamos cómo don Quijote y Sancho pasaron de la sección infantil de IKEA a la sección de muebles para el salón, donde se quedaron suspensos, mirando la nunca vista variedad de enseres que les rodeaba por todas partes.

Pareció ser don Quijote el primero en despertar de su ensimismamiento, moviendo la nariz casi frenéticamente, como quien procura identificar un olor desconocido.

—Me pregunto, amigo Sancho, por qué aquí, habiendo al parecer, tanta madera junta, huele a plástico.

Decía esto mientras olfateaba las librerías, las estanterías modulares, las desmontables, los armarios acoplados a las esquinas...

—Todo en verdad mañoso y práctico —decía como para sus adentros, y seguía husmeando las mesitas auxiliares, también de todos los colores, las consolas, las mesas de centro, las mesas-bandeja, así como los módulos de almacenaje, los cajones de pared...

»Todo en verdad mañoso y práctico —insistía—, y sin embargo, sin embargo... estas maderas no huelen a bosque cortado ni a resina ni a árbol. Pero no importa, no importa, querido Sancho, yo lo que quiero es dejar el nombre de mi Marcela aquí grabado, bajo la laca que a buen seguro mostrarán los anillos de los ilustres árboles convertidos en utensilios. Grabar su nombre como hacen los enamorados en las cortezas de los árboles para que permanezca en los restos de estas ruinas que seremos. ¿Acaso no perece el amor de la mayoría de las parejas que alguna vez grabaron sus nombres encerrados en los corazones o hasta en los tuétanos de un tronco? Yo pereceré, mas no perecerá mi amor, del que quiero dejar aquí constancia. Anda, ve y tráeme de allá, que si no me equivoco debe de ser la sección de cocina, el cuchillo más afilado que hallares.

A los pocos minutos volvía Sancho con el cuchillo, y don Quijote, bien como aquel que, de un momento a otro, comienza a hablar en una lengua muerta, alzó el cuchillo a la manera de quien está dispuesto a iniciar la ceremonia de un sacrificio, y empezó a decir:

—Yo, lozana y sin par Marcela, no ya como caballero ni gentleman ni mesías, sino como el pastor Quijotiz, que conmigo traigo a mi leal no escudero ni amigo ni apóstol, sino otro pastor como yo, que hácese llamar Pancino, levanto este puñal a este cielo de sol de falsa alquimia, a este astro de luz artificial, para que los rayos de sus lámparas calienten la hoja con que habré de grabar el nombre de mi adorada vuestra merced en este monte talado, en este prado sin ovejas, en estas encinas sin raíces ni bellotas.

Y de esta suerte, ante la mirada incrédula de Sancho, que se había sentado en uno de los sillones de muestra, se dirigió don Quijote a una mesa, y, con extremo cuidado en un principio, como si en lugar de un cuchillo manejara un fino buril de orfebre, intentó marcar la primera letra de Marcela. Pero viendo que el cuchillo no dejaba marca alguna, ejerció algo más de presión y cuando, luego de un nuevo fracaso, apretó un poco más, el cuchillo resbaló en lo que sin duda era lo que parecía ser, una capa de plástico que cubría no el material noble, sino una especie de apelmazamiento formado por virutas que, por su olor, más semejaba petróleo que la madera que el fabricante nunca llegara a tocar. Esto enfureció a don Quijote y, tras ir a la sección de cocina y coger el mazo más grande y recio que hallara a mano, volvió a la mesa y empezó a golpearla con todas sus fuerzas. No le fue difícil, después de unos pocos mazazos, destruirla hasta hacer de ella un confuso montón de material irreconocible, quejándose entretanto:

—¿Dónde está la madera? ¿Dónde los árboles que habían de quedar grabados con el nombre de mi pastora? Destrúyase todo esto de una vez y para siempre, que no sirve ni como entretenimiento de termitas...

Acto seguido, se quitó los zapatos, sólo él sabría por qué, acaso por ansiar ser, más que un pastor, un pastor libre, un pastor de la tierra que, estando desnudo, sintiera las verdades de la hierba anhelada, el frescor del prado sin ataduras —ni cordones, ni suelas— a nada que, siendo sintético, no hubiera sido parido junto con él.

Cuando vio los zapatos tirados en el suelo, viejos, cada uno de una talla y de un modelo distinto, retomó con su delirio primero su anterior pensamiento, diciendo:

—¡Oh, si al menos quedaran termitas en esta tierra!

Luego, aún dentro del departamento que exhibía esos muebles de salón en decorados de perfectas familias americanas —tan huecas como aquellas maderas—, se fue hasta una pared y también la golpeó. Y así estuvo don Quijote dando mazazos a diestro y siniestro, rompiendo cuanto encontraba a su paso, incluyendo cristales, cuyas esquirlas le herían los pies, por estar descalzo, sin reparar en que dejaba a su paso la marca roja de sus plantas cortadas en el suelo. Sancho, al verlo, siguió de rodillas a su amo con la obsesión de limpiar ese reguero ensangrentado. Y así, le rogaba:

—Señor, rompa vuestra merced todo cuanto quiera, pero por Dios mi señor no mortifique su propio cuerpo, que desde que la muerte viva llueve afuera, no me parece sino que cualquier herida puede ser un nuevo y hemofílico afluente de estos ríos y océanos rojos que nos caen encima desde las celestes regiones.

Y así seguía limpiando Sancho, como mejor podía, con las manos o algún trapo, los pasos de su señor enloquecido, hasta que éste, a buen seguro agotado, se dejó caer en un sillón y, tal como había caído, se durmió. Salvo por su cuerpo flaco y desmesuradamente largo, todo lo demás, especialmente la posición en que se había quedado y su desnudez, hacía de él la réplica exacta de una escultura helenística de mármol del siglo III a.e.c: un hermoso sátiro que, también desnudo, duerme embriagado, con las piernas separadas, la cabeza echada hacia atrás y apoyada en el brazo derecho, que le sirve de natural almohada. El brazo izquierdo, sin embargo, está cercenado, pues se dice que, para defenderse de los godos, los romanos lo arrojaron desde el castillo de Sant'Angelo. Sancho lo miraba, y, aunque él no comprendía maldita la cosa sobre arte clásico, faunos o historia romana, y ni tan siquiera hubiera visto jamás esta escultura, sí pudo apreciar —en el abandono de su amo, y en esa absoluta rendición que conlleva, por una parte, el estar desnudo y, por otra, el entregarse al sueño— cierta belleza y, aunque tampoco entendiera ni supiera dónde estuvo —o si una vez existió— el Olimpo, sí le pareció que aquella imagen tan hermosa debía de haber caído del cielo. Y así fue cómo, contemplando a su amo desde otro sillón, también él se quedó dormido.

CAPÍTULO XXXI

De cómo por la gracia del dogma de fe de la Inmaculada Concepción
quedaron bautizados don Quijote y Sancho en las aguas de
la naciente Venecia

Al despertar, Sancho le insistió a don Quijote en que se pusiera los zapatos, y éste así lo hizo, aunque de mala gana, tras lo cual se apresuraron a la calle, con la esperanza silente de que, al salir, la lluvia hubiera amainado y, tal vez, también con algo parecido a una fe por querer imaginar, así fuera por breves instantes, que las aguas habían empezado a retirarse. Aprisa atravesaron el comedor, la sección de muebles y juguetes para niños, alcalzaron el rellano de las escaleras y bajaron con la ansiedad de quien usa los ojos, bien abiertos y mirando hacia todas partes, como radar que capta lo que la propia mirada tarda unos segundos más en registrar. Pero no pudieron ver el final de las escaleras, pues, muy al revés de lo que esperaban, el nivel del agua había subido tanto que cubría ya un tercio del último tramo, lo que trasladado a las medidas corporales de nuestra pareja se correspondía con las ingles de don Quijote y la cintura de Sancho.

Cuando salieron a lo que antes era la acera de la Séptima Avenida, a la altura de la calle 22, vieron el espectáculo insólito de esa Venecia que emergía al mismo tiempo que se hundía. Los objetos que desplazaban las aguas eran ya algo más grandes y, cuando por algún motivo, Sancho o don Quijote levantaban una pierna o bien pasaban por algún lugar que, por ser más alto, dejaba al descubierto las partes del cuerpo que antes tenían bajo el agua, descubríanse los hematomas causados por los golpes de esa peregrinación que, por momentos, parecía no tener fin, y en la que se movían con la pesadez de quien intenta avanzar después de varios días vagando por las arenas del desierto. Así, bien parecía ser aquello la prehistoria de un inmenso y futuro arenal formado por dunas y llanuras, por donde ellos deambulaban como el caminante de un nuevo Sahara, y como si sus pasos estuvieran inmersos en esas dunas de siglos venideros mientras que sus fósiles vidas se encontraban miles, acaso millones de años por detrás, en mitad de ese avanzar acuático.

Posando don Quijote la vista en algunos edificios, dijo:

—Me admiro de la precisión del ojo humano, querido Sancho, pues, si bien estas avenidas están anegadas a una altura de lo que yo calculo de apenas un metro, los rascacielos me parecen mucho más cortos que antes de las lluvias. Han de ser estas aguas como las aguas de la verdad, que con poco que se manifiesten acaban por prevalecer. Confiemos, Sancho amigo, en estos indicios, que todo puede ser que estos canales nos lleven a buen puerto, que así como en un mundo de locos, el cuerdo es el más loco y todos los locos son cuerdos, en un mundo de mares bien podría ser que las aguas se volvieran espacios habitables.

Y tanto era el brío y el nervio que mostraba don Quijote que —con tal de alcanzar a su Marcela— estaba dispuesto incluso a nadar y, por ello, y aunque el nivel del agua aún les permitía ir avanzando lentamente, le dijo a Sancho:

—Es posible, Sancho, que en algún tramo tengamos que nadar, así que hazte cuenta de que no sólo no hemos olvidado cómo se nada, sino que tampoco hemos olvidado que una vez aprendimos. Pero por suerte no debemos de estar ya lejos, así que apresurémonos para llegar a Marcela, que todo puede ser que en su interior siga albergando a las almas que acogiera en su día, las cuales vienen a ser sus hijos sin pecado concebidos por mi inmaculada torre, de concepción y doncellez incuestionable.

—¿Incuestionable, señor? —preguntó Sancho mientras avanzaba mirando las aguas, al lado de su amo.

—¿Qué insinúas, Sancho? —respondió don Quijote, volviéndose y fijando los ojos en él.

—No, nada, yo no insinúo nada... caminemos, señor —respondió Sancho muy esquivo.

—Pero ¡cómo! ¿Insinuaciones y melindres a mí, don grandísimo taimado? No seas cobarde y, lo que tengas que hablar, suéltalo a las claras, pues no quiero yo haber de decirte: «Yo conozco tus obras, que ni eres frío ni caliente. ¡Ojalá fueses frío o caliente! Pero porque eres tibio, y no frío ni caliente, te vomitaré de mi boca». Sancho, Sancho... sé frío o sé caliente, porque lo templado me revuelve el estómago... salvo por esta lluvia, que bien entiendo que si fuera fría o caliente nos mataría.

Y puesto que Sancho no contestara, don Quijote, como si no tuviera empresa mayor que acometer, o como si aquellos días de excepción en cualquier orden o dominio fueran ya, así tan pronto, parte de su normalidad, volvió a gritarle:

—¡Te he dicho que hables, Sancho!

Y al no responder palabra Sancho, sino que, muy al contrario, seguía mirando las aguas como quien mira un suelo de piedra, don Quijote le agarró la cabeza y, con ambas manos y tanta fuerza como aún le permitían sus nervios, o sus sueños, o su ira, la sumergió en la muerte viva. Todo Sancho desapareció en el líquido tinto, del cual líquido salían burbujas como si el aire que se le iba fuera el inicio lento de un hervor que, precisamente por tibio, por templado, resultaba un milagro. Y así lo tuvo don Quijote, impasible, segundos que duraron como siglos, durante los cuales siglos cada vez salían menos burbujas de las aguas, más débiles, más pequeñas. Y cuando las burbujas dejaron de salir, don Quijote sacó a Sancho de los pelos y, cuando éste, casi desmayado, echó el agua que había tragado y tomó la primera bocanada de aire, don Quijote, vuelto de la rabia a la compasión, le dijo:

—Sancho, sean tus ríos interiores ríos de agua bendecida ahora por el amor que te tengo. Bautizado quedas por este vino que no es sólo mi sangre sola, sino la vida que ha corrido por todas las venas y por todos los tiempos del mundo. Y ahora, Sancho —le pidió—, pues nuestra supervivencia en estos lares parece incierta, pídote que me bautices tú a mí.

Sancho volvió hacia él sus ojos lagrimeantes, aún jadeando, aún lacio y débil, quizá aún con miedo. Temblando. Sin moverse. Sólo miraba a su amo. Y entonces, al parecer sintiéndose también él empujado del miedo a la compasión, tomó en sus manos un poco de agua tinta, se la llevó a la boca, y, tras pasarla de su boca a la de don Quijote, le dijo:

—Señor, no tengo yo autoridad para bautizar a nadie, pero si por mi interior corren ahora ríos de agua bendecida, mézclese esa agua con este vino que, como yo, es humilde por venir de infinitos pueblos.

Y así, ambos liberados del pecado original, siguieron abriéndose paso por entre las aguas con las miradas más serenas, acaso con el sosiego que daba saber que —aunque no tenían prisa— ya estaban preparados para afrontar el final del mundo, el cual ahora, en sus soledades, y ya de manera casi indudable, parecía reducirse a ser el final del mundo de los dos últimos hombres.

CAPÍTULO XXXII

Que trata de Eva Gomberoff, la mujer Dios, y de cómo ésta guiara a quienes quisieren por los misterios del universo y de la Pornocreación

Caminando siempre hacia el sur, viose de pronto nuestra pareja, sin quererlo ni esperarlo, frente a un escenario que bien recordará el lector, aunque ahora lo único que indicaba que ambos se hallaban en la plaza de Washington Square era el arco de triunfo. En efecto, fue allí donde un numeroso grupo de animalistas desnudas los rodearon en su día, agradecidas a don Quijote por haber salvado a esa ballena que, desafortunada, había ido a parar a las aguas tóxicas del canal Gowanus de Brooklyn. Fue exactamente en esa plaza donde en volandas los portaron como a toreros por la puerta grande, mientras gritaban la hazaña entre vítores y requerimientos ecológicos. Algunas de ellas, como también se dijo en su momento, llevaban incluso los nombres de don Quijote y Sancho pintados en las nalgas o en los pechos.

Considere el lector qué profunda nostalgia debía de sentir nuestra pareja al recordar que allí, precisamente en ese mismo punto, habían vivido uno de sus mayores momentos de gloria: por fin se habían sentido queridos, necesarios, admirados, y hasta habían conocido, acaso por primera vez, esa grata sensación de descubrirse físicamente hermosos o, cuando menos, lo suficientemente atractivos como para atraer en torno de sus personas no sólo a una única mujer, sino a más de las que pudieran contar. Todo ello, en días no tan lejanos en el tiempo, y sin embargo tan distantes de ese mundo que ya era otro muy contrario. Don Quijote se paró, y visiblemente tuvo que contener la emoción cuando le dijo a Sancho:

—¡Ay, Sancho! ¡Mil veces, ay! ¿En qué momento nos hicimos merecedores de tan grande caída? En este justo lugar, ya antes de hoy, sentímonos deslizados en las aguas, pero lo que ahora es agua a punto de anegarnos, en aquel momento, eran manos que dócilmente nos desplazaban como las dulces olas que, en la aurora apacible, mecen y arrullan al pescador en su barca. Dicen, Sancho, que ningún mar en calma hizo experto a un marinero. ¿Habremos de ser ya expertos marineros? Cargamos dentro toda una tempestad que nos llueve de afuera. Sí, acaso ahora seamos diestros hombres de la mar, pero ¿dónde está la nave sobre la que podamos demostrar nuestra maestría, y surcar y domeñar los mares hasta que en buena hora bajen las aguas? ¡Ay, mil veces y otra vez ay, por aquellas manos que nos agasajaron! ¿Recuerdas, Sancho? No eran cualesquiera manos, sino manos de bellas mujeres que en sus cuerpos desnudos llevaban escritos nuestros nombres. Y yo... ay, Sancho... yo insistía en vestirlas... yo, que ahora que me veo desnudo, no soportaría que nadie viniera a darme un traje distinto del que mi madre me tejiera durante nueve meses. Y todo por salvar a una ballena. Quisiera yo pensar que, si la vida de una ballena nos deslizó por primera vez por entre aquellas amables olas, este diluvio pudiera tal vez deberse a que he salvado yo a todas las ballenas del mundo, porque lo que es a hombres y mujeres, no creo que quede ninguno, pues de lo contrario los veríamos por estas superficies, vivos o ahogados.

Y en estas meditaciones para consigo mismo y para con Sancho anduvo don Quijote durante muchas calles más junto a su leal amigo, hasta que pararon a descansar en el número 50 de Varick St. Entraron en el edificio pensando que podrían acurrucarse por un par de horas en cualquier lugar seco, y vieron que el interior estaba formado por diferentes salas, a buen seguro de exposiciones, todas cuadradas y, en ese momento, oscuras como cajas negras. En una de ellas había dos sillas y, quizá por esa inercia propia del cuerpo cansado que identifica un asiento providente, resolvieron sentarse. Por la poquísima luz que de algún lugar se filtraba, distinguieron a ambos lados de cada silla unos aparatos unidos por cables. Para apreciarlos mejor, los pusieron sobre sus piernas. Estaban formados por unas enormes gafas de tipo pantalla, es decir, no destinadas a ver lo de afuera sino a ocultarlo, y por unos auriculares, estos sí, comunes, dispuestos para el aislamiento, así fuera sólo auditivamente, del exterior.

Se pusieron las gafas ambos a la vez y, seguramente por mera intuición, se las cincharon de manera que sellaran de todo punto la tenue iluminación de la sala, esa luz púrpura que, acaso, ni en sus horas de sueño conseguían dejar de ver. La barriga desnuda de Sancho se infló de aire para soltar uno de esos suspiros que indican el final de una larga espera, o, como en este caso, la llegada a un remanso de paz que, aunque breve, les aliviara de varios días de peregrinación, miedo, búsqueda e incertidumbre. Luego, se ajustaron los auriculares. Primero todo permaneció oscuro, pero la tiniebla duró pocos segundos, y entonces sucedió lo que para nuestra pareja vendría a ser, sin duda, el gran viaje de sus vidas, para el cual —merced a la verdad de la realidad virtual— no tuvieron que desplazarse ni un solo paso. Y del que —al contrario de aquel otro que les había llevado a esa ínsula de Manhattan— sí eran conscientes, y que grabaría en sus almas una experiencia que, como se verá en el siguiente y último capítulo, Sancho volvería a recordar no como final, sino como principio del nuevo mundo que para él y su amo ya se estaba levantando.

Lo primero que vieron surgir de la negrura fue una esfera que, según se iba aproximando, se engrandecía, pasando del tamaño de una canica al de una pelota de baloncesto. Finalmente se detuvo frente a ellos, suspendida con la incongruencia de una burbuja sólida y con la majestuosidad de lo que era: el planeta Tierra. No habían visto nunca antes don Quijote y Sancho su planeta desde fuera, y así, aún ignorantes de lo que era, pero ciertamente admirados, la primera reacción de ambos fue querer tocarla. Acariciaban el aire, trataban de apresar la esfera, de rozarla apenas con un dedo. Entonces una voz comenzó a hablar. Fue don Quijote el primero en reconocerla, y le dijo a Sancho:

—¡Es la misma voz que nos habló en aquella sala donde bailamos, Sancho! Esa voz que fue la primera voz de mujer que oímos después de tantos días de silencio humano, ¡ha vuelto! ¡La voz que viene de arriba y de todos los sitios! ¡La mujer Dios!

Y así, empezó a recitar aquellas palabras que ahora traía escritas con letras de oro en la memoria:

—¿Recuerdas, Sancho? ¡Busquemos la imagen de un sol! ¡Y aferrémonos a ella con valentía y hasta temeridad, porque esa imagen será como terciopelo en la tiniebla! ¡Primero sentiremos la caricia de un sol de terciopelo! Y entonces, Sancho…, sólo entonces, ese cielo de fragua de ahí afuera, esta muerte viva, nos devolverá al universo, donde todos seremos uno de lo mismo.

Pero, debido a la cerrazón de los auriculares, Sancho no le escuchaba, y seguía tanteando el aire y girando la cabeza y el cuerpo hacia la derecha (oscuridad), hacia la izquierda (oscuridad), hacia atrás (oscuridad). Sólo enfrente flotaba la esfera, y entonces la voz, tras dar unas someras instrucciones sobre el buen uso de la realidad virtual, comenzó a decir lo que parecía de mayor sustancia:

Me llamo Eva Gomberoff y les doy la bienvenida a su casa: la Tierra. Admírenla, pero no se aferren demasiado a ella porque lo que van a ver aquí es, en realidad, algo que quizá ya no exista. A la izquierda de sus asientos, en el suelo, tienen ustedes un vaso con agua. Cójanlo. Ahora, beban de él. El ochenta por ciento de la superficie terrestre está cubierto de agua; el ochenta por ciento del cuerpo humano es agua. Con apenas unos sorbos acaban ustedes de volcar en su estómago las condiciones necesarias para que, hace cuatro mil millones de años (o bien dentro de cuatro mil millones de años) se formara la vida. Siéntanse a ustedes mismos deslizándose en sus tripas, como renacuajos camino de, camino de, camino de un niño que gatea. Y con esa agua, que no es sólo cuna, que no es sólo continente, sino contenido —sus lágrimas, su sudor, sus fluidos corporales—, también pueden ustedes (ya lo saben) polinizar camas de hogares, reforestar habitaciones de hotel.

Con la imagen de la Tierra aún delante de ellos, don Quijote y Sancho permanecieron extasiados, y tan suspensos como cualquier persona que de repente se viera, por primera vez, no sólo frente a imágenes del universo que desconocía, sino rodeado por él, y dentro, y parte y cuerpo de ese mismo universo. Y es que todos esos astros, esos vacíos, esas inmensidades no pudieran conocerlos don Quijote y Sancho allá en sus días manchegos, y al parecer, quiso la aleatoriedad que imprimió en sus cabezas las informaciones del vigesimoprimer siglo, que tampoco conocieran los avances que el hombre había hecho en el conocimiento de esos paisajes cósmicos. Así escuchaban enmudecidos:

Miren ahora a su derecha. Esto que se aproxima es la Luna, el satélite silencioso, en cuya superficie no puede viajar sonido alguno. Escuchen el silencio mientras callo unos instantes... Pero no piensen que, por ser muda, la Luna no se expresa, pues su gravedad es la causa de las mareas en nuestros mares. La Luna mueve los ríos y los océanos de nuestro planeta. Doce personas han pisado su superficie. Esto significa que sólo estas doce personas de entre los siete mil cuatrocientos millones de habitantes que hoy tiene la Tierra pueden decir, con fundamento, que han viajado.

También las estrellas mueren y se multiplican a un ritmo de unos doscientos setenta y cinco millones al día. Nadie, al pensar en el cielo estrellado, imagina una sola estrella. Una estrella es, generalmente, todas las estrellas, y de igual modo nadie, al pensar en la humanidad, piensa en un solo hombre. Al igual que los astros, ustedes no son más (ni menos) que millones de hombres. No pueden desligarse de todos los alientos del mundo porque éstos son la atmósfera de sus proyectos, sus miedos, sus sueños, que nunca serán únicos, y, si lo fueran, serían muy tristes.

Y ahora vean aquí que nuestro planeta es apenas una pequeña peca comparada con el sol, del mismo modo que nuestro Sol es mil millones de veces más pequeño que la estrella VY Canis Majoris, que está saliendo por su izquierda. Y vean aquí, a sus pies, este coleóptero, conocido comúnmente con el nombre de escarabajo pelotero, un insecto que, como los humanos, las aves o las focas, se orienta por las estrellas. Al igual que los cangrejos, el escarabajo tiene ojos compuestos que le permiten ver los astros. Observen cómo hace una bola con la acumulación de excrementos. Ya ha terminado de formarla. Redonda como todo lo infinito. Ahora deberá desplazarla hasta una cueva, para poder comérsela. Pero tiene que hacerlo en línea recta porque, si volviera, desorientado, al punto de inicio, otros escarabajos podrían quitarle la esfera que con tanto esmero ha hecho. Ese escarabajo es el propio Sísifo, pero los griegos pensaban que la gloria pertenecía a los hombres, e hicieron del insecto algo tan vulgar como un griego acarreando una roca.

Por favor, dense la vuelta. A sus espaldas está el Monte Olimpo, la mayor elevación volcánica de nuestro sistema solar, tan alto que, con sus veintiún kilómetros, sobresale de la atmósfera de Marte. Que no les engañen. Los primeros colonizadores de Marte no viajarán con objetivos científicos; Marte será colonizado principalmente por escaladores que querrán escalar ese Olimpo por la misma razón que contestó Mallory cuando le preguntaron por qué quería escalar el Everest:

«Porque está ahí».

Y miren, aquí se acerca Saturno, nueve veces mayor que el planeta Tierra. Y ahora imaginen, sólo imaginen, que existe este océano que aquí pueden ver, tan inmenso, tan desmesuradamente grande que podría contener a Saturno si éste cayera. Sientan sus aguas alrededor de ustedes, sin tierra a la vista, y con tres lunas rosadas sobre el horizonte. Pero vayamos más lejos. Soplaré para que Saturno caiga en estos mares. No teman, recuerden que todo esto es tan incorpóreo como real. Miren lo que sucede. ¿No es fascinante? Saturno, siendo tan grande, no se hunde. Por ser un planeta gaseoso, compuesto en un noventa por ciento de hidrógeno, y algo de helio y metano, tiene una densidad de 690 kg/m³, menor que la del agua. Observen qué bonito espectáculo el de este coloso flotando en el océano, con su base achatada sin dejar de rotar, como lo haría un trompo de niño. Saturno era una peonza, pero también los romanos debieron de pensar que un juguete infantil no tenía la dignidad de un dios, y es que «están locos estos romanos», como dijo un tallador de menhires mucho más fuerte que Saturno, porque Saturno nunca cayó en la marmita de Panorámix, y de rabia se comió a sus propios hijos. Pero miren el planeta flotando. Es bonito. Sus anillos se reflejan en el agua.

Ahora contemplen esto otro. No ven nada. Es porque el ochenta por ciento del universo observable es materia oscura o invisible. No emite ni refleja luz. No desprende radiación. No se ve, pero está. Sabemos que existe porque tiene gravedad, una gravedad tan grande que con ella mueve los cúmulos galácticos. Por eso la materia oscura ha sido bautizada con el nombre de Fe, pues, aunque no podamos verla, mueve montañas. Así fue cómo se dijo una vez en la Tierra: La fe mueve montañas.

Y aquí están los neutrinos, que son cronopios, pero los físicos debieron de pensar que Cortázar no era científico. Esa materia oscura, esa nada, es atravesada permanentemente por cronopios, o neutrinos, los mismos que en este preciso momento les están atravesando a ustedes. En efecto, mientras ustedes me escuchan, millones de cronopios atraviesan sus cuerpos casi a la velocidad de la luz.

Debajo de sus asientos, encontrarán un plato. Pónganlo en sus rodillas y no toquen aún lo que hay en su interior. Piensen en lo que les voy a decir: la gastronomía comenzó en el universo. Primero entiendan que todo cuanto ustedes huelen y saborean es posible gracias a catorce mil millones de años de evolución cósmica. En ese tiempo se creó todo lo que sus sentidos pueden percibir. Hace sólo unos cincuenta mil años que el hombre sabe lo que es el gusto, el olfato. Esto es, hicieron falta 13.999.950.000 años para crear una lengua y una nariz humanas. Y para que la Edad del Hierro existiera, muchas estrellas tuvieron que enfriarse hasta morir, pues en ese proceso moribundo es cuando, en el núcleo de las estrellas, se crea el hierro. Primero fue el hierro, y luego la Edad del Hierro. Primero fue el olfato, y luego la nariz. Primero fue el gusto, y luego el sexo oral.

Metan su mano ahora en el plato. Hay dos tipos de alimentos. Tomen el más grande y suave. Muérdanlo. Es tartar de atún rojo, y ese color rojo, el mismo de la ternera u otras carnes rojas, se debe al hierro de las estrellas murientes, y es parte esencial de la mioglobina, una proteína que almacena el oxígeno de los músculos. Las mayores concentraciones de mioglobina se encuentran en el músculo cardíaco, el cual requiere mayores cantidades de oxígeno para satisfacer su demanda energética. Esto significa que en la muerte de una estrella está nuestro ritmo cardíaco, desde la tranquilidad en el sueño a la aceleración en el amor o la guerra.

Saboreen tranquilos el atún y, cuando terminen, tomen la otra pieza que encontrarán en el plato, más pequeña, rugosa y dura por fuera, blanda por dentro. Es una ostra, rica en cobre y zinc, dos ingredientes liberados tras la explosión de una estrella: una supernova. En esa explosión está, por tanto, el sabor del mar, así como la textura de este molusco que identificamos con el deseo sexual, como si intuyéramos que un orgasmo es una cadena de orgasmos que sólo puede provenir de una explosión muy, muy lejana.

Y ahora, queridos espectadores, una vez que han olido y saboreado estos dos manjares, dispónganse a colmar su deseo. Tranquilos, nadie los está viendo. Desnuden sus mentes, y sus cuerpos —salvo los que ya estén desnudos—, y prepárense para verse rodeados por hombres y mujeres que ustedes podrán acoplar a su antojo. Sólo tienen que desplazar el dedo índice en el aire, como si fuera un rotulador de diseño o, si lo desean, encárguense de su propio placer mientras ellos se mueven de acuerdo con su programación. Es la Pornocreación. El dedo de Dios en la Capilla Sixtina no está entregando la chispa de la vida a Adán, está dibujando una erección, pero Miguel Ángel debió de pensar que el homus erectus, siendo cosa del evolucionismo, contradecía las leyes de Dios. Ustedes no contradicen ninguna ley. Tóquense mientras miran, por ejemplo, a esta mujer que se acerca. Tiene el pelo rojo, pero con un pequeño golpe de su dedo índice pueden cambiar el color de su pelo o de su piel, así como sus formas o su sexo. Inténtenlo para hacer la prueba. Disponen de treinta segundos.

Permítanme ahora detener a la mujer justo antes de que se quite la ropa interior para decirles que hace mucho, mucho tiempo, el cibersexo ofrecía placer a través de redes informáticas muy inferiores a las aplicaciones que ofrece la realidad virtual. Una de esas conversaciones típicas podría ser como sigue:

Alguien le dice a una mujer a quien no ve, o a quien ve, pero no puede tocar:

—Si no quieres que duerma, hazme una oferta tentadora.

A lo que ella responde:

—Hace media hora que me quité las braguitas.

Aquellos son tiempos pasados, y lo que se les presenta aquí, siendo igualmente incorpóreo, es distinto, porque ustedes son los arquitectos de su deseo. Denle, pues, con sólo un dedo, tres dimensiones a sus fantasías. Déjense llevar por la erección primigenia. Podría ser que alguien de las generaciones futuras esté dibujando ahora mismo, en una capilla de la bóveda celeste, la verdadera chispa de la vida encarnada en sus propios sexos que, tal vez —ahora que la mujer de pelo rojo vuelve a moverse—, ya hayan comenzado a palpitar como la arteria carótida.

Mírenla. Se ha tendido en el suelo, y abre sus labios para que sepan cómo se abrieron las ostras que ahora digieren sus estómagos. Les dejo disfrutar de la chispa de la vida, avisándoles de que, si lo desean, pueden ver en estos espejos que acaban de aparecer bajo sus asientos cómo se dilatan sus pupilas: es la misma expansión del universo.

Tras unos veinte minutos en que la voz de la llamada Eva Gomberoff calló, don Quijote y Sancho, como adolescentes ante un descubrimiento, aprovecharon todas las aplicaciones del nuevo juego. O tal vez, ese despertar al disfrute de sus cuerpos les comunicara muy íntimamente con la virtualidad que ya siglos atrás encarnara Dulcinea del Toboso, o con las rollizas carnes de Teresa Panza allá en un lugar de la Mancha, o acá en un lugar de Saturno cuyo nombre, un día, alguien no querrá —no podrá— recordar.

Finalmente se hizo la oscuridad, cuando, otra vez, surgió la voz:

En la parte trasera de sus asientos tienen unas toallitas húmedas a su disposición. Eva Gomberoff espera que necesiten usarlas. Por último, queridos espectadores, recuerden que hay unas (pocas) cosas que hacen superior al hombre frente a todo el universo:

Para entender el universo, es preciso comprender sus partículas más diminutas. Si ustedes no valoran lo que no ven, no sabrán nunca cuál es su verdadera imagen en el espejo. Pero, si aprecian esa nada que es casi todo, verán en el espejo mucho más que su rostro.

Las galaxias insisten en separarse las unas de las otras, como tantos matrimonios, pueblos, amigos. Utilícenlas para orientarse en el mar, pero desprecien esos mismos distanciamientos.

A medida que el universo envejece, se enfría. Ése será su fin. Que no les abandone el deseo. Manténganse encendidos. Elijan un astro, admírenlo, frótense con él y mueran como estrellas en fricción. Recuerden: en su muerte liberarán cobre y zinc, que una lengua saboreará en una ostra sin saber, o acaso sabiendo, que el deseo sexual viene de la muerte de una estrella, y se dirige hacia el nacimiento de otra.

Don Quijote y Sancho se quitaron los auriculares, las gafas, se miraron y, sin querer o acaso sin poder decir palabra alguna, aunque ambos, debido al placer, con las pupilas aún dilatadas como dos agujeros negros, salieron de la sala. Profundamente conmocionados tras ese viaje, cuando volvieron a la calle palparon las fachadas de los edificios, algún objeto que pasaba flotando, don Quijote hasta tocó el rostro de Sancho, y así le dijo:

—Sancho ¿pues no te parece que, aun pudiendo tocar ahora todo, tiene menos sentido?

—Sí, señor, así lo creo yo también. ¿Y no le parece bonita nuestra casa? Es azul... yo nunca habría pensado que tuviera el mismo color que el cielo, y parece ordenada. Me gusta mucho esta Tierra, señor. Y ¿por ventura vio vuestra merced, como vi yo, ese planeta gigante, el de los anillos (cuyo nombre se me ha ido ahora de las mientes) flotando en un ancho mar? Pues bien es la verdad que mientras yo lo veía así flotar me sentía tranquilo, como en casa, y aquí en cambio siento un no sé qué de desasosiego que no parece sino que se me va a salir el espíritu por la boca, porque a nada de lo que flota aquí le encuentro yo ni orden ni concierto, y ahora no puedo menos que desear ver todo desde fuera, porque estando dentro, yo a lo menos siento que no soy sino un ciego desorientado.

—Saturno, Sancho, el planeta gigante se llamaba Saturno. Y sí, ciertamente tampoco imaginaba yo que esta nuestra casa resultara tan agradable a la vista —respondió don Quijote.

Aún no lo sabía Sancho, pero Saturno, aquel coloso flotante, iba a volver pronto a su memoria como tierra prometida —salvación anticipada por Eva Gomberoff, la mujer Dios—, una tierra que era, tal como el antiguo dios Saturno, más que un espacio, el propio Tiempo. Y un tiempo que, como se verá en las últimas páginas de este relato, habría de llevarle, junto a su siempre querido don Quijote, a esa parte hasta entonces sumergida y oculta de esa ínsula que se llamaba Manhattan.

CAPÍTULO XXXIII

Donde se da fin a esta verdadera historia, que es la primera parte de la segunda, y alegre, que vendrá

¡Oh! ¿Cómo podría el más virtuoso escritor o músico o pintor describir el último día de nuestra pareja en esta historia? ¿Cómo transmitir tan sólo lo que siente la mano que se despide de unas vidas que durante tanto tiempo la han hecho —a pesar y en contra del cuerpo todo— deslizarse, saltar, acariciar, llorar o reír sobre la pantalla? ¿Cómo podría alguien —aun contando con la esperanza remota de que estas letras hicieran justicia a estos últimos paisajes— comprender la magnitud de lo que al mismo tiempo es bello y triste, y vida y metástasis, y arriba y oeste, y nada y poco, y flor y sepulcro, y caos y rebaño? Y sobre todo, ¿cómo podrían las cicatrices de la infinitud del Tiempo entender cuán necesario se hace olvidar esas bellas compañías que están a punto de abandonarnos? El olvido es infinito y, sin embargo, ardua tarea supone arrojar a sus inmensidades lo que no se quiere recordar: aquel lugar de la Mancha, los gratos amores que se nos fueron, los que no llegaron a existir, la lanza del hidalgo, la antigua adarga, el rocín flaco, el galgo corredor, los molinos, los gigantes, los libros prohibidos, los sabios, el amor de los pastores, Sancho.

Había aquella mañana despuntado, al cabo de muchos días, despejada. La lluvia había cesado. Reposaban las aguas como lo que los franceses llaman *mer d'huile*, atinada expresión, pues no sólo se refiere a la mar en calma, sino a una apariencia muy concreta: a esa superficie cubierta como por una especie de capa uniforme de aceite que, aunque del mismo color marino, crea una apariencia impermeable, capaz —si así lo quisiéramos— de protegernos de la profundidad abisal. En cuanto al cielo, lucía un azul que recordaba el de los mejores días de otoño en Nueva York, intenso, nítido, sin una nube. Los rascacielos de fachadas reflectantes brillaban como si alguien, por la noche, les hubiera retirado, o más bien lamido con cuidado, los efectos del diluvio, y de esta suerte volvían a ser espejos de los otros edificios, así como del alto y celeste y más transparente aire. Si hubieran quedado aún pájaros que volaran sobre Manhattan, habría sido aquélla, a no dudarlo, una de esas mañanas en que, confundiendo las fachadas lustrosas con el cielo, se hubieran estrellado contra sus cristales, con un golpe seco que haría que alguien, en su oficina, por un momento levantara la cabeza del teclado de su ordenador y reconociera la marca roja de la volátil muerte. Los árboles, si bien después de las intensas lluvias habían perdido todas sus hojas, no parecían estar muertos, pues al fin y al cabo no mostraban un aspecto muy diferente del que ofrecieran en invierno. Salvo por el nivel del agua y la falta de vida, todo lo demás daba la impresión de no estar dañado ni mudado, lo cual les infundió a don Quijote y a Sancho cierto alivio y hasta mayores fuerzas para seguir avanzando en su peregrinación hacia Marcela.

Así, continuaron más raudos que nunca y, don Quijote, a todas luces entusiasmado:

—Sancho, aprovechemos este regalo que nos ha querido conceder el cielo, esta pureza en el aire, esta transparencia en los vidrios, esta absoluta visibilidad, porque ya estamos en West Broadway y, según mis cálculos, si seguimos todo derecho, llegaremos a Marcela. Pero antes, Sancho, estate atento como yo lo estoy, pues en menos de lo que esperas podría asomar su cuerpo esbelto por entre los edificios, que ha de distinguirse de los demás como el elegante junco se distingue de la mala hierba. Estate atento te digo, Sancho, que no quisiera yo perder ni un segundo más de mi vida —habiendo ocasión— sin verla, así sea desde lejos.

Siguieron bajando por West Broadway hasta que, en efecto, a la altura de Warren St. don Quijote divisó la antena de la Torre de la Libertad. Se arrodilló, ora por emoción, ora por rendirle pleitesía, y con el agua al cuello, que es adonde en esta postura le llegaba, rompió en tiernos sollozos de felicidad. A todo esto, el noble Sancho, quien nunca gustó, por el motivo que fuera, de ver a su amo arrodillado, le decía:

—Vamos, señor, vamos, que no parece sino que su Marcela está a tres tiros de ballesta.

Y ni Sancho supo de dónde le había nacido esa expresión —que sólo una vez antes, desde que llegaran a la ínsula, y también sorprendido, había usado—, ni don Quijote acertara tampoco a saber de dónde le venía esa inquietud al comprender expresiones que —en apariencia, nuevas para él— entendía como si las hubiera mamado de la leche materna. Pero, más allá de esa casi constante sensación de no pertenencia, de atemporalidad, de cierto enigma latente —a todo lo cual ya estaban más o menos habituados—, no quisieron perder ni un segundo y, aprovechando el espléndido día, caminaron tan aprisa que en menos de veinte minutos se vieron en el número 285 de Fulton St. Allí estaba. Habían llegado a Marcela, la Torre de la Libertad, que se erguía en el lugar donde, quince años atrás, reposara como para siempre el Six World Trade Center, asesinado un martes 11 de septiembre bajo un cielo idéntico al que esa mañana lucía sobre las cabezas de don Quijote y Sancho.

En silencio, miraron ambos arriba, hacia la cumbre de ese edificio que se elevaba como el más alto del hemisferio occidental, el cuarto en altura del mundo, con una fachada compuesta por ocho triángulos isósceles, un lado igual y dos —mucho más largos— desiguales: las proporciones de la injusticia. Entonces comenzaron a distinguir, antes en la fachada que en el cielo, cómo se iban acercando unas nubes blancas. Al principio fue bonito ver los cristales salpicados en azul y blanco, y así estuvieron los dos peregrinos por espacio de un rato, pues se sentían acaso admirados, acaso exhaustos o, simplemente, temerosos de mirar frente a frente lo que sobre ellos sucedía, y era que las nubes blancas fueron cubriendo el cielo de manera tan compacta como en esas cumbres que, de tan altas, permiten al montañero ver a sus pies la pampa nívea y algodonosa. Semejaban don Quijote y Sancho dos alpinistas en una cumbre invertida. Bajo ellos, un cielo inestable, y sobre ellos, un sólido infierno.

Cuando las nubes, como la cal de los pueblos blancos en la olvidada Andalucía, terminaron de cubrir las fachadas, de modo que no quedaba ni un trocito de reflejo azul, don

Quijote y Sancho miraron por fin y de frente al cielo, y vieron esa manta enorme que amablemente filtraba los rayos del sol hasta que, poco a poco, empezó a mudar de blanca a gris claro, y de gris claro a gris muy oscuro, y de gris muy oscuro a casi negro. Y estando en este último color, recomenzó a diluviar. Por primera vez en varios días la lluvia no era roja, sino transparente. Y, cuando don Quijote —convencido de que aquél era el momento propicio de cobijarse en su Marcela, de conquistarla, de penetrarla, de amarla desde dentro, de trepar por ella como la hiedra por la torre de una princesa, de abrazar quizá a otros hombres que allí a salvo estuvieran—, quiso dirigirse a ella, Marcela pasó de ser sólida a convertirse en una inmensa columna de agua, una columna con su misma altura, quinientos cuarenta y un metros, de donde fluían infinitos hilos de lluvia, que al caer sonaban igual que el llanto de las piedras que en el mar hacemos saltar como inertes ranas.

No habían tenido don Quijote y Sancho tiempo de decir palabra alguna cuando, de repente, del suelo acuático, surgieron dos cubos negros, de perímetro suficiente para contener en ellos los cimientos no de uno, sino de tres rascacielos. Emergió cada cubo a un lado de la torre, o de Marcela, o de la tristísima Libertad, y las aguas que la torre lloraba comenzaron a fluir hacia ambos cuadriláteros, cuyas bocas habían quedado justo al nivel de las aguas diluviadas. Y así caían las lágrimas como en cascada por las cuatro altísimas paredes abajo. Don Quijote y Sancho se acercaron a uno de ellos y vieron que, en la base de ese descomunal cubo de bronce, había otro agujero también cuadrado, algo más pequeño, que sugería un tercero, y así sucesivamente, fosos cuadrados que iban recogiendo los infinitos hilos de agua que se precipitaban a esos pozos sin fondo y que, no bien comenzaban a caer, se enrojecían, como desembocadura natural de esa muerte viva que les había llovido y alimentado.

Tras unos instantes sin límite ni cuenta en que estuvieron contemplando el recorrido y la caída de esa agua roja que sonaba con un rumor que, por ser colectivo, acallaba el bramido de los coléricos truenos, repararon en que el nivel del agua comenzaba a subir varios centímetros por minuto. Tan rápido ascendía que pronto perdieron la posibilidad de avanzar lo suficiente para llegar a otro edificio. Vieron entonces, apenas a dos metros de ellos, el llamado *Survivor Tree*, aquel peral de cuarenta años que fue el único árbol en sobrevivir a la catástrofe de quince años antes, pero también a cada una de las catástrofes de la ciudad, y que acaso (¡oh, acaso!) les sobreviviera también a ellos.

Hacia el peral se encaminaron con muchísima dificultad y una lentitud tal que bien podría significar que no estaba reservada para ellos la empresa de alcanzar ese tronco cercano. Cuando a don Quijote le llegaba el agua por el pecho y a Sancho por la barbilla, el caballero agarró a su escudero y se lo cargó a la espalda, y, cuando el agua ya le llegaba a don Quijote por el cuello, logró alcanzar el tronco. Se encaramaron señor y discípulo a sus ramas más altas. Estaban florecidas, sanas, vivas. Y en ese árbol superviviente trataron de sobrevivir los dos últimos hombres que, como el peral aunque sin flores, habían sobrevivido a inmemoriales catástrofes.

Pero el agua que caía era tanta y tan fuerte que parecía que ya no lloviera sobre todo el planeta, sino sólo sobre aquella superficie que contenía a nuestros desdichados náufragos, para ahogarlos, para sumergirlos agarrados a ese peral, para castigarlos a los tres: al árbol, a Sancho y a don Quijote, por sobrevivir a millones de millones de muertes. Y así, perdieron pie. Primero se desprendió, como una última hoja, don Quijote, y enseguida se soltó, como un postrero fruto, Sancho.

Cual perros mojados, dieron sus primeras manotadas, y en un santiamén ya todo, absolutamente todo, era agua. La muerte viva había cubierto incluso los edificios, o acaso cada rascacielos, al igual que Marcela, habíase tornado líquido.

Sin tener los viajeros lugar hacia dónde dirigirse, recordaron las palabras de Eva Gomberoff: los escarabajos se orientan según las estrellas. Miraron al cielo, pero ya fuera aquella una hora del día o de la noche, lo cierto es que se hallaba tan cubierto que no parecía sino el reflejo de un mar opaco. Estarían obra de hasta cinco minutos tratando de mantenerse en el agua cuando don Quijote se dio la vuelta y, dejándose flotar sobre su espada como pudo, se apartó los pelos empapados de la cara y susurró:

—¿Quién, y por qué, nos ha desamparado?

Y Sancho, que tragaba ya demasiada agua, pero cuya piedad era siempre superior a cualquier instinto, incluso el de supervivencia, le respondió con una tristeza que nublaba su poder de convencimiento:

—No se preocupe vuestra merced. Derribados estamos, mas no destruidos.

Dieron unas manotadas más y, cuando parecía que ya iban a sucumbir de todo punto sus fuerzas, lo vieron. Vieron aquella escena que se anticipó más arriba como miel para la amargura. Al principio, a unos quince metros, parecía lo que era: un enorme neumático, tal vez una rueda de camión. Sacaron resistencia de donde pensaron que no quedaba y, poco a poco, fueron llegándose a ella. A la distancia de unos diez metros, ya distinguieron que, en el interior del círculo negro, había algo. Un poco más cerca lo vieron: era un bebé. Y un poco más aún, precisaron: se trataba de una niña. Una niña flotaba mecida por las pequeñas olas sobre esa rueda de caucho a la deriva. Una niña de unos tres meses, pudieron comprobar ya agarrados a la rueda, momentáneamente salvados. Una niña desnuda, como ellos. Una niña que parecía sana. No sólo sana, sino alegre, pues se tocaba un pie con la mano contraria y reía como si el infierno no fuera con ella. Sienten que deben proteger a la niña, y no se atreven a subirse en el neumático por temor a que el excesivo peso lo hunda; así, sólo lo cogen. Y recuerde el lector lo que se dijo anteriormente, porque éste es el tiempo de la sincronía y habrá de entender que por uno de sus intersticios la niña deje de serlo, para transformarse en algo que se oculta bajo dos alas. Dos alas plegadas sobre el cuerpo de un ave que no se ve. Dos alas que, aun sin poder verse el resto de ese cuerpo, son dos alas tristes, dos alas tan empapadas que ni siquiera los filamentos o barbas de las plumas están alineados, sino hechos un amasijo que hace pensar que el vuelo del ave que ocultan será de todo punto imposible. Dos alas de las que, de tan desvalidas, se diría que están rotas, como se dice que rota está el alma tras una desgracia. Don Quijote y Sancho, que de manera distanciada intuyen pero no cuestionan las grietas del Tiempo, olvidan que lo que minutos antes de la fisura era una niña, ahora ya no lo es, y aceptan a esa ave agarrados con fuerza al neumático. Tampoco esta vez se atreven a subir, pues ahora sienten que deben proteger esas alas, y permanecen sólo asidos a la rueda. Pero ésta es lo bastante grande no sólo para permitir que se agarren cómodamente, sino para conducirlos a través de las aguas, a través de las aguas con las tristes alas en el centro de ese neumático pesebre. Don Quijote, el buey. Sancho, la mula. O al revés. Y el viento les lleva a ellos, al igual que ellos mueven muy levemente, con la brisa de su aliento, las plumas más ligeras del ave que, también gracias a su respiración, comienzan a secarse. Y así van los tres a la deriva durante varias horas, hasta que don Quijote y Sancho se quedan profundamente dormidos.

Quién sabe lo que estarán soñando, pero lo cierto es que ni don Quijote ni Sancho, ni tampoco el pájaro, se han movido un punto. El mar ha recuperado su color azul, y su sal al secarse blanquea en los dos hombres, como harina suave, las partes que mantienen fuera del agua, sobre todo los brazos y el rostro. A decir verdad, este mar posee una tal transparencia que en su tono turquesa se ven las piernas como miembros lacios, sueltos, dejados no ya de la mano de Dios, sino de sus propias voluntades. En medio de tanto océano, los náufragos parecen una alegoría del hambre: tres minúsculos trozos de carne en un inmenso caldo de agua.

Tanta quietud los despierta. Miran alrededor, todo sigue siendo agua, excepto aquello que detuvo la rueda: un pequeño islote. Pero no se trata de un islote natural, sino de uno formado por centenares, miles, acaso millones de bolsas, botellas, bidones, maletas de viaje, cajas, pelotas, mecheros, biberones, vasos... todo tipo de desechos de plástico que, al mezclarse, encajando unos con otros, han creado una suerte de argamasa flotante. Don Quijote se agarra a una de las aristas de esa costa petrólea, y sube a ella. Para comprobar su estabilidad, salta repetidas veces. Al ver que no se mueve, le pide a Sancho, con un gesto, que salte. Sancho no quiere dejar al pájaro a merced de la corriente. Con cuidado lo toca. Sus plumas ya están secas. El animal se mueve un poco, pliega aún más las alas, de manera que cuando Sancho lo coge en brazos es sólo un óvalo emplumado que tiembla. Sancho se compadece de ese temblor y no intenta verle las patas, el pico, nada. Con cuidado, pasa con el ave del neumático a la isla, la cual isla tiene el tamaño de un campo de fútbol y, en torno suyo, sólo la inmensidad de ese océano turquesa.

Sancho con el pájaro en brazos y don Quijote con el cansancio a cuestas caminan por la superficie de desechos plásticos, algunos de los cuales les cortan los pies. «De dónde comeremos», se preguntan. «De dónde beberemos». Don Quijote, ya en los huesos, ha envejecido; Sancho, con las carnes descolgadas, parece triste, se diría que ya para siempre. Pero no, no es para siempre, porque en un momento dado su mirada vuelve a iluminarse. Es cuando, al recordar de nuevo las palabras de Eva Gomberoff, le dice a su señor:

—¡Saturno, señor! ¡A mí se me da que, puesto que flotamos sobre un inmenso océano, debemos de hallarnos en Saturno!

—Muy pequeña veo yo esta superficie para un planeta tan colosal, Sancho —responde don Quijote—, pero Dios te oiga, y siendo Saturno el dios Crono, amo y señor del Tiempo, bien podría ser que sólo podamos apreciar el espacio que se corresponde con nuestro presente inmediato.

Sancho no entiende nada y calla, pero, pues parece positivo lo que su señor acaba de decirle, empieza a caminar con un poco más de ánimo. Y en este silencio están cuando Sancho siente un peso mayor entre sus brazos. Mira entonces al ave y le parece apreciar en él unas alas más grandes. Acaso considerando imposible este súbito crecimiento, vuelve a mirar al horizonte con los ojos huecos de quien, a pesar del calor y la deshidratación, ya ni espera ni teme alucinaciones. Por eso mira al horizonte sin mirarlo, o a lo mejor como si éste no estuviera en la lejana línea, sino en sus propios ojos, esperando que alguien, otro, vea el horizonte en él, y que camine hacia esos sus ojos, y que al llegar por fin les eche unas gotas de agua dulce, lo suficiente para que el iris de color miel vuelva a brillar y refleje la presencia de esa nueva compañía. Alrededor, océano. Sólo océano. Tal vez un solo océano solo en el mundo. Sin mares, sin estrechos, sin canales, salpicado únicamente por esa isla de desechos plásticos. Pero Sancho baja un poco los brazos, y es por el peso que en ellos lleva. Sin duda, el pájaro ya no es tan pequeño y va creciendo a pasos agigantados, más rápidos de lo que ellos pueden andar. Y así, cuando es tan grande que se hace demasiadamente pesado y, ya sea alucinación o realidad, impide a Sancho el seguir caminando, éste grita a su amo. Don Quijote se vuelve para mirarlo y ambos se detienen, y son testigos de esta escena:

El ave se deja caer al suelo aún si desplegar las alas. Permanece hecha un ovillo ovíparo durante unos instantes. Y ahí mismo, en el suelo, sigue creciendo. Las plumas blancas se alargan, y asimismo la longitud de las alas, que el animal reacomoda para seguir ocultándose. Sancho se aparta, miedoso, pues nunca ha visto un ave de semejante magnitud. Cuando las alas miden cosa de un metro y medio cada una, se despliegan, y entonces, dejan ver lo que escondían:

Es el cuerpo de un hombre, un hombre aún agazapado, con la frente apoyada en la superficie plástica y el mentón rozando sus rodillas. También él está desnudo, y sigue temblando, no se sabe si de frío o de miedo. Permanece en esta posición fetal hasta que poco a poco, como alguien que intenta recordar si para desplazarse solía caminar o reptar, se incorpora. Cuando logra sostenerse totalmente derecho, muestra que es muy alto. Mantiene las alas plegadas a la espalda, tan discretas como la grandeza que éstas le permiten. Parece que, poco a poco, está dejando de temblar. Don Quijote y Sancho han vuelto a quedarse sin habla. El hombre los contempla. Los mira a los ojos. Observa minuciosamente sus cuerpos, se diría que con fascinación, como admirado de la diversidad que ambas anatomías presentan. Entonces les acaricia la cara con dulzura. Les sonríe y, conforme se va extendiendo su sonrisa, sus alas empiezan poco a poco a abrirse, hasta que finalmente las despliega en toda su longitud. Mira al cielo y de este modo, muy erguido, aletea con movimientos fuertes pero siempre lentos, que cortan el aire y producen un bello silbido, como el viento cuando sopla en las velas a favor de los designios de su bajel. Las plumas son blanquísimas, y las alas, cuando se abren, y al recortarse sobre el océano turquesa, se asemejan a las serenas nubes de esa nueva isla. En los últimos aleteos comienzan a desprenderse lo que en principio parecen innumerables plumas, pero que son algo muy distinto: cientos de dólares en billetes, de los cuales el hombre se libera con la naturalidad de un perro sacudiéndose las malas hierbas que le molestan. Antes de que los billetes caigan al océano, otros tantos cientos de pájaros, primer signo de vida, los atrapan con sus picos y se pierden por el cielo, volando hacia quién sabe qué lejanos nidos.

El hombre vuelve a plegar sus alas y se queda quieto. De nuevo acaricia la cara de los náufragos, se da la vuelta y comienza a andar. Don Quijote y Sancho siguen al ángel caído, más derechos que nunca, más humanos que antes y para siempre. Caminan sin preguntarse qué pasará cuando lleguen al final de la pequeña isla. Pero la presencia del hombre nuevo es tan absoluta, tan pacífica, tan sólida, que quizá sea su propio peso lo que hace que, en un instante —sin que ninguno de los tres separe los pies del suelo ni permanezca bajo el agua más de tres segundos— la isla se voltee.

Caminan ahora por las calles empedradas de una ciudad antigua. Ya ninguno está desnudo. Los tres visten túnicas viejas. El nuevo hombre, ya sin alas, va montado en un asno. Sancho y don Quijote caminan a su lado. Se cruzan con muchísima gente, porque parece día de mercado. Muchos se saludan, se detienen a hablar, se venden cosas. De las puertas de un templo sale un ejército de ovejas. El hombre se apea del asno y, solo, entra en el lugar santo. Y allí dentro están vendiendo ganado, palomas, y se intercambian monedas. La casa de oración es ahora una casa de cambio. El hombre monta en cólera y, con un látigo, destroza mesas y mercancías. El templo queda vacío. También él se dispone a salir, pero algo llama su atención. En uno de los puestos ambulantes hay varios rollos de pergamino. Uno de ellos, el más voluminoso, parece interesarle. Lo despliega. Lee el título, y al salir se dirige a don Quijote y Sancho, y les dice:

—Tomad en vuestas manos este libro y conservadlo. Un sabio moro os dirá un día lo que ya está escrito. Ésta y no otra es la palabra sagrada. Éste y ningún otro, el libro de los libros. Creced y multiplicaos. Disfrutad junto con los peces del mar, las aves del cielo, los árboles, las plantas, las piedras, y todos los animales que se mueven, nadan, vuelan y arrastran por este universo mundo, y, cuando tengáis vuestros hijos, leedles cada noche, como si de un cuento se tratara, páginas de las aventuras que aquí se escribieron. Os llamarán una y mil veces locos, os dirán que el querer arreglar el mundo es cosa de lunáticos, ingenuos e ignorantes. Pero recordad lo que deciros quiero:

—Vuestros hijos crecerán lo suficientemente locos para arreglarlo.

Y en oyendo esto, Sancho tomó el libro con cuidado y, en voz alta, leyó su título:

Don Quijote de la Mancha.

Referencias

Soy consciente de que, tal como tan acertadamente ha seña-
lado el profesor Francisco Rico, Cervantes nunca llegó a
utilizar la expresión «enderezar entuertos» sino, en todo
caso, «enderezar tuertos», puesto que *tuerto* vale por «torci-
do», y la palabra *entuerto* en aquel siglo significaba «dolor
estomacal». Después de valorarlo lo mejor que pude, opté
por usar la expresión que vulgarmente se ha difundido: «enderezar entuertos», sacrificando la corrección por una lectura más fluida para el lector menos especializado.

La frase «La arena del desierto es para el viajero fatigado lo mismo que la conversación incesante para el amante
del silencio» es un proverbio persa.

Cuando don Quijote habla de que ha oído decir por ahí
que, una vez traspasada en barco la línea equinoccial, los
piojos se mueren, se trata en realidad de una referencia directa al capítulo XXIX de la Segunda Parte del *Quijote*: «De
la famosa aventura del barco encantado».

Para el pasaje en el que don Quijote describe a Marcela
así: «¡Alta como el chopo que al cielo se despereza! ¡Grande
como el monte preñado de primavera!», utilicé unos versos

del poema «Libre te quiero», de Agustín García Calvo, que conocí gracias a Amancio Prada. Están sutilmente modificados por mí.

El testamento de María es una obra de Colm Tóibín que, dirigida por Deborah Warner, se representó en el Walter Keer Theater de Nueva York entre el 22 de abril y el 10 de mayo de 2013.

El personaje de Simón que aparece en la escena de la piscina donde se produce el tiroteo de monedas está basado en una persona real. Lo conocí en la piscina donde suelo entrenar. Su nombre es Simon Aban Deng. Hoy en día, es refugiado en Estados Unidos y un imprescindible activista de los derechos humanos. Lucha particularmente contra la esclavitud contemporánea, de la que él fue víctima directa. Mi historia, sin embargo, está ficcionalizada. Me disculpo por los cambios habidos, que pueden ser contrastados fácilmente, si bien éstos se han producido en todo momento no sólo a favor del personaje, sino en honor de esta persona real y necesaria. Es uno de los hombres más enteros y sorprendentes que haya conocido. Las marcas que describo en su frente son las señales de su grupo étnico de Sudán del Sur: los shilluk.

La definición que de la palabra *culturismo* hace Sancho se la debo al creativo trabajo realizado con sus estudiantes por el maestro César Bona, del colegio Puerta de Sancho, en Zaragoza.

Las siguientes palabras son una traducción libre de la Epopeya de Gilgamesh:

«Eres un brasero que se apaga con el frío, una puerta trasera que no resiste a la tormenta, un palacio que aplasta al valiente, una trampa mal disimulada, pez que ensucia a quien lo toca, piedra caliza que se desprende de la muralla, amuleto incapaz de proteger en tierra enemiga, sandalia que oprime el pie de su dueño».

La letra de la canción que suena en la discoteca está inspirada en el tema «Skyfire», del DJ coreano Shogun.

En el capítulo XXIX («De cómo un funambulista de las Galias levantara la Torre de la Libertad»), el personaje que llamo «funambulista de las Galias» está basado en la proeza de Philippe Petit, que cruzó las Torres Gemelas del World Trade Center en agosto de 1974.

El nombre de Eva Gomberoff es un homenaje a Andrés Gomberoff. La idea sobre la presencia del hierro de las estrellas murientes en el atún y del zinc de las supernovas en las ostras pertenece, modificada, a su texto «El sabor del Universo», incluido en *Física y berenjenas* (Aguilar, Madrid, 2015). La frase «catorce mil millones de años de evolución cósmica», en este contexto, pertenece, íntegra, a Andrés Gomberoff.

Todas las citas de la Biblia corresponden, sin excepción, a: *Santa Biblia Reina-Valera*. Antigua versión de Casiodoro de Reina (1569). Revisada por Cipriano de Valera (1602). Otras revisiones: 1862, 1909. Publicada por La Iglesia de Jesucristo de los Santos de los Últimos Días, Salt Lake City, Utah, E.U.A., 2009.

Agradecimientos

A Gemma Pellicer:
Gracias en nombre de mi libro por tu conocimiento profundo de nuestra lengua.

Gracias en nombre mío por hacerme sentir que la admiración mutua es un regalo que nos hace mejores como personas y, seguramente, como escritores.

A Carlos Ezquerra:
Mis personajes sólo habitaban mi cabeza hasta que viniste tú, soplaste y les diste cuerpo. No se me ocurre obra mejor que la tuya para ilustrar un nuevo mundo.

A Héctor Velarde:
Por ese aliento amigo que en tantas noches de trabajo fue mi única compañía. Gracias de corazón.

Para la composición del texto se han utilizado tipos
de la familia Janson, a cuerpo 12.
Esta fuente, caracterizada por su claridad,
belleza intrínseca y vigor, fue bautizada con el nombre
del holandés Anton Janson,
aunque en realidad fue tallada
por el húngaro Nicholas Kis en 1690.

Este libro fue maquetado en los talleres gama, sl.
Fue impreso y encuadernado para Los libros del lince
por Thau S. L.,
con papel offset ahuesado de 80 gramos,
en Barcelona, en septiembre de 2016.
Impreso en España / *Printed in Spain*

Los libros del lince
Colección «Literaturas»
Miradas singulares. Las formas narrativas de la reflexión

Matías Néspolo, *Siete maneras de matar a un gato* (2.ª edición)
«Un debut brillante», *Time Out*, London.
«Muy bestia», J. A. Masoliver Ródenas, *La Vanguardia*.

Martín Lombardo, *Locura circular*
Una fauna de psicóticos y tirados, artistas e indocumentados, pulula por las calles de una Barcelona refundada por la escritura.

Richard Bausch, *Paz*
Premio Dayton a la mejor obra literaria pacifista.
«Una pequeña obra maestra con la misma fuerza emocional y la misma complejidad moral que *El corazón de las tinieblas* de Joseph Conrad», Colm Tóibín.

Tim Krabbé, *El ciclista* (5.ª edición)
«Una delicia... Un relato sencillo y a la vez apasionante porque veintitantos kilómetros después de la salida, y cuando todavía no se ha dejado atrás el primero de los puertos de montaña, ya ha quedado muy claro que allí no se está disputando únicamente una carrera, sino que se está tejiendo una auténtica moral de vida», Javier Fernández de Castro, *El Boomeran(g)*.
«Una historia narrada con enorme pericia», *The New York Times*.

Jason Webster, *Duende*
«Consigue implicar de tal modo al lector en el viaje de su protagonista, que acaba convirtiéndose en uno de esos libros que no puedes soltar», *The Guardian*.

Jimena Néspolo, *El pozo y las ruinas*
«Una de las novelas más atractivas y poderosas, más silenciosamente inteligentes, que he leído de entre los narradores jóvenes y no tan jóvenes», J. A. Masoliver Ródenas, *La Vanguardia*.

Willy Uribe, *Los que hemos amado*
«Los buenos libros deberían leerse siempre en el tren. Y en mi último viaje en tren he tenido la suerte de devorar un libro formidable: una novela publicada por Los libros del lince que, de estar firmada por alguien de apellido nórdico y no por Willy Uribe, hoy sería un best-seller fulminante. Pero ésa es otra historia», Isabel Coixet, *El Periódico*.

Rodrigo Díaz Cortez, *El peor de los guerreros*
«Me ha recordado las novelas de Gabriel García Márquez», David Pérez Vega, *desdelaciudadsincines.blogspot.com.es*

Willy Uribe, *Sé que mi padre decía*
Premio Silverio Cañada (Semana Negra de Gijón)
«Uribe escribe auténticos thrillers, tramas violentas y opresivas a lo Patricia Highsmith», Fernando Savater, *El País*.

Marina Perezagua, *Criaturas abisales* (2.ª edición)
«Nadie puede salir indemne del fascinante mundo de Marina Perezagua, una escritora, o eso creo, imprescindible», Álvaro Valverde.
«Inquietantes historias que capturan a quien lee, aunque sea para incomodarle», M.ª José Obiol, *Babelia*, *El País*.
«Me ha recordado a Angela Carter o al primer McEwan», Antonio Rivero, *Fuego con nieve*.
«Deseo recomendar vivamente este libro de relatos. Algunas de las piezas son abrumadoras maravillas», Vicente Luis Mora.
«En sus cuentos, llenos de un erotismo a veces kafkiano y de una perversidad hobbesiana, descubre la naturaleza terrible de las personas, el lado oscuro de los seres humanos», Jesús Álvarez, *ABC*.

Javier López Menacho, *Yo, precario*
«La potencia de este libro viene en primer lugar del retrato de la interacción de un sujeto en precario con la monetarizada sociedad actual», Bernabé Sarabia, *El Cultural*.

Marina Perezagua, *Leche*
Traducido al japonés como *Little Boy*
«Una lectura no sólo fascinante sino casi terapéutica... Una voz valiente, distinta, hermosa y esquinada», RAY LORIGA.
«Un libro que está lleno de criaturas exiliadas de una realidad nunca afectuosa. Seres dibujados entre lo clásico y lo moderno, lo metafísico y lo onírico, lo terrestre y lo marino», GUILLERMO BUSUTIL, *La Opinión*.
«Discurre sin dogmatismos sobre las ambigüedades de la identidad sexual... sitúa su narrativa siempre fuera de tópicos y de reacciones previsibles», SONIA FIDES, *Heraldo de Aragón*.

Willy Uribe, *El último viaje del Omphalos*
«Willy Uribe ha vuelto a cogerme del cuello para vivir una experiencia que va más allá de lo literario. Estamos ante un escritor muy especial que consigue noquearte con cada página y, a pesar de ello, volver a levantarte para recibir más. Considero a Willy Uribe uno de esos autores que deben ser protegidos por los libreros», PEDRO GONZÁLEZ (Librería Hipérbole), «Los libreros recomiendan».

Enrique Juncosa, *Los hedonistas*
Libro destacado del año 2015 (*Babelia*)
«Este artículo lleva el título de «La noche de Europa», uno los mejores cuentos de *Los hedonistas*, de Enrique Juncosa. En ese relato, la mujer del pintor Joan Miró cuenta un episodio autobiográfico de los días en los que la amenaza nazi se cernía sobre el artista catalán», ENRIQUE VILA-MATAS.
«Los relatos de esta colección son en el fondo puro goce», M.ª JOSÉ OBIOL, *Babelia*.

Eduardo Iglesias, *Los elegidos*
«Un aire goliardesco envuelve toda la historia hasta que, al final, lo festivo se trueca en dura y conmovedora tragedia. Por encima de las adversidades, *Los elegidos* es, sin embargo, una gozosa y emotiva celebración de la vida», SANTOS SANZ VILLANUEVA, *El Cultural*.

Matías Néspolo, *Con el sol en la boca*
«Néspolo reconstruye la parte más oscura de una Argentina todavía presente... Rescata la memoria, y habla de algo que parece inte-

resarle mucho más: la lealtad», Álvaro Colomer, Culturas, *La Vanguardia*.

Raquel Taranilla, *Mi cuerpo también* (Libro de la semana en *Babelia*)
«Este relato tenso y riguroso —ensayo, testimonio, informe, novela— se sostiene en una escritura precisa, concreta y cruelmente material, como ese "residuo del oncocuerpo que fui" y que en las extraordinarias páginas finales clausura la historia con una sentencia que es, a la vez, una amenaza y una carcajada», Nora Catelli, *Babelia*.

José Serralvo, *El niño que se desnudó delante de una webcam*
«Les recomiendo un libro sobre la pornografía infantil. Por favor, no me digan que no les apetece. Sí, les apetece. En cuanto hayan leído unas cuantas páginas me darán la razón. Y en cuanto lo terminen me darán las gracias», Enric González, *El Mundo*.
«Una farsa vitriólica puede ser al mismo tiempo dolorosamente auténtica sin ser literalmente verosímil», Josep Lapidario, *Jot Down*.

Marina Perezagua, *Yoro*
«Yoro es una novela rica, llena de brutalidad y horrores pero también repleta de imágenes y metáforas muy sugestivas y llenas de vida. Porque, como dice la propia narradora en algún momento, todo lo que se cuenta y sucede, por más brutal y negativo que parezca, en el fondo sólo es un alegato en pro de la vida», Javier Fernández de Castro, *El Boomeran(g)*.
«Perezagua es la Djuna Barnes del siglo xxi», Sonia Fides, *Heraldo de Aragón*.

Manuel García-Rubio, *El mirofajo*
«Una lección sobre conceptos básicos como el dinero, la propiedad o el poder», Mario Bango, *Asturias24*.

Antonio Ansón, *Como si fuera esta noche la última vez*
«Siempre ha habido escritores que han construido personajes femeninos con maestría. Mujeres inolvidables, como las debidas a Flaubert y Álvaro Pombo, Tolstói y Galdós. Y como la Julia, de Antonio Ansón: una madre, y éste es un logro de la novela, que a

pesar de que sus tareas sean las convencionales, nos muestra una personalidad llena de ambivalencias, de dudas, que nos la hacen interesante y cercana», LOLA LÓPEZ MONDÉJAR.

Lucía Lijtmaer, *Casi nada que ponerte*
«*Casi nada que ponerte*, una de las grandes revelaciones de la Feria del Libro, un libro inaudito, de prosa intoxicante, que mariposea con los géneros, los lugares y la identidad», MARTA PEIRANO, *El-Diario.es*
«Una novela que se lee en un par de tardes, pero que te acompaña durante semanas y deja poso», LAURA GOMARA, *librosyliteratura.es*

Pierre Ménard, *20 buenísimas razones para no leer nunca más* (Ilustraciones de Ana Flecha Marco. Traducción de Palmira Feixas)
«¿La mejor manera de encabezar una lista de 15 títulos que animen a leer es un libro que ofrece tantísimas razones para no volver a hacerlo nunca? Y, sin embargo, si se hace con este inesperado y delicioso libro, lo devorará en una tarde cargado de dudas. ¿Leer nos vuelve feos? ¿Leer es peligroso?», DANIEL ARJONA, *El Confidencial*.

Marina Perezagua, *Don Quijote de Manhattan (Testimonio yankee)*
«En lo que llevamos de siglo han aparecido tantos autores nuevos en España e Hispanoamérica que podría decirse que ahora mismo hay más escritores que lectores. Mucho me temo que así que pasen quince años apenas nos acordaremos de ellos, mientras que permanecerán los libros de unos pocos, y entre ésos —si continúa por la senda de la ambición y de la complejidad a la que ya nos ha acostumbrado— estarán los de Marina Perezagua», FERNANDO VALLS, *Ínsula*, verano de 2016.